S. FISCHER

Gerhard Roth

ES GIBT KEINEN BÖSEREN ENGEL ALS DIE LIEBE

Roman

S. FISCHER

Aus Verantwortung für die Umwelt hat sich der S. Fischer Verlag zu einer nachhaltigen Buchproduktion verpflichtet. Der bewusste Umgang mit unseren Ressourcen, der Schutz unseres Klimas und der Natur gehören zu unseren obersten Unternehmenszielen. Gemeinsam mit unseren Partnern und Lieferanten setzen wir uns für eine klimaneutrale Buchproduktion ein, die den Erwerb von Klimazertifikaten zur Kompensation des CO_2-Ausstoßes einschließt.

Weitere Informationen finden Sie unter:
www.klimaneutralerverlag.de

Originalausgabe
Erschienen bei S. FISCHER
© 2021 S. Fischer Verlag GmbH,
Hedderichstr. 114, D-60596 Frankfurt am Main
© 2021 by Gerhard Roth

Satz: Dörlemann Satz, Lemförde
Druck und Bindung: CPI books GmbH, Leck
Printed in Germany
ISBN 978-3-10-397214-6

Für Senta

Es gibt keine Antwort. Es
Wird keine Antwort geben. Es
Hat nie eine Antwort gegeben.
Das ist die Antwort.

GERTRUDE STEIN, *Brewsie und Willie*

1
Das Begräbnis von Klemens Kuck und Lillis Flucht vor der Wirklichkeit

»Das Erste, was ich über meinen Vater erfahren habe, war der Umstand, dass ihm der Papst die Füße gewaschen hat«, las Lilli. Sie schaffte es nicht mehr, die in Spiegelschrift verfassten Kindheitserinnerungen ihres Mannes weiter zu lesen, denn die Augen waren ihr zugefallen.

Seit dem Tod von Klemens hatte Lilli Beruhigungs- und Schlafmittel genommen, um ihre Angst, den Schmerz, die Trauer und die Gewissheit, ihn nie mehr wiederzusehen, ertragen zu können. Klemens war in Venedig über eine Brückentreppe gestürzt und nach Wien überführt worden, wo er zwei Wochen später auf der Intensivstation starb, ohne das Bewusstsein wiedererlangt zu haben. Alles an seinem Tod war rätselhaft gewesen. Er war, obwohl er schon die vierte Woche in der italienischen Stadt verbracht hatte, in keinem Hotel und keiner Pension gemeldet gewesen, woraus die Polizei schloss, dass er privat abgestiegen sein musste. Das war seltsam. Denn jeden Tag hatte er sich telefonisch bei ihr gemeldet und behauptet, er wohne im Hotel Diana in der Nähe des Markusplatzes. Natürlich befürchtete sie jetzt, dass er sie betrogen haben könnte, aber darauf gab es keine Hinweise.

Am Morgen des Begräbnistages erwachte sie mit dem Wunsch, selbst nach Venedig zu fahren. Kurz danach wurde ihr ein Kuvert mit Klemens' schwarzem Notizbuch und den Aufzeichnungen zugestellt, die er in Venedig gemacht hatte – von einem gewissen Guido Alberti, allerdings ohne Angabe der Absenderadresse. Sie packte einen Koffer, teilte ihrem Vorgesetzten im Kunsthistorischen Museum mit, dass sie sich drei Wochen Urlaub nehme, kleidete sich schwarz und fuhr mit ihrem drei Jahre alten Volvo zum Zentralfriedhof, wo Klemens in einem Ehrengrab der Stadt Wien beigesetzt wurde. Zum gemeinsamen Totenmahl nach der Verabschiedung erschien sie – einer spontanen Eingebung folgend – nicht mehr, sondern ließ sich von ihrer Schwester entschuldigen. Die Feierlichkeiten waren nur schwer für sie zu ertragen.

Klemens war ein Comiczeichner und -texter gewesen, der in seinen letzten Lebensjahren Aufsehen erregt hatte. Daher hatten sich andere Künstler, Journalisten, das Fernsehen, Mitarbeiter aus dem Kunsthistorischen Museum sowie zahlreiche Jugendliche und Neugierige eingefunden und außerdem – seinem immer wieder geäußerten Wunsch entsprechend – fünf Musiker der Staatsoper, die den zweiten Satz des Schubert-Quintetts spielten, bevor der Sarg im Grab verschwand.

Nachdem Lilli hinter dem Lenkrad Platz genommen hatte, öffnete sie eines der beiden Hefte mit Kindheitserinnerungen und Zeichnungen von Klemens, die sie am Morgen auf den Nebensitz gelegt hatte, und nahm den Zettel heraus, auf dem er notiert hatte: »Meine Mutter, Maria Pichlmayer, Hallstatt Landungsplatz, Gasthaus ›Zu den Eisheiligen‹« und darunter eine Mailadresse und die Telefonnummer.

Sie fuhr zuerst in Richtung Oberösterreich und Salzburg und hielt dann an einem Parkplatz, um zu telefonieren.

In ihrem Kopf herrschte ein Durcheinander von Bildern, die sich mit den Eindrücken der vorbeiziehenden Landschaft und dem Straßenbelag verbanden: der weiße Sarg, Blumenkränze, bekannte und unbekannte Gesichter, die Musiker, die mit ernster Miene gespielt, und die Redner, die keine Ahnung gehabt hatten, wer Klemens wirklich gewesen war. Nicht einmal sie selbst wusste es. Wenn sie an ihn dachte, fielen ihr die Szenen ein, in denen ihn Dinge, die er gerade wahrgenommen hatte, inspirierten. Unzählige Notizbücher hatte er mit Skizzen vollgekritzelt: angefangen bei den Mustern auf den Flügeln eines Schmetterlings oder orientalischen Teppichen, Bildern in Museen oder Kinderzeichnungen bis hin zu Wolken- und Blattformen, Schneeflocken und sogar Abfall – einer seiner Vorlieben. Er hielt alles sehr rasch und präzise fest – Gesichter von Menschen erfasste er so schnell wie das Aussehen von Tieren. Er zeichnete in Eisenbahnen, Caféhäusern und Hotelzimmern, sogar auf der Straße, in Kirchen oder Parkanlagen. Schönheit erkannte er ebenso wie Lächerlichkeit, Tragödien wie Komödien.

Nachdem sie die Nummer von Klemens' Zettel gewählt hatte, meldete sich eine Frauenstimme und bestätigte, Frau Pichlmayer sei hier. Lilli beendete kommentarlos das Gespräch und fuhr weiter.

Die Autobahn kam ihr jetzt vor wie ein Film, der vor ihr abgespielt wurde, und ihre Erinnerungen waren darauf in doppelter Belichtung überblendet. Später sah sie die Fahrbahn nur noch fragmentarisch.

Sie stellte den Volvo auf einem Parkplatz über Hallstatt ab und blieb noch kurz im Wagen sitzen. Ihr Mann hatte nie erwähnt, dass seine Mutter, die ihn unmittelbar nach der Geburt zur Adoption freigegeben hatte, dort lebte. Wie und wann er zu ihrer Anschrift gekommen war, hatte er Lilli ebenfalls verschwiegen.

Sie atmete mehrmals tief aus und ein, bis sich das Bild seines Gesichts in ihrem Kopf auflöste. Der Blick auf den Hallstätter See und die alten Häuser waren für sie wie Fenster in die Vergangenheit.

Das Gasthaus »Zu den Eisheiligen« lag direkt am See, dessen Oberfläche sich in einem leichten Wind kräuselte. Der Mühlenteich in der Nähe der Alster in Hamburg kam ihr in den Sinn und die hellen Sommertage, die sie dort als Kind und Jugendliche rollschuhfahrend verbracht hatte.

Im luxuriösen Gasthaus fragte sie einen Kellner nach Frau Pichlmayer. Das Lokal war ländlich und teuer möbliert, aber da es noch früher Abend war, fand sie rasch einen Platz an einem Fenstertisch mit Blick auf die Segelboote und das Passagierschiff im farbenspiegelnden Gewässer. Überhaupt war in Hallstatt alles malerisch. Der Gletschersee sah zwischen den hohen Bergen wie ein Fjord aus, und obwohl er friedlich schien, wusste sie, dass Stürme auf ihm Wellen erzeugen konnten, die Segelboote zum Kentern brachten. Er war, wie sie nachgelesen hatte, mehr als 125 Meter tief, und manche Ertrunkene konnten nie geborgen werden. Sofort waren ihre Gedanken wieder beim Begräbnis ihres Mannes. Das Schubert-Quintett hatte sie ergriffen, als ob jemand zu ihr gesprochen hätte, der alles Leid der Welt kannte.

In diesem Augenblick erschien eine ältere, reich beschmückte Dame an ihrem Tisch, die einen weißen Kittel trug. Lilli war überzeugt, dass es die Gesuchte war, sie stand auf, stellte sich vor und informierte sie, dass ihr Sohn am Vormittag in Wien begraben worden sei.

»Klemens?«, fragte die Dame. Sie machte kehrt und ging ihr fluchtartig voraus in den Gastgarten, wo sie sich an dem vom Eingangstor entferntesten Ecktisch niederließ.

Dort blickte sie auf die Tischplatte.

»Mein Mann weiß nichts von Klemens«, sagte sie zur Tischplatte. Dann hob sie den Kopf und blickte ihr misstrauisch und mit wässrigen Augen ins Gesicht.

»Was wollen Sie von mir?«, fragte sie.

»Wer ist sein Vater?«, antwortete Lilli ernst.

»Klemens hat mir dieselbe Frage gestellt …«

»Davon weiß ich nichts.«

»Er war vor mehr als einem Monat hier, und ich habe ihm den Namen genannt.« Sie räusperte sich und fügte hinzu: »Er heißt Galli und ist Polizist, ich glaube Kommissar in Venedig.«

»Haben Sie seine Adresse?«, fragte Lilli weiter.

»Er hat behauptet, dass er aus Padua stamme. Später hat sich herausgestellt, dass er in Venedig lebt.«

»Sagen Sie mir bitte seinen Vornamen?«

»Francesco … Ich will nichts mehr mit ihm zu tun haben.« Sie blickte zur Seite. »Was ist mit Klemens geschehen?«, fragte sie nach einer kurzen Pause.

Lilli erzählte ihr von dem Unglücksfall und stellte fest, dass Klemens' Mutter über ihren Sohn kaum Bescheid wusste. Eine Zeitung lese sie nur hin und wieder, behauptete sie, und auch die Nachrichten im Fernsehen interessierten sie nicht.

Lilli hörte jetzt Schritte auf dem Kies, und als sie auf-
blickte, flüsterte Frau Pichlmayer erschrocken: »Mein
Mann!«

Er stand im nächsten Augenblick schon vor ihnen
und schnaubte verärgert: »Da bist du!«

Als Lilli ihn erblickte, musste sie sofort an eine runde,
weiße Küchenuhr denken. Er hatte ein aufgeschwemm-
tes Gesicht, einen Glatzkopf und einen Bauch, den eine
Schürze zierte, und auf dem Kopf eine weiße Mütze. Es
konnte sich auch um eine lebende Taschenuhr handeln
mit einem Aufziehrad am Kopf, phantasierte Lilli weiter. Sein Gesicht zuckte, als wollte es verraten, dass er
die Welt hasste.

»Die Dame bespricht eine Hochzeit mit mir.«

»Wann soll das sein?«, fragte er misstrauisch.

»Im September.«

»Im September sind wir ausgelastet«, antwortete die
große Taschenuhr missmutig, klappte den Deckel zu
und eilte unzufrieden davon, drehte sich aber einmal
um und stieß »Das musst du eigentlich wissen!« hervor.

Frau Pichlmayer schwieg, bis er verschwunden war.
Inzwischen hatte das Wort »Hochzeit« Lilli auf Umwe-
gen wieder an das Begräbnis von Klemens erinnert. Sie
stand wie selbstverständlich auf und ging, ohne sich
umzudrehen, zum Auto zurück. Die ganze Zeit über
dachte sie an Flucht, es fiel ihr aber kein Ort ein, an den
sie sich wünschte. Automatisch setzte sie sich in ihren
Wagen und fuhr in Richtung Italien los, ohne zu wissen, ob sie wirklich dorthin wollte. Nach Wien zurück
jedenfalls nicht und auch nicht nach Hamburg, wo sie
ihre Kindheit und Jugend verbracht hatte. Dann fiel

ihr ein, dass Klemens manchmal gesagt hatte: »Wenn man nicht weiß, wohin man will, kommt man am weitesten.« »Der Satz stammt von William Shakespeare«, hatte er hinzugefügt ...

2
Venedig

Unterwegs übernachtete sie schon in Italien. Es interessierte sie nicht, wo sie sich befand, sie folgte nur ihrem inneren Navigator. Klemens war, wenn sie mit dem Auto unterwegs waren, oft neben ihr eingeschlafen und erst am Ziel wieder aufgewacht ... Ihr fiel ein, dass er jetzt unter der Erde lag, und sie lenkte sich mit der Landschaft, durch die sie fuhr, ab. Die Sonne schien, Holundersträucher und Akazienbüsche blühten, grüne Alleen säumten die Landstraße, und kristallblitzende Flüsse erweckten in ihr den Eindruck, dass alles nur für sie allein geschaffen sei. Doch fühlte sie sich einsam wie noch nie in ihrem Leben. Plötzlich überkam sie ein lähmendes Gefühl, wie unerwarteter dichter Nebel.

Jedes Mal, wenn sie gemeinsam eine Reise nach Venedig unternommen hatten, waren sie zuerst durch Jesolo gefahren: an den kleinen Pensionen vorbei, an der gewaltigen Wasserrutsche, den Bächen und den Vorgärten, bis sie Punta Sabbioni erreichten und auf einem der bewachten Parkplätze hinter den Villen ihren Wagen abgestellt hatten. Dort bezahlte sie jetzt wieder den Geldbetrag für die Gesamtdauer ihres geplanten Aufenthaltes.

Während sie auf das Passagierschiff wartete, das sie von Punta Sabbioni zum Markusplatz bringen würde, rief sie kurz ihre Familienmitglieder und engsten Freunde an und gab vor, in Padua zu sein, um die Scrovegni-Kapelle mit den Fresken von Giotto anzusehen. Dass sie log, fand sie gut. Bei jedem ihrer Telefonate verwendete sie die gleiche Lüge, und jedes Mal war sie bei dem Gedanken unterzutauchen erleichtert. Als Letztes fügte sie stets hinzu, dass sie sich melden würde, sonst aber ihr Telefon ausgeschaltet sei.

Endlich legte das Schiff, das von Burano kam, an, und sie schleppte ihren Koffer an Bord. Dabei fielen ihr Dinge, die sie zu Hause vergessen hatte, ein, aber es machte ihr nichts aus. Seit Klemens' Tod fühlte sie sich schrecklich allein, aber sie sagte sich, dass es allen anderen Menschen genauso ging. Die meisten Passagiere, die an Bord waren, hatten vermutlich schon erfahren, wie hässlich Trauer und Schmerz waren. Als sie sich vornahm, die beiden Hefte über Klemens' Kindheit zu lesen, erinnerte sie sich wieder, dass er alle seine Bücher und Aufzeichnungen in Spiegelschrift verfasst hatte und wie mühsam das Entziffern sein würde. Klemens hatte seine Arbeit gerne mit einem Geheimnis umgeben. Er sperrte die Manuskripte, bis sie fertig waren, in seinen Safe und band sie in Zeitungsseiten ein, die das Etikett trugen »Nicht lesen!« – Obwohl sie neugierig gewesen war, hatte sie sich immer daran gehalten. Sobald er ein Comicbuch abgeschlossen hatte, durfte sie die Manuskriptseiten und die Bilder als Erste in Augenschein nehmen. Manchmal erschrak sie beim Lesen darüber, was in seinem Kopf vor sich ging.

Als sie durch das Fenster schaute, entdeckte sie Paddelboote in der Ferne. Wenn die Sportler die Paddel schwenkten, reflektierten die Ruderblätter in der Sonne das Licht, so dass sie ein fortlaufendes Blinken wie von riesigen Leuchtkäfern wahrnahm, obwohl es taghell war. Der Dampfer, auf dem sie sich befand, hatte beim Ablegen in Punta Sabbioni heftig schwarzen Rauch ausgestoßen. Er war in Fetzen über das Schiffsdach gezogen. Sachlich stellte sie fest, dass auch sie sich gerade auflöste und allmählich verschwinden würde. Das war ihr ein eigenartiger Trost, und sie verband ihn mit dem spontanen Wunsch, nie mehr nach Hause zurückzukehren. In ihrem Zustand ertrug sie vor allem das Vertraute nicht – nur das Fremde schien ihrer Befindlichkeit angemessen. Man hatte ihr gesagt, sie sei eine starke Frau, aber es war schwer genug, ein Mensch und verletzlich zu sein. Gleichzeitig bemerkte sie, dass sie den letzten Gedanken unabsichtlich, wenn auch leise ausgesprochen hatte, sie blickte sich um, ob es jemand bemerkt hatte, doch alle schienen in ihre eigene Welt versunken.

Reste weißer Papiertaschentücher, bemerkte sie, lagen im Passagierraum vor einer Sitzbank, zwei leere Getränkeflaschen aus durchsichtigem Kunststoff rollten mit der Bewegung des Dampfers über den Fußboden. Sie wandte sich ab und musterte die Fahrgäste: Ältere Frauen mit vollen Einkaufstaschen starrten vor sich hin, und neugierige Touristen strengten sich an, beim Fensterschauen nichts zu versäumen, oder sie studierten eine Beschreibung in einem Reiseführer.

Der Dampfer hielt an der Station Santa Maria Elisabetta am Lido. Passagiere stiegen aus, andere gingen an Bord, sie kannte all das schon, doch es schien für sie – warum wusste sie nicht – plötzlich neu zu sein. Gleich darauf erinnerte es sie wieder an ein Gefühl in der Kindheit, wenn sie von der Schule mit der U-Bahn nach Hause gefahren war.

San Zaccaria war die Endstation des Dampfers, der daraufhin wieder nach Punta Sabbioni zurückfuhr. Sie hatte sich nicht einmal erkundigt, ob im Hotel Pandora hinter dem Markusplatz ein Zimmer für sie frei war, aber sie vertraute darauf, dass der Portier sie wiedererkannte, da sie mit Klemens dort mehrfach übernachtet hatte.

Vor San Zaccaria warteten so viele Boote und Vaporetti, dass der Dampfer bereits am Anfang der Riva degli Schiavoni angelegt hatte, weshalb Lilli ihren Koffer über die vier oder fünf Steinbrücken hinaufziehen und wieder hinunterschieben musste. Der Weg erschien ihr endlos lang, und sie war den Tränen nahe. Eine Spur auf den Brücken war mit Brettern für Invaliden, Kinderwagen und Rollkoffer ausgelegt. Trotzdem fühlte sie sich erschöpft.

Endlich nahm sie im Arkadengang des Dogenpalasts auf einer Steinbank Platz. Neben ihr saß ein schwitzender Mann, der die Augen geschlossen hatte, als ob er schliefe. Sie musterte ihn nur mit einem flüchtigen Blick und starrte auf den Markusplatz: Jedes Mal, wenn sie ihn auf einer Reise mit Klemens besucht hatte, war es für sie ein Erlebnis gewesen. Diesmal jedoch war es nur ein gewohnter Anblick, so als würde sie das Areal täglich betreten. Ein Stück weiter erstreckte sich der Markusdom. Der Großteil der Touristen betrachtete ihn als Museum. Doch Klemens war, fiel ihr ein, bei jedem Besuch die steile Treppe in das obere Stockwerk hinaufgeeilt, hatte sich auf einer Bank vor der Brüstung niedergelassen und in die goldenen Mosaikgewölbe mit den heiligen Gestalten gestarrt. Ganz nahe, auf der linken Seite, war die Hölle abgebildet, und Klemens hatte die Darstellung wieder und wieder angeschaut und jedes Mal aufs Neue fotografiert. Auch die Gewölbe hatte er aufgenommen – vor allem das Schöpfungsmosaik in der Basilika – und die Ornamente des alten Fußbodens.

Sie stand auf, nahm den Koffer und zog ihn weiter hinter sich her. Es war so warm, dass sie schwitzte.

Vielleicht war es besser, nicht im Hotel Pandora, sondern im gegenüberliegenden Hotel Diana abzusteigen, überlegte sie, während sie in die Gasse einbog, in der sich beide Hotels befanden. Die Glastür des Hotels Diana, in dem Klemens bei seiner letzten Reise angeblich gewohnt hatte, war jedoch, wie immer am Nachmittag, versperrt ... Es gab einen wechselnden Code, den man als Gast eingeben musste, oder man versuchte über das Hotel Pandora, das demselben Unternehmen gehörte, Zutritt zu erlangen.

Vor der Rezeption stauten sich gerade Touristen mit Gepäck, daher wich sie in das angrenzende, beengte Foyer aus. Erschöpft fiel sie in einen mit Rosenmuster bezogenen Fauteuil, wo sie so lange wartete, bis alle Hotelgäste abgefertigt waren.

Man fand für sie schließlich nur noch ein freies Zimmer im Hotel Diana. Ein großer Afro-Europäer in brauner Uniform mit goldenen Schärpen und Knöpfen folgte ihr im Laufschritt über die schmale Gasse und brachte ihr den Koffer, den sie im Hotel Pandora stehen gelassen hatte, nach. Er erklärte ihr lachend, dass die Glastür am Eingang des Hotels mit der Codenummer 113E geöffnet werden konnte. Dann betraten sie das menschenleere Gebäude und fuhren mit dem

Lift ein Stockwerk hinauf, ohne einen Menschen zu sehen. Im Hotelzimmer erschrak sie. Als Erstes registrierte sie nämlich, dass der Lärm der von Touristen überschwemmten darunterliegenden Gasse deutlich zu hören war. Sie hob den Kopf und erblickte die nahe Außenwand des gegenüberliegenden Hauses, dessen Fensterläden geschlossen waren. Auch ihr Zimmer war auffallend eng, aber an die vier Meter hoch, und eine der Wände war mit einem etwa drei Meter hohen dunkelbraunen Schrankungetüm verstellt. Sofort dachte sie an einen Sarg … Als sie die Schiebetür öffnen wollte, klemmte sie. Der große, englisch sprechende Afro-Europäer hatte Lillis Koffer inzwischen neben dem Doppelbett, das ein roter Überwurf mit goldenem Karomuster zierte, abgestellt. Dann steckte er eine Kunststoffkarte in einen dafür vorgesehenen Schlitz, worauf sich die Lampen einschalteten. Als Lilli ihm ein Trinkgeld geben wollte, schlug er es zu ihrer Überraschung aus.

Sie legte sich auf das Bett und schloss die Augen.

Erst nach einer halben Stunde erwachte sie wieder, weil es an der Tür klopfte. Sie wollte aber mit keinem Menschen sprechen. Zweimal wurde noch angeklopft, doch blieb sie weiter bewegungslos liegen und starrte zur Decke. Als es wieder still war, stand sie auf, um ihre Kleider in den Schrank zu räumen. Dabei stolperte sie beinahe über einen Koffer. Erst jetzt sah sie, dass es nicht ihr eigener war. Sie öffnete das fremde Gepäckstück, um einen Hinweis auf den Besitzer zu finden, und entdeckte Zauberartikel, darunter einen Totenkopf, Spielkarten, einen Klappzylinder und Schals aus Seide. Sie warf den Kofferdeckel zu und versuchte dann irgendjemanden aus dem Hotel telefonisch zu erreichen. Es hob jedoch niemand ab. Nochmals öffnete sie den Koffer und stieß zu ihrer Verwunderung auf ein künstliches Gebiss, Schachteln mit Beruhigungs-, Schmerz- und Schlaftabletten, eine Pistole, von der sie annahm, dass sie nur für Schreckschüsse gedacht war, Asthmaspray und Fotografien. Ihr kam es vor, dass sie den Mann auf den Bildern kannte. Er hatte wohl wie sie selbst damals mit seiner Frau in der Wohnanlage Am Heumarkt in Wien gewohnt, bevor er aus ihrem Blickfeld verschwunden war, erinnerte sie sich. Dann erst fiel ihr ein, dass er Souffleur an der Wiener Staatsoper gewesen war.

»Verschwunden!«, sie seufzte bei diesem Wort, denn sie empfand ein immer stärkeres Bedürfnis, zu verschwinden oder zumindest unsichtbar zu sein. Vielleicht war im Koffer ein Hinweis zu finden? Mehrere Fotografien zeigten den Mann, der Aldrian hieß, wie sie jetzt wusste, mit einer gut aussehenden Frau – nicht der, die sie von früher kannte, vermutlich seiner Geliebten oder neuen Gattin. Dann entdeckte sie Fotografien, die Plakate zeigten. Darauf stand zu lesen: IL GRANDE MAESTRO SUGGERITORE, was, wie sie wusste, »Der große Souffleur« hieß. Offenbar trat er inzwischen als Zauberkünstler auf. Sie fand in einer Pappschachtel eine Hasen-, eine Hunde- und eine Vogelmaske, und als wäre sie betrunken, setzte sie sich eine nach der anderen auf und betrachtete sich im Spiegel des winzigen Badezimmers. Sie war zu einem Hasen, einem Hündchen und einem Vogel geworden und konnte zum ersten Mal wieder lächeln. Außerdem befand sich im Koffer ein blaues, mit Sternen übersätes

Theaterkostüm … Warum sie es tat, wusste sie später nicht mehr, aber sie schlüpfte hinein. Es war viel zu groß und schlotterte an ihr – wodurch sie sich erst recht wie ein Kind fühlte. Sie musste das Vergangene hinter sich lassen, sagte sie sich, und der Gedanke tröstete sie auf seltsame Weise.

Die Schreckschusspistole war schwer. Möglicherweise war es doch eine echte Schusswaffe – auch eine Schachtel mit Patronen fand sie. Sie entnahm dem Koffer schließlich die Schlaf- und Schmerztabletten und versorgte sich für eine Woche. Dabei hatte sie nicht das Gefühl, etwas Unrechtes zu tun und schon gar nicht etwas so Konkretes wie »stehlen«. Von der Zimmerdecke hing ein Glasluster – ein Polyp mit acht Tentakeln, dachte sie, der in der Tiefsee leuchtet, oder eine elektrische Blumenvase, aus der große strahlende Blüten hingen … Jetzt fielen ihr auch die gläsernen, blattförmigen Wandlampen neben dem Bett auf, über denen ein goldgerahmtes Blumenbild mit rosa und weißen Rosen hing. Sie versuchte wieder, den Portier oder den Hausburschen zu erreichen, doch niemand hob ab. Daher schlüpfte sie in ihre Schuhe und verlangte an der Rezeption des gegenüberliegenden Hotels Pandora ein anderes Zimmer. Als Antwort bekam sie eine Vertröstung auf »domani«. Domani, morgen, war ein Wort, das sie seit ihrer Kindheit kannte, ihr Vater hatte immer behauptet, dass es der ewige Kalender der Italiener sei.

In ihrem Zimmer packte sie den eigenen Koffer aus, duschte, schluckte eine Beruhigungs- und eine Schmerztablette und schlief bald darauf ein.

3
Ein Mosaiksteinchen im Markusdom

Als sie die Augen aufschlug, stellte sie fest, dass sie keine Kopfschmerzen mehr hatte, was sie verwunderte. Der fremde Koffer lag noch immer geöffnet vor ihr auf dem Boden. Sie staunte über den Zufall, der ihn ausgerechnet zu ihr gebracht hatte. Wenn er überhaupt eine Bedeutung hatte, dann welche?

Da sie ihr iPad mitgenommen hatte, verband sie es mit dem WLAN, tippte Codes ein, bis alles funktionierte, und wandte sich noch einmal dem fremden Koffer zu. Auch eine Partitur fand sich unter den verstreuten Dingen, es handelte sich um die »Diebische Elster« von Rossini. Das war ein weiterer Hinweis, dass der Koffer dem früheren Souffleur Aldrian gehören musste. Sie ging zuerst in das Badezimmer und danach in den Frühstücksraum, der durch eine Zwischenwand aus Holz vom Foyer getrennt war.

Nachdem sie kleines weißes Gebäck und ein weiches Ei, Butter, Marmelade und Streichkäse zu sich genommen hatte, während sie an Klemens hatte denken müssen, suchte sie den Portier auf, der sie nach kurzem Zögern erkannte. Er fragte sie, ob er ihr helfen könne. Automatisch verlangte Lilli ein anderes Zimmer, sie halte es in dem engen Raum nicht aus. Der Portier beeilte sich, im Computer nachzusehen, und erklärte ihr, dass es im Augenblick nur ein freies im zweiten Stock gebe, in dem die Geräusche von der Gasse weniger laut zu vernehmen seien, oder – ab morgen, »domani« – das Zimmer, das sie und ihr Mann schon früher mehrmals gebucht hatten, mit Fenstern zum Hof hinaus. Sie entschied sich, bis zum nächsten Tag zu warten, und brachte die Rede auf den Koffer, der ihr irrtümlich zugestellt worden war. Er werde sich augenblicklich darum kümmern, versprach der Portier, und Lilli begab sich mit dem Lift zurück in das verhasste »Sargzimmer«, wie sie es von Anfang an genannt hatte. Dort holte sie aus ihrer Tasche das schwarze Notizbuch, das ihr ein Guido Alberti ohne Absenderadresse geschickt und in das Klemens in Spiegelschrift Aufzeichnungen und Skizzen über seinen letzten Aufenthalt in Venedig gemacht hatte. Sie stopfte es aber wieder zurück in die Tasche und beschloss, es im Caffè Florian zu lesen. Jedenfalls erhoffte sie sich davon einen Hinweis auf die rätselhaften Geschehnisse, die zu seinem Tod geführt hatten, und außerdem empfand sie den Wunsch, ihm nahe zu sein.

Sie musste nur die schmale Gasse hinuntergehen, zweimal um die Ecke biegen und befand sich schon auf dem Markusplatz, der jetzt von Hochwasser überschwemmt war und dessen Gebäude sich an der Wasseroberfläche spiegelten. Touristen standen am Rand und fotografierten die lachenden Menschen, die sich ihrer Schuhe entledigt und die Jeans aufgekrempelt hatten.

Lilli zog, einer spontanen Eingebung folgend, ihre Sandalen aus und stieg in das kalte Wasser, ohne sich etwas anmerken zu lassen. Klemens hätte sie sicherlich dazu angeregt, dachte sie. »Und jetzt?«, fragte sie ihn stumm, »Was soll ich jetzt machen?« Er schwieg.

Sie ließ sich einfach – die Sandalen in der Hand – bis zum Eingang des Markusdoms treiben, wo sie zusah, wie Arbeiter in orangefarbenen Overalls das Wasser aus dem Dom fegten. »Keinen Menschen fragen!«, hörte sie Klemens in ihrem Kopf, womit er sein oft dreistes Vorgehen begründete, wenn Hindernisse überwunden werden mussten. Sie hörte zwei Arbeiter rufen und sah sie gestikulieren, aber sie eilte, ohne darauf zu achten, die steile Treppe hinter dem Eingang hinauf, noch immer die Sandalen in der Hand. Das Wasser bedeckte die Ornamente des Steinbodens wie eine riesige Lupe, und Lilli stellte sich vor, dass die Männer flüssig gewordene Ornamente aus dem Dom kehrten. Lichtflecken huschten blitzartig über die goldenen Mosaikwände und verliefen sich im Nichts. Sie gelangte zur Galerie im oberen Stockwerk, von der aus sie abermals auf die goldenen Mosaikkuppeln und -wände blickte. Dabei streifte sie sich wieder die Sandalen über.

Die ganze Pracht spiegelte sich, von oben betrachtet, auf dem Wasser, und es war Lilli, als wäre sie in ein Paralleluniversum gelangt. Klemens hatte besonders die Schöpfungskuppel – die Genesiskuppel – über der Vorhalle mit ihren Bildern bewundert. Im ersten Erzählkreis, wusste Lilli, schwebte der Geist Gottes in Form einer weißen Taube über den Wassern, dann trennte der Schöpfer Licht und Finsternis und ließ das Firmament und die Pflanzen entstehen. Der zweite Erzählkreis stellte die Erschaffung der Gestirne, der Vögel, der Bewohner des Meeres, der Landtiere und des ersten Menschen, Adam, dar. Im dritten und letzten Kreis gab Adam den Tieren ihre Namen, wurde Eva erschaffen

26

und von Gott zu Adam ins Paradies geführt. Schließlich erlag Eva der Versuchung und empfing von Satan in Form einer Schlange die Frucht vom Baum der Erkenntnis, die sie Adam reichte und mit ihm verspeiste, womit sich der »Sündenfall« ereignet hatte. Adam und Eva versteckten sich zwar vor Gott, dieser entdeckte sie aber, verfluchte zuerst die Schlange Satan und ließ dann Adam und Eva durch den Erzengel Michael aus dem Paradies vertreiben. Im letzten Bild hackte Adam Holz und Eva spann Flachs. Auf der angrenzenden Wandfläche waren die Geburt ihrer Kinder – Kain und Abel – zu sehen, ihre Opfergaben an Gott und zuletzt, über dem Eingang zur ZEN-Kapelle, die Ermordung Abels durch Kain. Für Klemens war die gesamte Menschheitsgeschichte in den goldenen Mosaiken dargestellt oder, wie er sagte, ihre DNA. Zumeist nahm Klemens dann die Noah-Kapelle in Augenschein, vom Bau der Arche bis zur Sintflut, von der Rückkehr der Taube mit einem Ölzweig im Schnabel bis zum Begräbnis Noahs. Gleich gegenüber sah man den Turmbau zu Babel in einer kindlichen Darstellung und daneben die babylonische Sprachverwirrung.

Einmal, erinnerte sich Lilli, hatte Klemens auch lange das Mosaik mit der Fußwaschung Jesu an den zwölf Aposteln betrachtet, und ihr fielen Klemens' Aufzeichnungen mit der päpstlichen Fußwaschung an seinem Vater ein.

Der Hauptteil des Doms war dem Lebens- und Leidensweg Jesu gewidmet und seiner Ermordung durch Menschenhand. Klemens hatte das als »die Erklärung des Menschen schlechthin« aufgefasst, der sein Leben im Paradies selbst zerstört und zuletzt den Schöpfer des Alls umgebracht hatte. Jedes Mal hatte er jedoch betont, dass Gott den Menschen und Luzifer nach seinem Ebenbild erschaffen habe.

Obwohl sie den Markusdom mit seinen Kuppeln und Nischen schon als Kind und später während ihres Studiums kennengelernt hatte, hatte erst Klemens sie auf die Darstellung des Jüngsten Gerichts aufmerksam gemacht, das sie in keinem ihrer Bücher abgebildet oder erwähnt gefunden hatte.

Sie erhob sich und blickte auf die Mosaiken über ihrem Kopf, dabei kam sie sich auf beruhigende Weise unwichtig vor. Sie befand sich, hatte sie den Eindruck, im Haupt des Doms und betrachtete seine versteinerten Erinnerungen. Was würden Archäologen aus den Mosaiken schließen, fragte sich Lilli, wenn es keine Erklärungen mehr für die Darstellungen geben würde? … Es beruhigte sie, dass es im Dom keine Zeit gab, auch wenn Glocken läuteten, sie waren nur akustische Dekoration, sagte sie sich. Das Gold um sie herum war nicht blitzend oder leuchtend, sondern geheimnisvoll dunkel, ein Gold – wie sie es für sich formulierte –, das schlief und Mosaiken träumte. Ihr erschien es, als ob sie in eine Welt nach dem Tode blickte. Die Mosaiken begannen sich jetzt in ihrem Kopf lautlos zu bewegen und lebendig zu werden.

Der Fußboden aus bunten Marmorstücken – der steinerne Teppich, wie sie sich sagte – zog sie genauso an wie die Mosaiken, nur blieben sie, wenn kein Wasser sie bedeckte, stets unbeweglich, als seien sie zu Momenten gefrorene Einzelbilder. Dann wieder dachte sie an den schlafenden Kopf eines phantastischen Wesens voller Visionen und Träume. Und sie hatte den Eindruck, dass auch in ihr selbst etwas vorhanden war, das sie erst entdecken musste.

Im Mosaik des Jüngsten Gerichts – direkt neben der Bank, auf der sie inzwischen Platz genommen hatte – zeigten sich graue Wolkenballen, über denen Gott, die Heiligen und Engel schwebten – dicht gedrängt wie auf dem Paradiesbild von Tintoretto im Dogenpalast –, während auf einem grotesk riesigen Teufelsschwanz die zur Hölle Verurteilten zusammengedrängt und aufeinander geworfen in das Inferno stürzten und dabei von Engeln mit Lanzen und Schwertern ins Dunkel getrieben wurden, als wären sie Vieh. Die Gesichter der Sünder drückten Angst, Schmerz, Resignation und Verzweiflung aus.

Nicht nur, dass Lilli auf der Galerie dem Jüngsten Gericht ganz nah war, sie konnte sogar die Mosaiksteinchen berühren – die Goldplättchen, schwarze und weiße Splitter – und so das Kunstwerk aus seinem atomaren Aufbau begreifen. Jedes Mal war sie erstaunt, wie klein die Steinchen waren. Über die pointillistische Malweise eines Georges Seurat oder Paul Signac verstand sie auch die gleichsam spitzengeklöppelte Steinstruktur. Vielleicht war dies das größte Erlebnis, das der Dom ihr vermittelte: die Entstehung eines Ereignisses aus winzigsten Einzelheiten. Hinter ihr befand sich ein Dach aus Plexiglas, durch das sie auf den Eingang hinunterschauen konnte, wo kleine Männchen in orangefarbenen Uniform-Overalls immer noch Wasser ins Freie kehrten. Später würden sich die Touristen dort wie auf einer Ameisenstraße durch den Dom bewegen. Als ihr Blick zufällig auf den Fußboden fiel, entdeckte sie ein Mosaiksteinchen, ein Glasplättchen, überzogen mit Blattgold, das sich von der Wand gelöst haben musste. Rasch bückte sie sich, hob es auf und steckte es, ohne nachzudenken, in die Tasche ihrer Jeans. Sofort begann sie, die Stelle zu suchen, von der es ausgebrochen war, und entdeckte, dass es das Goldsteinchen gerade über dem Kopf eines Engels war, der mit seiner Lanze die zur Hölle Verdammten bedrohte. Ihr war klar, dass der goldene Hintergrund der Mosaiken Ausdruck des Lichtes war, welches im Mittelalter Gott selbst darstellte. Nicht weit davon, über dem Paradies, entdeckte sie auch den siebenköpfigen Drachen. Er bildete, wie sie wusste, ein Zitat aus der Offenbarung des Johannes ab, in dem Satan als Drache, »groß und feuerrot, mit sieben Köpfen und zehn Hörnern und mit sieben Diademen auf seinen Köpfen« beschrieben wird. Dabei ging ihr noch immer das Mosaiksteinchen in ihrer Jeanstasche durch den Kopf. Durfte sie es behalten?

»Signora!«, sprach sie eine Stimme an. Da sie kein Italienisch verstand, radebrechte der Mann im orangefarbenen Overall, der, vom Stiegensteigen noch außer Atem, gerade vor sie hintrat: »You must go … Scusi.«

Lilli dachte weiterhin an das Mosaiksteinchen und folgte dem Arbeiter im Overall eilig die steile Treppe hinunter. Während er sich noch einmal entschuldigte, trat sie erleichtert aus dem Dom.

Immer noch war der Markusplatz von Wasser bedeckt, und immer noch fotografierten die Touristen einander. Eine Taube im Tiefflug streifte ihren Kopf mit einem Flügel, was ihr wie ein mystisches Erlebnis erschien. Automatisch überquerte Lilli – jetzt noch immer die Sandalen in einer Hand – den Platz, wobei sie die beiden Musikkapellen hörte: die eine vor dem Caffè

Florian und die andere vor dem Gran Caffè Quadri. Sie war erleichtert, dass sie wegen des Mosaiksteinchens nicht in Schwierigkeiten geraten war. Es war ihr, als überquerte sie einen Fluss und betrete ein anderes Land. Das Caffè Florian war für sie ein wunderbares Terrain, ein Gebilde aus Erinnerungen und Gegenwart. Während die Kapelle vor dem Gran Caffè Quadri Wagner im Stil einer Operettenouvertüre spielte, gab die Kapelle vor dem Caffè Florian Verdi-Arien und Volkslieder zum Besten. Automatisch betrat sie – nachdem sie wieder in die Sandalen geschlüpft war – das Lokal und sah den Oberkellner Roberto, wie gewohnt in weißem Hemd und Sakko. Auch er erkannte sie, winkte ihr zu, eilte herbei und fragte sie, wie es Klemens gehe. Es habe sich herumgesprochen, dass er einen Unfall gehabt und an der Ponte degli Scalzi in der Nähe des Hauptbahnhofs über die Treppen gestürzt sei.

»Er ist tot«, antwortete Lilli. »He was burried yesterday.«

Roberto riss die Augen auf und drehte sich kurz zur Seite. »Mie condoglianze – mein Beileid«, sagte er betroffen.

»He was pushed down the stairs by someone and I will find the person, who did it.«

Sie dachte wieder an das goldene Mosaiksteinchen in ihrer Hosentasche und war selbst erstaunt, dass sie Roberto mitgeteilt hatte, Klemens sei die Treppe hinuntergestoßen worden und dass sie die Person finden wollte, die es getan hätte. Weder wusste sie wirklich, dass ihn jemand gestoßen hatte, noch hatte sie bisher die Absicht gehabt, den Täter ausfindig zu machen.

Roberto nickte und eilte ihr voraus durch die gut

besuchten Räume, um sie dann zu dem Tisch zu führen, an dem sie öfter mit Klemens Platz genommen hatte. Sie blickte dabei auf die Bilder an den Wänden. Offenbar hing es mit der Biennale zusammen, dass auf heruntergerollten und mit Holzstangen beschwerten Leinwänden neue Darstellungen die ursprünglichen überdeckten. Dem Fenster gegenüber war ein überlebensgroßer Engel zu sehen, der mit einer Hand einen Morseapparat bediente und zu dessen Füßen sich gelochte Papierstreifen schlängelten. In der anderen hielt er ein Triangel. Links von ihm ein kleiner Puttenkopf, im Hintergrund winzige Schiffe. Lilli gefiel das Bild. Es verband Technik und Religion auf eine magisch-satirische Weise. Sie bestellte eine Schokoladentorte und einen »Spritz«, der aus Prosecco, Aperol und Sodawasser bestand und Klemens' Lieblingsgetränk gewesen war.

Bevor sie noch mit dem Lesen des Heftes über seinen letzten Aufenthalt in Venedig begann, blickte sie durch das große Fenster auf den Markusplatz hinaus. Das Acqua alta erschien ihr inzwischen weniger hoch, aber noch mehr Besucher als zuvor standen gerade im Wasser, einige fütterten mit ausgestreckten Armen und offenen Händen Tauben, die sich auf ihre Köpfe und Schultern setzten, aufflatterten und sich wieder niederließen. Als sie in ihrer Kindheit zum ersten Mal auf den Markusplatz gekommen war, fiel ihr ein, hatte sie nicht genug von den Tauben bekommen können. Sie dachte jetzt so intensiv an ihre Vergangenheit, dass sie sich einbildete, die damaligen Gedanken und Gefühle noch einmal zu erleben. Dann begann sie damit, die in Spiegelschrift verfassten Aufzeichnungen im schwarzen Notizbuch zu entziffern. Klemens hatte sie offenbar eilig hingekritzelt, jedenfalls kam ihr Lesen über ein mühsames stummes Buchstabieren nicht hinaus. Daher bat sie Roberto um Papier und fing an, die Seiten abzuschreiben.

Bis es dunkel wurde, war sie mit Klemens' Aufzeichnungen beschäftigt. Es stand für sie fest, dass sie die Wege und Besichtigungen, die darin beschrieben waren, nachgehen würde. Sie hatte bereits das sechste Glas Spritz geleert und ein weiteres Stück Schokoladentorte gegessen. Auch das Acqua alta auf dem Markusplatz war so weit verschwunden, dass nur noch zwei große Pfützen zu sehen waren. Ohne ein Wort über die Gründe oder seine Absichten zu verlieren, hatte Klemens Fahrten von Venedig aus nach Padua, Pellestrina, Chioggia, Sant'Erasmo und zur Klosterinsel San Lazzaro degli Armeni beschrieben, sowie einige Museumsbesuche und Ausstellungen. Sie musste also einen roten Faden finden: Wo hatte Klemens gewohnt? Hatte er eine Geliebte gehabt? Wer war Guido Alberti, der ihr das schwarze Notizbuch geschickt hatte? Und weshalb hatte Klemens zweimal ein »asilo« in Cannaregio aufgesucht?

Sie bezahlte und fragte den Oberkellner, wer Klemens bei seinen Aufenthalten im Caffè Florian begleitet hatte … War es eine Frau gewesen? Ein Mann? Roberto schüttelte den Kopf. Er sei nicht immer und zu allen Öffnungszeiten im Caffè gewesen, daher müsse er noch Erkundigungen bei seinen Kollegen einholen: Ja, zwei- oder dreimal sei es eine Frau gewesen, das habe er selbst gesehen, eine Japanerin, mit der »Signor Kuck« lange gesprochen habe, und ab und zu sei er auch in Begleitung eines Möbelhändlers, mit dem er offenbar befreundet gewesen sei, gekommen.

»Guido Alberti?«, fragte sie.

»Ja, Alberti!« In ein, zwei Tagen könne er ihr vielleicht mehr Namen und Adressen nennen. Lilli verschwieg ihm aus einer spontanen Regung heraus, dass Alberti ihr Klemens' Aufzeichnungen geschickt hatte.

Während sie auf den Markusdom zuging, spürte sie, dass sie zu wenig gegessen und zu viel getrunken hatte. Plötzlich wurde ihr schwindlig. Sie taumelte, doch im nächsten Augenblick nahm jemand sie am Ellenbogen und half ihr, wieder das Gleichgewicht zu finden. Sie eilte, ohne ihm zu danken, davon, kaufte sich unterwegs eine Venedig-Stadtkarte und fuhr mit dem Lift hinauf zu ihrem Zimmer. Sie sagte sich, dass sie durch das anstrengende Übertragen der Spiegelschrift verwirrt war. Anstatt eine Mahlzeit zu bestellen, setzte sie sich mit dem Stadtplan vor das Fenster und starrte auf das Gewirr, was sich vor ihr ausbreitete. Dabei fiel ihr ein, dass Roberto ihr auch erzählt hatte, Klemens sei mehrmals nachlässig gekleidet verschiedenen Fremden in das Caffè gefolgt, habe irgendwo Platz genommen, ein Glas Mineralwasser bestellt und eine Zeitung aufgeschlagen. Er habe offensichtlich nur darauf gewartet, dass der jeweilige Fremde sich wieder ins Freie begeben habe, worauf er ihm rasch gefolgt sei. Es sei bereits gemunkelt worden, dass er irgendetwas Dubioses plane.

Als sie sich im hässlichen Hotelzimmer umschaute, entdeckte sie, dass der Koffer mit den Zauberartikeln immer noch an seinem Platz stand … und das Zimmer selbst war zu einer Liftkabine geworden, die sich fortlaufend auf und ab bewegte.

4
Ein Mord und ein Verhör

Bei Sonnenaufgang erwachte Lilli mit Kopfschmerzen, Übelkeit und Schwindelgefühlen. Sie schwor sich, dass es ihre letzte Nacht im »Sargzimmer« gewesen sei. Die Spiegelschrift von Klemens' Notizen rumorte weiter in ihrem Kopf, und automatisch bildeten sich vor ihren Augen verkehrt geschriebene Wörter. Klemens war Linkshänder gewesen und hatte einen Text gleichzeitig mit der rechten und der linken Hand in Spiegelschrift schreiben können. Immer wieder hatte er ihr erzählt, dass Leonardo da Vinci seine persönlichen Notizen nie anders als in Spiegelschrift gemacht habe. Das Gehirn, hatte er ihr erklärt, sei ein Labyrinth, eigentlich ein doppelter Irrgarten infolge der beiden Hälften, die »spiegelsymmetrisch« gebaut seien. Er wusste sogar, dass es mit zwei verschiedenen Bewegungssystemen ausgestattet ist. Eines diene kleineren Bewegungen wie dem Schreiben, das andere den Bewegungen des Körpers, etwa beim Gehen. Dieses »Bewegungszentrum« müsse im Alltag ständig »Spiegelbewegungen« ausführen. Im Gehirn seien dafür eigene Nervenzellen vorgesehen, die »Spiegelneuronen«. Sie beeinflussten das Mitgefühl und das Wiedererkennen von Handlungen. Klemens hatte davon nicht genug reden können. Andererseits, war er lachend fortgefahren, gebe es auch »Antispiegelneuronen«, die besonders bei der Beobachtung eine große Rolle spielten. Das gesamte Spiegelsystem im Gehirn sei an Affen erforscht worden, speziell an deren Beobachtung von menschlichen Handlungen und ihrer darauf folgenden Imitation. Auf ähnliche Weise liefere das Gehirn des Menschen Vorhersagen des »Unerwarteten« und sogar des »Zukünftigen«.

Sie schluckte eine Schmerztablette, die sie dem Zauberkoffer entnommen hatte, und bestellte das Frühstück auf ihr Zimmer. Als es auf dem Tisch stand, zwang sie sich, alles aufzuessen, um den Schwindel aus ihrem Kopf zu vertreiben: Spiegeleier, Weißbrot, Schinken, Honig, Marmelade, und dazu trank sie abwechselnd Kaffee und Mineralwasser. Dann legte sie sich zurück auf das Bett und telefonierte mit dem Portier. Nachdrücklich verlangte sie das ihr in Aussicht gestellte »andere« Zimmer und beschwerte sich, dass der fremde Koffer noch immer nicht abgeholt worden war. Der Portier entschuldigte sich und erklärte ihr mit trauriger Stimme, dass alles bereits in die Wege geleitet sei. Sie könne das Zimmer Nummer 42 im darüberliegenden Stockwerk sogleich beziehen, der Koffer würde ihr nachgebracht werden.

Wie sich herausstellte, war es wirklich das Zimmer, das sie mehrmals mit Klemens bezogen hatte: ein großer Raum mit Doppelbett, hell, vergleichsweise still, mit Blick auf zwei Gartenlokale im Hinterhof. Zwischen den beiden Fenstern und über dem Bett hingen wieder goldgerahmte Bilder. Sie griff nach dem Mosaiksteinchen in der Tasche ihrer Jeans und legte es auf das Nachtkästchen. Tief in ihrem Inneren fühlte sie sich von ihm beschützt. Es war einzigartig, daran gab es für sie keinen Zweifel. Ihre Geldbörse kam jedenfalls für die Aufbewahrung nicht in Frage, denn es würde von den Münzen zerbrochen werden, sagte sie sich. Schließlich nahm sie ihre Sonnenbrille aus dem Lederetui und verstaute es darin. Ab jetzt wollte sie es immer bei sich tragen, denn das Glasstückchen erschien ihr wie ein Fragment aus Klemens' Gedankenwelt.

Die Bilder an den Wänden des gewohnten Hotelzimmers kannte sie nur zu gut. Natürlich waren sie Kitsch: ein flötenspielender junger Hirte mit einer ebenso jungen Schäferin, ein Obstkorb mit Weintrauben, Pfirsichen und Ringlotten.

Die Möbel waren weiß und der Luster an der Decke dasselbe Modell wie im ersten Zimmer, aber er wirkte verändert durch das Ambiente und das Licht. Außerdem wusste sie, dass sie vom Fenster auf die darunterliegenden Gastgärten blicken konnte, aus denen erst in den Sommermonaten Lärm heraufdröhnte. Draußen, sah sie, herrschten blauer Himmel und Sonnenschein. Allmählich hatte sie das Gefühl, dass es ihr besserging, und der Wunsch, im Freien zu sein, überfiel sie geradezu.

Guido Alberti fiel ihr wieder ein, und sie beschloss, ihn ausfindig zu machen.

Was sich dann ereignete, konnte sie später noch genau vor sich sehen.

Zuerst ging sie unter den Arkaden des Markusplatzes in Richtung Museo Correr. Es war sonnig, im Schatten jedoch kühl. Sie kannte die Auslagen der Juweliere, Glas- und Schreibwarengeschäfte … Sie hatten zweimal im Albergo Cavaletto vor dem Bacino Orseolo gewohnt, das sie am liebsten von allen Hotels mochte. Es lag direkt hinter dem Markusplatz an einer Art kleinem

Hafen, den man vor zweihundert Jahren gebaut hatte, um für die Gondeln eine Anlegestelle im Zentrum der Stadt zu schaffen. Aus den Zimmern hatten sie direkt auf die unzähligen schwarzen Boote geblickt und in den umliegenden Gebäuden eines der vornehmen Kleidergeschäfte oder das moderne »Hard Rock Café« besucht. Die Gasse hieß Calle del Salvadego, glaubte sie sich zu erinnern.

Sie bog hinter einem Glasatelier, das gegenüber einem gepflegten Maskengeschäft lag, nach rechts ab. In der Auslage sah sie Masken eines Löwen, eines Elefanten, eines Hundes, eines Zebras, eines Nashorns und eines Affen. Sogleich fiel ihr ein, dass sich auch in dem Zauberkoffer, der in ihrem Zimmer gelandet war, Tiermasken befanden.

Ein paar Schritte weiter bemerkte sie ein anderes Glasgeschäft mit einer kleinen Teufelin und einem ebenso kleinen Teufel, Katzen, aber auch einem Pferd. Mitten im Wirrwarr der Figuren entdeckte sie zufällig den Tod und ging rasch weiter. Auf die Auslage eines Hugo-Boss-Geschäfts mit männlichen Modepuppen in Anzügen folgte eine Versicherungsgesellschaft.

Als sie gleich darauf das Bacino erreichte, entdeckte sie so viele Gondeln, wie sie hier zuvor noch nie gesehen hatte. Eine Gruppe Japanerinnen, ältere Damen mit großen Hüten, wartete gerade auf dem Steg der Anlegestelle. Dahinter lag das berühmte Hotel Cavaletto & Doge Orseolo und sie wusste sogar noch, welche Fenster es gewesen waren, aus denen sie mit Klemens das Geschehen im Bacino verfolgt hatte. Im Restaurant und der Bar des Hotels saß man nahezu auf Wasserhöhe. Klemens hatte sich auch damals eifrig Notizen gemacht ... Inzwischen hatte Lilli auf einer Plastikkiste Platz genommen und währenddessen bemerkt, dass eine der Japanerinnen ihr zuwinkte. Es erinnerte sie daran, dass Roberto ihr erzählt hatte, Klemens habe das Caffè Florian einige Male in Begleitung einer Japanerin aufgesucht. Von einem Moment auf den anderen stand sie auf und ging den Weg bis zum Caffè zurück.

Das »kleine Orchester«, wie Klemens es immer lachend bezeichnet hatte, spielte gerade für eine Gesellschaft »Happy Birthday« und erhielt reichlich Applaus, worauf es eine Pause einlegte. Vor den Musikerinnen und Musikern waren Notenständer aufgestellt. Als sie näher kam, sah sie die Pianistin vor dem schwarzen Klavier. Eine junge Dame musizierte auf der Violine, und zwei ältere Männer spielten auf der Harmonika und einer Bassgeige. Sie nahm im Freien Platz und bestellte entgegen ihrem Vorsatz, keinen Alkohol zu trinken, einen Campari. Dann suchte sie die Stadtkarte und die Abschrift, die sie am Vortag aus Klemens' schwarzem Notizbuch angefertigt hatte, in der Tasche und fing an, die Wege, die er genommen hatte, auf dem Plan einzutragen. In ihrer Erinnerung sah sie von diesem Zeitpunkt an später nur noch ihre Linien und Sternchen im Gassenlabyrinth der Stadtkarte.

Am Nachmittag hatte Roberto Schicht und gleich, nachdem er den Dienst angetreten hatte, eilte er auf sie zu und berichtete hastig, dass Klemens wirklich zwei Leben geführt habe. Nachdem er in verwahrlostem Zustand offenbar jemanden verfolgt hatte, sei er anschließend wieder im besten Outfit und in Begleitung von Männern oder Frauen – häufig mit der Japanerin – erschienen und habe großzügige Trinkgelder verteilt.

»Wenn er intensiv gearbeitet hat«, unterbrach ihn Lilli, »hat er nicht sehr auf sich geachtet.«

Der Oberkellner verschwand hierauf unauffällig, um erst eine Viertelstunde später wieder aufzutauchen und sich zu entschuldigen. Aber wieder blickte Roberto mit gesenktem Kopf zur Seite, verbeugte sich und verschwand. Mit einem Glas Campari – »auf Einladung des Hauses« – kam er kurz darauf zurück, bevor er wieder seiner Arbeit nachging.

Als es dunkel wurde, arbeitete sie immer noch an ihrer Recherche und dachte über den Grund nach, weshalb Klemens mehrmals allein nach Sant'Erasmo gefahren war – oder nach Pellestrina, Chioggia und Padua. Häufig hatte er auch Museen besucht, vor allem das Museo Querini Stampalia, in dem sie gemeinsam die Bilder von Alessandro Longhi betrachtet hatten, und das ihr unbekannte Museo d'Arte Orientale, das im Ca' Pesaro untergebracht war. Doch hatte er nie notiert, weshalb er verschiedene Orte mehrmals aufgesucht hatte, dafür aber akribisch seine Gedanken zu Malern, Menschen, Gebäuden und Ereignissen festgehalten – wie etwa zu den Samurai-Rüstungen im Ca' Pesaro –, alles illustriert mit Skizzen, die zusammen ein dichtes Venedigbild ergaben.

Sie spürte, dass sie wie am Vortag zu viel getrunken hatte. Beim Bezahlen erschrak sie darüber, wie viel Geld sie ausgab. Es war schon 23 Uhr, staunte sie weiter.

Plötzlich kam ihr in den Sinn, im Hotel Cavaletto & Doge Orseolo nachzufragen, ob ein Zimmer frei sei, denn sie verspürte den starken Wunsch umzuziehen.

Sie erreichte rasch das Glasatelier, bog ab und näherte sich dem Bacino, auf dem kein Gondelbetrieb mehr herrschte. Die beleuchteten Fenster des Hotels spiegelten sich gelb wie monochrome Bilder im Wasser. Sie ließ die Auslage mit den kleinen Glasfiguren hinter sich und erinnerte sich an die winzige Gestalt, die den Tod darstellte. Die Modepuppen des Bekleidungsgeschäfts starrten noch immer lächelnd ins Nichts, und als sie die Calle del Salvadego betrat und vor den leeren Gondeln stand, erhob sich in der Dunkelheit vor dem schwach beleuchteten »Hard Rock Café« eine männliche Gestalt vom Boden und lief davon. Instinktiv suchte Lilli die Stelle auf, von der aus der Mann, wie sie annahm, geflüchtet war. Sie glaubte verrückt geworden zu sein, als sie einen Schuh und ein Bein auf dem Gehsteig vor sich entdeckte. Dann erkannte sie einen Körper in Uniform, der wohl zu einem Polizisten gehörte, und als sie sich bückte, um ihn anzusprechen, wich sie entsetzt zurück, denn der Mann zu ihren Füßen war zweifelsohne tot. Aus einem tiefen Schnitt im Hals floss Blut auf den Asphalt, auf dem sich bereits eine große Lache gebildet hatte. Zuerst flüchtete sie zu einer großen Kiste, auf die sie sich – vom Alkohol und den Ereignissen verwirrt – fallen ließ. Gleich darauf erschienen Passanten – ein älteres und ein junges Paar – aus der Richtung, in die der Schatten geflüchtet war. Sie blieben laut rufend stehen, holten ihre Smartphones heraus, telefonierten und machten Fotos.

Erst jetzt bemerkten sie Lilli, die auf der Kunststoffkiste saß. Sie sprachen sie an, der jüngere Mann wollte wissen, ob »alles ok« sei, und dann, ob sie den Täter gesehen habe.

Sie nickte und antwortete: »Only from behind.«

Ob sie sein Gesicht gesehen habe, fragte er noch

einmal. Sie schüttelte den Kopf. Nein, er sei sofort geflüchtet – sie zeigte mit dem Finger in die Richtung –,
er sei entkommen, wiederholte sie … Der junge Mann,
sie wusste später noch genau, wie er ausgesehen hatte,
hatte bereits die Polizei und die Wasserrettung verständigt, die rasch eintrafen. Während ein Beamter die Umgebung absperrte und einige das »Hard Rock Café« be-
setzten, ein Rettungsteam sich um Lilli kümmerte und
ihr anbot, die Nacht im Krankenhaus zu verbringen,
verlangte sie mehrmals mit tonloser Stimme, zurück
ins Hotel gehen zu dürfen. Sie musste jedoch in einem
Polizeiboot Platz nehmen und wurde an den vertäuten
Gondeln vorbei auf ein Polizeirevier gebracht, wo ihre
Aussage aufgenommen wurde.

Der Commissario hieß Luca Zacchini, war um die
fünfzig Jahre alt, hatte graue Haare, einen Dreitagebart
und trug eine schwarz gerahmte Brille. Vor allem fiel
ihr seine Körpergröße auf. Er sprach fließend Englisch,
hörte genau zu, nickte, unterbrach sie nicht und stellte
erst die nächste Frage, wenn er lange genug nachgedacht hatte.

Sobald er die Personalien aufgenommen und sie
nach dem Grund ihres Aufenthaltes in der Stadt gefragt hatte, worauf er ihr sofort sein Beileid ausdrückte,
suchte er im Computer nach dem Namen Klemens
Kuck. Es erstaunte ihn, dass Lilli nicht an einen Unfall
glaubte, sondern dass ihr Mann mit Absicht über die
Treppe der Brücke gestoßen worden sei.

»Von wem?«, fragte der Kommissar.

Das wisse sie nicht.

Der Kommissar schwieg und suchte auf dem Laptop
weiter nach der Akte.

»Es ist der dritte Mord an einem Polizisten innerhalb der letzten sechs Wochen«, sagte Zacchini. Er nahm die Brille ab, rieb sich die Augen, weshalb Lilli zuerst glaubte, er weine, dann erkannte sie, dass er müde war. Sie hatte das Gefühl, durch den Vorfall wieder nüchtern geworden zu sein. Der Kommissar verlangte bis in alle Einzelheiten zu wissen, was sie tagsüber gemacht habe, und Lilli erklärte, dass sie das Hotel Cavaletto & Doge Orseolo habe wiedersehen wollen, in dem sie dreimal mit ihrem Mann abgestiegen sei. Vor allem der »Gondelhafen« im Bacino habe sie angezogen. Den Täter habe sie nur in dämmriger Beleuchtung und von hinten wahrgenommen.

Der Kommissar holte Kaffee und versicherte ihr, dass sie nach dem Gespräch zum Hotel zurückgebracht werde. Dann wollte er wissen, was ihr Mann in Venedig gemacht habe. Er kannte sogar zwei seiner Comics, die ins Italienische übersetzt worden waren: einen seiner ersten Bände, »Das Schwein mit den vielen Gesichtern« – er handelte von einem Kriminalbeamten, der jedes beliebige Gesicht annehmen konnte –, und »Die stotternde Wahrsagerin«, mit der eine Polizistin gemeint war, die alles im Voraus wusste. Aber er kannte auch die Titel einiger anderer Geschichten, darunter mehrere Science-Fiction-Storys, weil sein ältester Sohn ein Fan von Klemens war.

»Könnte es sein, dass er in Venedig irgendeinem Geheimnis auf der Spur war?«

»Er hat mit niemandem darüber gesprochen, aber alle seine Wege aufgeschrieben, und ich habe sie auf einem Venedigstadtplan eingezeichnet.«

Sie holte den Plan aus der Tasche, entfaltete ihn und

legte ihn auf den Tisch. Der Kommissar zog ihn zu sich herüber, studierte ihn, dachte nach, veranlasste, dass eine Kopie angefertigt wurde, und schwieg eine Weile.

»Ihr Mann war an zwei Orten, an denen Polizistenmorde stattgefunden haben – auf Pellestrina der erste und in den Giardini der zweite … Dass er dem Täter auf der Spur war, ist also denkbar.«

Da Lilli ein Blatt aus der Tasche nahm, auf dem sie die Routen mit den im Tagebuch genannten Daten versehen hatte, überprüfte Zacchini, an welchem Wochentag und zu welcher Uhrzeit sich Klemens an den Tatorten aufgehalten hatte Es war, wie sich herausstellte, jeweils am Folgetag des Verbrechens und am Vormittag gewesen …

»Können Sie etwas daraus schließen?«, wollte Zacchini wissen.

Sie bestätigte dem Kommissar, dass ihr Mann eine Zeitlang wie besessen von Tatorten gewesen sei und diese mehrmals aufgesucht und mit Zeugen vor Ort gesprochen habe. Er habe in seinem schwarzen Notizbuch auch Skizzen angefertigt und sich, wenn er das Verbrechen und den Tatort für eines seiner Comicbücher gebraucht habe, genau an seine Aufzeichnungen gehalten, schloss Lilli.

»Wir bitten Sie um das schwarze Notizbuch mit den venezianischen Aufzeichnungen, die wir ebenfalls kopieren wollen.«

»Es ist alles in Spiegelschrift und auf Deutsch geschrieben«, entgegnete Lilli.

»Wir haben Kryptologen und Übersetzer … Einer meiner Mitarbeiter wird Sie mit dem Boot wieder vor das Hotel Cavaletto zurückbringen und von dort nach

Hause begleiten. Können Sie ihm das Notizbuch gleich aushändigen?«

Da Lilli ohnedies eine Abschrift gemacht hatte, was sie aber verschwieg, stimmte sie zu.

»Die Akte heißt ›Leviathan‹«, erklärte Zacchini. »Alle drei Morde wurden besonders grausam verübt. Der Täter hat den beiden ersten Opfern die Augen ausgestochen und sie neben die Leichen gelegt – diesmal dürften Sie ihn aufgeschreckt haben, bevor er sein Vorhaben in die Tat umgesetzt hatte.« Er lehnte sich in seinem Sessel zurück und schwieg. Dann händigte er Lilli seine Visitenkarte aus und fügte seine private Telefonnummer hinzu.

Lilli erhob sich erleichtert und dabei fiel ihr wieder ein, dass Klemens' Vater angeblich Kommissar in Venedig war oder zumindest gewesen war.

»Kennen Sie einen Kommissar Galli?«

»Francesco Galli?«, fragte sie der Kommissar. »Wieso fragen Sie mich das?«

»Klemens hat ihn offenbar in Venedig gesucht und wollte ihn treffen.«

»Aus welchem Grund?«

»Das weiß ich nicht«, log Lilli. »Vielleicht ging es um ein Verbrechen, das er aufgeklärt hat.«

»Der Name ist mir geläufig, aber persönlich kenne ich ihn nicht. Soviel ich weiß, wurde er nach einer dummen Geschichte entlassen …«

»Was für eine Geschichte?«

»Er ist bei einem Verhör mit der Anwältin eines Verdächtigen tätlich geworden.«

»Und kennen Sie seine Wohnadresse oder Telefonnummer?«

»Tut mir leid, dafür müssen Sie das Meldeamt und die Auskunft bemühen – es steht mir außerdem nicht zu, persönliche Daten weiterzugeben.«

»Und können Sie herausfinden, wo mein Mann in Venedig tatsächlich abgestiegen ist – die Polizei hat es bisher nicht herausgefunden.«

»Das weiß man nicht?«, fragte der Kommissar erstaunt.

»Es kam öfter vor, dass er untertauchte. Er sagte, dass es ihn inspiriere, wenn niemand wisse, wo er sei … Er genoss es, zu verschwinden …«

»Haben Sie das akzeptiert? Ich meine, ohne Widerspruch?«, fragte der Kommissar.

»In den ersten Jahren gab es deshalb Streit, dann habe ich es, wenn auch widerwillig, hingenommen.«

»Ich gebe Ihnen morgen Bescheid … Hatte er Freunde hier?«

Ihr fiel der Möbelhändler Guido Alberti ein, der ihr Klemens' Aufzeichnungen geschickt hatte, aber sie verschwieg auch das, wie es ihr Instinkt ihr wieder eingab … und sie vertraute den Warnungen ihres Gefühls. »Nein.«

»Oder – verzeihen Sie meine Neugierde – eine Geliebte? Ich meine Frauengeschichten?«

»Er war kein Charmeur«, antwortete sie, obwohl es nicht stimmte.

Der Kommissar tippte weiter klickend auf der Tastatur seines Laptops und schwieg.

»Commissario Galli ist, wie ich Ihnen gesagt habe, außer Dienst. Gemeldet ist er in Padua, wo er eine Wohnung gemietet hat … in der Nähe der Piazza Eremitani, genauer in der Via del Risorgimento 10.«

Lilli griff nach dem Kugelschreiber und notierte sich die Adresse auf dem Venedigstadtplan, den sie wieder zurückerhalten hatte.

Natürlich wusste sie, dass die Piazza Eremitani der Ort der Scrovegni-Kapelle war mit den Fresken von Giotto, die sie zweimal – einmal als Studentin und einmal mit Klemens – aufgesucht und bewundert hatte.

»Wollen Sie mit ihm Kontakt aufnehmen?«

»… ich glaube, ich muss jetzt zurück ins Hotel.«

Der Kommissar stand auf und schien nachzudenken. Er verabschiedete sich flüchtig, bevor er das Zimmer verließ und hinter sich die Tür schloss.

Kurz darauf erschien eine Polizistin, die sie voller Mitgefühl zum Boot begleitete und mit ihr zum Tatort fuhr, auf dem noch immer das Mordopfer – zugedeckt mit einer grauen Plastikplane – lag und Polizisten und Beamte der Spurensicherung in weißen Einwegoveralls mit Kapuzen und hohen weißen Überziehschuhen ihre Arbeit verrichteten. Vor dem »Hard Rock Café« nahmen Uniformierte noch immer Personalien und Aussagen der Gäste auf, und auf dem Asphaltboden waren mit kleinen Fähnchen Pfade und Funde markiert. Aus den Hotelfenstern, die fast alle beleuchtet waren, beobachteten Gäste die Vorgänge am Bacino. Lilli beeilte sich aufzubrechen. Auf keinen Fall wollte sie noch länger verweilen.

Im Foyer ihres Hotels Diana bat sie die Begleiterin zu warten und übergab ihr dann die in Spiegelschrift verfassten Aufzeichnungen, worauf sie einen Beleg erhielt. Es war knapp nach Mitternacht, als sie erschöpft einschlief, und etwas nach acht Uhr, als sie wieder aufwachte.

5
Das Möbelgeschäft, Signor Alberti,
Nicole und Struppi

Vom ersten Augenöffnen an hatte sie an den ermordeten Polizisten und den Unbekannten gedacht, der vor
ihr geflüchtet war.

Bevor sie Hals über Kopf wieder aufbrach, um im
Caffè Florian mit Roberto zu sprechen, nahm sie das
goldene Mosaiksteinchen aus dem Markusdom zwischen die Finger, um mit Klemens Kontakt aufzuneh-
men, aber alles, was sie tat, kam ihr jetzt banal vor.

Ihr Blick fiel auf ihren leeren Koffer und gleichzeitig auf den zweiten, der ihr irrtümlich wieder ins neue
Zimmer geliefert worden war. Sie ärgerte sich aber
nicht einmal, dass dem Hausdiener ein weiteres Mal
der gleiche Fehler passiert war.

Bevor sie noch weiter denken konnte, klopfte es.

»Ich bin der Idiot, der Sie mit seinem Koffer verfolgt«, sagte der Mann, der vor ihr stand und sie neugierig durch die halbgeöffnete Zimmertür musterte.

»Sind wir uns nicht einmal schon begegnet?«, fragte
er. »Vielleicht Am Heumarkt in Wien?«

»Ja«, sagte Lilli zögernd.

»Haben Sie schon vor der Gasexplosion dort gewohnt?«

»Wir waren gerade verreist … Aber ich weiß, dass
der Schriftsteller damals in seiner Wohnung ums Leben
gekommen ist.«

»Dann sind Sie Frau Dr. Kuck und arbeiten im Kunsthistorischen Museum, und ich bin Michael Aldrian ...«

»... Sie sind inzwischen ausgezogen?«

»Ja.«

»Waren Sie nicht Souffleur an der Wiener Staatsoper?«

»Genau, Maestro Suggeritore, aber ich hatte einen Hörsturz und musste meinen Beruf aufgeben ... Jetzt lebe ich sozusagen mein zweites Leben.« Er lächelte.

»Ich habe irrtümlich Ihren Koffer geöffnet, und da ich Kopfschmerzen hatte, Tabletten herausgenommen«, sagte Lilli.

»Ist der Totenkopf noch da?«, fragte Aldrian, ohne darauf einzugehen.

»Ich brauche ihn für meine Vorstellungen«, fügte er hinzu.

Lilli hatte die Tür noch immer nicht gänzlich geöffnet und nickte.

»Haben Sie Ihren Koffer nicht vermisst?«

»Nein. Ich habe ihn selbst in Ihr Zimmer gezaubert, weil ich plötzlich nach Sant'Erasmo musste«, lachte er.

»Sant'Erasmo?«

»Ich wohne auf Sant'Erasmo und helfe einem Freund, der in Venedig Maestro Suggeritore ist ... im Teatro la Fenice ... bei der Inszenierung von ›Don Giovanni‹ ... Ich habe alle Mozartopern im Kopf. Mein Kollege springt sonst bei Opern von Verdi, Bellini oder Rossini und Donizetti als Dirigent ein ...«

»Als Dirigent?«

»Ich sagte ja schon, dass er Maestro Suggeritore ist ... Das heißt nicht nur Souffleur, sondern auch Kapellmeister ... Übrigens, mit Ihrem Mann habe ich mich hin und wieder unterhalten ... Ist er auch in Venedig?«

»Nein.«

»Woran arbeitet er gerade?«

»Er ist tot.«

Aldrian schwieg betroffen.

»Er hatte einen Unfall …«, sprach sie weiter, »hier in Venedig.«

»Das tut mir leid.«

Lilli nickte.

»Darf ich einen Moment eintreten – ich komme mir vor wie in einem Beichtstuhl.«

Sie stieß nur »Oh, das habe ich ganz vergessen« hervor und öffnete die Tür. »Der Koffer steht vorne neben dem Stuhl«, ergänzte sie.

»Danke!«

Während er den Raum betrat und sich nach dem Gepäckstück bückte, seufzte Lilli.

Er klappte den Koffer auf, tastete den Boden unter den Gegenständen und Kleidungsstücken ab und holte plötzlich den Totenkopf heraus.

Lilli trat einen Schritt zurück.

»Er ist nicht echt … Die Zauberei ist die Krone der Mimikry und des Imitierens … Selbst die zur Schau gehörenden Tricks sind Imitate von Zufällen …« Er nahm das Gebiss aus dem Koffer, gab mit Hilfe einer Hand vor, dass es selbständig spreche, und stellte sich als Bauchredner Pagliaccio vor. »Die Zähne sind alle ausgezogen, ich ziehe in die Mundhöhle ein …« Tatsächlich schien es Lilli, als habe Aldrian seine Lippen nicht bewegt. Im nächsten Augenblick verstaute er das Gebiss und den Totenkopf wieder im Koffer.

»Verzeihen Sie meine Taktlosigkeit. Ich muss in meinem Programm noch etwas umstellen.«

Er reichte ihr die Hand, nickte und beeilte sich, auf den Gang hinauszukommen.

Als Lilli die Tür schloss, war ihr zum Lachen zumute, doch konnte sie es nicht umsetzen. Gleich darauf klopfte es abermals, und als sie die Tür wieder öffnete, stand der Zauberer abermals vor ihr und hielt ein Ticket in der Hand.

»Ich habe vergessen, Ihnen eine Eintrittskarte für die Veranstaltung morgen Abend um 18 Uhr im Hotel Excelsior zu geben … Darf ich das nachholen?«

Sie freute sich, nahm sie und versprach zu kommen.

Der Besuch des Zauberkünstlers hatte sie, so seltsam es war, erleichtert, auch wenn er die Bilder der vergangenen Nacht nicht hatte vertreiben können. Sie verband ihr iPad aus dem Koffer mit dem WLAN des Hotels und versuchte auf Englisch und Deutsch über die Polizistenmorde, die in ihrem Kopf weiter herumspukten, Genaueres zu erfahren. Es erschien ihr ziemlich mühsam, doch schließlich fand sie bei einer deutschen Boulevardzeitung die neuesten Informationen. Im Artikel wurden auch die beiden vorangegangenen Polizistenmorde erwähnt. Der Mord auf Pellestrina hatte sich am frühen Morgen direkt vor dem Eingang zum Friedhof an der Vaporetto-Station ereignet, das Verbrechen in den Giardini hingegen zu Mittag. Zuletzt wurde die nächtliche Tat am Bacino geschildert. Allen drei Opfern war die Kehle durchtrennt und zweien von ihnen die Augen ausgestochen worden. Das wusste Lilli schon. Sie kannte auch den Platz vor dem Friedhof von Pellestrina. Plötzlich fiel ihr ein, dass der Koffer von Klemens nie in Wien angekommen war. Sie hatte in den schweren Tagen nach Klemens' Rücktransport zwar registriert, dass er fehlte, aber sich darüber zunächst keine Gedanken gemacht. Hatte Aldrians Zauberkoffer im Hotelzimmer sie nicht permanent darauf hingewiesen? Es ging also um den Koffer, und sie ärgerte sich insgeheim, dass sie dem Hinweis so lange keine Beachtung geschenkt oder ihn gar nicht als solchen verstanden hatte.

Sie duschte sich, und jetzt fiel ihr neuerlich der Name Guido Alberti ein, der Möbelhändler, der angeblich mit Klemens befreundet gewesen war … Sie schaute, als sie sich geschminkt hatte, auf ihrem iPad nach … Tatsächlich entdeckte sie das Büro des Möbelgeschäfts »mobili italiani« in der Calle del Frutariol, nachdem sie den Namen Guido Alberti eingegeben hatte. Automatisch holte sie den Stadtplan mit Klemens' Touren heraus und suchte die Gasse. Er hatte sie in seinen Aufzeichnungen kein einziges Mal erwähnt. Weshalb nicht? Hatte er tatsächlich eine Geliebte gehabt? Und bei ihr gewohnt? Unruhe ergriff sie, und sie begab sich, ohne gefrühstückt zu haben, hinunter auf die Gasse und beeilte sich, in das Caffè Florian zu kommen, um mit Roberto zu sprechen … »Gedanken sind wie die Vereinigung zweier DNAs: Man weiß nie, was dabei herauskommt«, hatte Klemens gewitzelt, bevor er sein letztes Comicheft, »Casanova«, verfasst hatte. Es war voller obszöner Bilder, weil das Sexualleben in seinem Werk genauso Platz haben sollte wie alle anderen Eigenschaften der Menschen. Für das Buch hatte er sich immer wieder längere Zeit in Venedig aufgehalten. Vielleicht hatte er dabei auch andere Frauen kennengelernt? Es tat nichts zur Sache, dass er tot war, sie war sogar posthum eifersüchtig, vielleicht verletzte sie der

Gedanke sogar noch mehr, nachträglich die Betrogene zu sein, weil sie ihn nicht mehr zur Rede stellen konnte. Die Wehrlosigkeit, das Ausgeliefertsein schmerzten sie schon in der Vorstellung. Dann sah sie plötzlich und ohne Anlass wieder den toten Polizisten vor sich, von dem sie jedoch nichts wissen wollte. Sie mochte keine Einzelheiten seines Privatlebens erfahren: ob er Kinder hatte, eine Frau … Es war die Angst vor einer neuerlichen Verletzung, die sie so denken ließ. Außerdem wechselten ihre Befindlichkeiten. Mehrmals am Tag veränderte sich ihr Zustand, nur ihre »Tarnfarbe«, wie sie es nannte, blieb gleich, denn ihre Selbstbeherrschung war noch intakt …

Sie flüchtete mit dem Stadtplan zurück in Richtung Hotel und von dort weiter die Gasse hinauf. Wieder war es eine Auslage mit gläsernem Tierschmuck, die ihr auffiel: wunderbar feine Insekten – Hirschkäfer, Grillen, Heuschrecken, Nashornkäfer – und zwei Salamander, deren schwarz-gelbes Äußeres sie an das nächtliche Wasser im Bacino und die Spiegelungen der beleuchteten Hotelfenster denken ließ … Und gleichzeitig an den Ermordeten und weiter an Klemens … Ihr war klar, dass sie eine Pause brauchte. Sie wünschte sich nichts so sehr, als still am Strand zu liegen und die Gedanken kreisen zu lassen oder am Meeresufer entlangzuspazieren … Ihr Blick fiel noch immer auf die bunten, gläsernen Schmetterlinge, auf einen Skorpion und eine Libelle … Sie hatte ja das goldene Mosaiksteinchen aus dem Markusdom in ihrem Brillenetui … Auch die übergroßen Wespen auf dem unteren Glasbrett mit ihrem schwarz-gelben Körper ließen sie an den Mord denken.

Etwas später kam sie in immer enger werdenden Gassen zufällig an der Cioccolateria VizioVirtù in der Calle del Forner vorbei, das sie von gemeinsamen Besuchen mit Klemens, der sich dort immer gelangweilt hatte, kannte. Sie trat ein und frühstückte Kuchen und heiße Schokolade … Ihr wurde klar, dass sie sich in einem labilen Zustand befand – einerseits wünschte sie sich Einsamkeit, andererseits fürchtete sie sich davor. Sie wusste auch nicht, ob sie Klemens vergessen oder ihn immer im Kopf behalten wollte. Sie war ein Kind geworden, dachte sie, während sie den Kuchen aß, ein traumatisiertes Mädchen. Es hieß, man müsse sich nach einem Todesfall Zeit lassen, um wieder ins normale Leben zurückzufinden. Verging die Zeit dann langsamer, also in Zeitlupe, oder eröffneten sich Tore für neue Eindrücke, für neue Erfahrungen, neue Begegnungen? Sie war jedenfalls davon überzeugt, dass sie nur noch einsamer sein würde, als sie sich ohnedies fühlte.

Sogleich dachte sie an die Träume des »Kleinen Niemand«. Klemens hatte die Comicserie »Little Nemo in Slumberland« von Winsor McCay auch noch als Erwachsener geliebt, »Der Kleine Niemand im Schlummerland«, wie sie auf Deutsch hieß. Das Buch war voller phantastischer Traumszenen, die sich stets zu bedrohlichen Situationen entwickelten und nur durch das Erwachen im eigenen Bett ein gutes Ende fanden. Surrealistische Bilder dominierten die Szenen. Klemens mochte besonders die Figur des Königs von »Schlummerland«, Morpheus, und den Gegenspieler Nemos, Flip, der später dessen Gefährte wird und einen Hut mit der Aufschrift »Wake up!« – »Aufwachen!« – trägt. Nemo war für Lilli der Inbegriff der Einsamkeit von

Kindern, deren wahres Leben sich häufig in Tagträumen abspielte. Das hatte sie immer angezogen, aber zugleich verunsichert, so wie die meisten ihrer Gefühle und Gedanken voller Widersprüche waren. Eines Tages – sie war gerade vierzehn Jahre alt geworden – hatte sie plötzlich verstanden, dass das Denken und Verhalten aller Menschen widersprüchlich war. Die Logik, begriff sie später, war eine eigene Sprache, sozusagen die mathematische Stenographie, mit der man versuchte, Unerklärliches in Begreifbares zu übersetzen. Je älter sie wurde, desto größer wurde ihr Eifer, in allem und jedem Widersprüchlichkeiten zu entdecken. Alle Menschen waren in ihren Augen gespalten, manche mehr, manche weniger, und die meisten hatten viele Welten im Kopf, die gleichzeitig existierten und einander widersprachen.

Sie kaufte eine größere Menge Konfekt und suchte dann weiter nach dem Möbelgeschäft von Alberti, das sie gleich hinter der nächsten Ecke entdeckte. Durch drei oder vier große Auslagenfenster erkannte sie Matratzen, von Leintüchern bedeckte Polstermöbel sowie Tischchen. Das Büro befand sich in der Quergasse gegenüber, es war mit dem Schild »Italienische Möbel – Großhandel« kenntlich gemacht. Lilli trat, ohne zu zögern, ein. Da die Gassen sehr schmal waren, war es im Büroraum eher dunkel. Eine jugendliche Sekretärin zeichnete gerade etwas mit Buntstiften, und ein Herr mittleren Alters in Anzug und Krawatte blätterte in einem großformatigen Möbelkatalog. Sie stellte sich vor, und er stand sofort auf und ging ihr entgegen. Zugleich sprang unter dem Schreibtisch ein Drahthaar-Foxterrier hervor und bellte.

Der Möbelhändler sprach ein fehlerfreies Englisch: »Ich bin Guido Alberti … Ein Freund Ihres Mannes … Ich war mir sicher, dass Sie kommen werden«, sagte er mit ernsthaftem Gesicht. Er bot ihr einen Stuhl an. »Das ist meine Tochter« – er deutete auf die Jugendliche, die Lilli zuerst für eine Sekretärin gehalten hatte – »Nicole … Ich habe Ihnen das Tagebuch von Klemens geschickt, er hat eng mit mir zusammengearbeitet.«

56

Lilli erkannte jetzt, dass Nicole das Down-Syndrom hatte. Unbeabsichtigt machte Lilli ein fragendes Gesicht, und Guido Alberti reagierte darauf.

»Ich war lange bei der Spurensicherung der Polizei. Jetzt arbeite ich privat als Detektiv. Offiziell bin ich Geschäftsführer in unserem Möbelvertrieb, der meiner Frau gehört, denn ich führe auch Ermittlungen durch, bei denen es besser ist, unerkannt zu bleiben. Klemens habe ich vor eineinhalb Jahren im Caffè Florian kennengelernt. Wir haben dann lange Gespräche über Verbrechen in Venedig geführt. Ich habe ihm Tatorte gezeigt und, wenn es möglich war, auch Polizeiakten. Zuletzt war er hinter einem Mann her, der verdächtigt wird, mittlerweile drei Polizisten ermordet zu haben … Klemens war wie besessen von dem Fall, denn er hatte nach dem Comicbuch über Casanova und dessen Ausbruch aus den Bleikammern das Bedürfnis, einen Kriminal-Comicroman zu schreiben, der wieder in Venedig spielt.«

Lilli nickte. »Hat er nicht an einer Samurai-Geschichte gearbeitet? Jedenfalls hat er mir davon erzählt«, lenkte sie ab, um von Alberti Genaueres zu erfahren.

»Kann sein, wir haben uns ja nicht jeden Tag gesehen. Aber er hat sehr oft das Museo d'Arte Orientale im Ca' Pesaro besucht, das weiß ich, und er erzählte mir manchmal etwas über japanische Kampftechniken …«

Lilli dachte kurz nach.

»War er auf der Suche nach jemandem?«, wollte sie dann wissen.

»Nach wem? Ich meine außer dem Polizistenmörder?«

»Hat er einen Kommissar Francesco Galli erwähnt?«

»Galli? Nein. Wie kommen Sie auf Galli?«

»Er kannte ihn … Vielleicht hat er sich von ihm ebenso beraten lassen wie von Ihnen?«, schwindelte Lilli weiter.

»Galli … Der Name kommt mir bekannt vor.«

»Wir haben fast täglich telefoniert und ich erinnere mich, diesen Namen von ihm gehört zu haben.«

»In welchem Zusammenhang?«

Inzwischen war Albertis Tochter aufgestanden, hatte sich nach dem Hund gebückt, ihn aufgehoben und auf ihren Schoß gebettet.

Sie musste jetzt versuchen, sagte sich Lilli, mehr aus Alberti herauszubekommen.

»Weshalb haben Sie Ihre Adresse nicht auf das Kuvert geschrieben, in dem Sie mir Klemens' Venedig-Notizbuch geschickt haben?«, fragte sie.

»Dann hast du vergessen, unsere Adresse hinzuzufügen!«, wandte sich Alberti verärgert und auf Italienisch an seine Tochter.

Nicole schüttelte den Kopf. Es sah aus, als würde sie gleich zu weinen anfangen.

»Okay«, sagte Alberti beruhigend und streichelte ihre Hand, doch Nicole rollten bereits Tränen über die Wangen, und der Hund fing an zu bellen.

»Der Hund gehörte Klemens«, sagte der ehemalige Spurensicherer. »Eines Tages ist er mit ihm bei uns aufgetaucht. Er hat behauptet, dass es sich um einen Straßenköter handle, der ihm zugelaufen sei.«

Da ihn Nicole argwöhnisch musterte, übersetzte er seine Auskunft ins Italienische. Nicole hörte sofort zu weinen auf und betonte, dass Struppi ihr gehöre.

»Wo willst du ihn hintun?«, fragte Alberti gereizt.

Nicole war wieder dem Weinen nahe.

»Er gehört dir, wenn es Signor Alberti erlaubt«, warf Lilli auf Englisch ein.

Alberti sog demonstrativ Atemluft ein, schnitt eine Grimasse, die besagen sollte, dass er langsam den Verstand verliere, und nickte.

»Bene«, stieß er kurz aus, ohne dass man erraten konnte, was er damit meinte.

»Ja, gut«, ergänzte Nicole trotzig.

»Wie konnte Klemens einen Hund in sein Hotelzimmer mitnehmen?«, wechselte Lilli das Thema.

»Klemens hat bei uns gewohnt. Ich hatte ihm in einem Telefongespräch in Aussicht gestellt, dass er sich bei uns verstecken kann, falls er sich verfolgt fühlt. Er ist daraufhin mit seinem Koffer gekommen und hat erst gar nicht ein Hotel gesucht.«

»Er war von Anfang an bei Ihnen?«

»Ja. Wussten Sie das nicht?«, fragte Guido Alberti. »Wenn Sie wollen, kann ich Ihnen seine Unterkunft zeigen. Sie ist natürlich bescheiden, aber ihm hat sie gefallen.«

Zu dritt und mit dem Hund suchten sie das gegenüberliegende Geschäft auf, und Alberti nahm seine Schlüssel heraus und öffnete die Tür. Sie gingen zuerst durch die Lagerräume mit den großen Auslagenfenstern. Lilli hatte den Eindruck, dass sie selbst gerade auf eine Filmleinwand projiziert wurde, von der aus sie durch die Auslage auf den leeren Kinosaal, der die schmale Gasse war, blickte. Ab und zu eilte eine Gestalt vorüber, aber kaum jemand blieb stehen, um die Möbel zu betrachten. Gleichzeitig musste Lilli an Klemens' Grab denken, in dem er allmählich zu Staub werden würde.

Am Ende der zweiten Auslage teilte eine Holzwand eine Art Wohnnische vom restlichen Raum ab. Nicole öffnete stolz die Tür. Lilli blickte in ein sehr kleines Zimmer mit einem frisch überzogenen Doppelbett, einer Stehlampe, einem Schreibtisch mit Stuhl, und als sie eine Seitentür aufgemacht hatte, konnte sie einen noch schmaleren Schrankraum sehen, in dessen Regalen die Kleidung von Klemens lag und auf dem Fußboden sein Reisekoffer. Vermutlich war er leer, dachte Lilli. Die dritte Tür gab die Sicht auf ein Bad mit Toilette frei sowie auf ein Fenster, durch das gedämpftes Tageslicht fiel.

Währenddessen bemerkte Guido Alberti, dass er Klemens alles kostenlos zur Verfügung gestellt habe, und Nicole lud Lilli ein, ebenfalls hier zu wohnen.

Wieder im Büro, versicherte Alberti ihr, dass sie Klemens' Kleidungsstücke und den Koffer jederzeit abholen könne. Außerdem bat er sie um die Telefonnummer des Hotels, in dem sie wohnte, sowie um ihre E-Mail-Adresse, während er ihr seine Visitenkarte reichte.

Lilli war wie betäubt, als sie den Weg zur Rialtobrücke einschlug und in das Vaporetto stieg, um die Giardini aufzusuchen. Unterwegs rief sie Guido Alberti an und fragte ihn, wo genau der Polizist in den Giardini Publici ermordet worden sei … Alberti beschrieb ihr eine Stelle am Ufer des Canal di San Marco … Es verlaufe ein asphaltierter Weg dorthin, der bis zu einer steinernen Treppe führe. Dort müsse der Mörder seinem Opfer aufgelauert haben und, nachdem er ihm die Kehle durchschnitten hatte, mit einem Motorboot geflüchtet sein.

Lilli verließ den Wasserbus erst in Sant'Elena und

legte das Stück Weg zu Fuß bis zum Park im Schatten von Essigbäumen zurück. Sie steuerte nicht direkt den angegebenen Tatort an, sondern setzte sich in einem belebteren Abschnitt auf eine Bank, schloss die Augen, öffnete sie wieder und bemerkte den blühenden Kirschlorbeerstrauch, der betörend duftete. Eine dunkle Wolke zog vorüber, es regnete ein paar Tropfen und hörte gleich wieder auf. Als ihr wie selbstverständlich Klemens einfiel, zwang sie sich, an etwas anderes zu denken … Das war schwierig, weil sie ja den Tatort sehen wollte, an dem einer der Morde geschehen war … Sie war immer für eine humane Behandlung von Kriminellen eingetreten und gegen die Todesstrafe gewesen – nun aber empfand sie Hass. Zugleich fürchtete sie sich vor dem Täter. Weshalb hatte Klemens sich immer nur mit dem Grausamen, der Gewalt beschäftigt? Er hatte ihre Fragen stets mit denselben Argumenten beantwortet. Er wolle das Wesen des Menschen, der mordet, Krieg führt und militärische Ereignisse als »Geschichte« versteht, untersuchen. Die meisten großen Persönlichkeiten der Geschichte seien Mörder gewesen, sagte er wiederholt, er verglich sie mit Mafiabossen, die in Bandenkriege verwickelt sind. Schließlich hatte Lilli aufgehört, ihn danach zu fragen.

Inzwischen hatte sie das Konfekt aus der Tasche genommen und angefangen, sich die mit Schokolade überzogenen Ingwer-, Feigen- und Marillenstückchen in den Mund zu stopfen. Eine junge Amsel trippelte mehrmals an ihren Füßen vorbei. Die Tauben, stellte sie jetzt fest, bewegten sich gemächlicher. Auf einer Bank im Schatten, Lilli direkt gegenüber, schlief eine Frau mit einer grün-gelb gemusterten Baseballkappe vor dem

Gesicht, eine Sporttasche auf ihren Oberschenkeln. Ihr Mann hatte den Kopf auf seinen Rucksack gelegt und schlief ebenfalls. Die rote Sportkappe war auch ihm ins Gesicht gerutscht, so dass nur ein Teil der violett spiegelnden Sonnenbrille zu sehen war, während seine auffallend großen Füße in Sneakers mit luftgepolsterten Sohlen steckten und wie Haifischflossen nach oben ragten. An seinem Handgelenk blitzte eine verchromte Armbanduhr mit schwarzem Ziffernblatt. Jetzt erst fiel ihr auf, dass die Vögel in den Bäumen und Sträuchern schon die ganze Zeit über zwitscherten. Das beruhigte sie und gefiel ihr. Die Frau vis-à-vis trug eine goldfarbene Armbanduhr mit weißem Ziffernblatt und Jeans. Sie hatte schöne Finger, fiel Lilli auf, und trug einen Ehering, wie auch der Mann. Beide mochten etwa siebzig Jahre alt sein. All das hatte Lilli wahrgenommen, während sie sich ein Schokoladenbonbon in den Mund steckte. Sie wusste, dass sie schnell an Gewicht zunehmen würde, wenn sie auf diese Art weitermachte, aber sie nahm sich im selben Augenblick vor, es nicht darauf ankommen zu lassen. Und sie würde sich auch nicht den Tatort ansehen, wurde ihr auf einmal klar. Wozu auch?

Sie verließ den Park, spazierte unter den Ästen der Essigbäume wieder zurück zur Vaporetto-Station Sant'Elena und war erleichtert. Weshalb sollte sie sich von Klemens' Neugier anstecken lassen? Sie hatte jetzt ohnedies einen Anhaltspunkt, und das war Guido Alberti. Natürlich hatte sie keine Ahnung, wie es weitergehen würde, aber sie konnte warten – wenn auch nicht endlos lange. Ein Taubenschwarm und ein Spatz näherten sich ihr und ließen sich von einer älteren Frau und ihrem Enkelkind, einem Mädchen, mit Weißbrot füttern.

Im Vaporetto fiel ihr plötzlich ein, dass alles, was sie über Klemens erfahren hatte, zu ihm passte. Dass er untergetaucht war, die Überzeugung, dass ihn niemand in einem Möbelgeschäft vermuten würde, dass eine junge Frau mit Down-Syndrom zugegen war und er den weißen Drahthaar-Foxterrier nicht nur aufgelesen, sondern auch »Struppi« genannt hatte. Immer wieder hatte er Verstecke aufgesucht, um ungestört arbeiten zu können. Einmal war es die Wohnung eines Nachbarn gewesen, einmal, wenn sie zu ihm nach Hause auf das Land gefahren waren, ein leer stehendes Gebäude, ein gesperrter Aussichtsturm, zuletzt sogar ein Segelschiff am Neusiedler See, das er – ohne ihr etwas davon zu sagen – gemietet hatte. An den Menschen mit Down-Syndrom zog ihn seit jeher die für ihn fremde Welt, das »andere Denken«, wie er es nannte, an. Er versuchte, durch Gespräche mit ihnen sein eigenes Unbewusstes besser zu verstehen, und es machte ihm außerdem Freude, jeden Einzelnen von ihnen zu beschenken. Er liebte ganz allgemein Pflanzen und Tiere, fiel Lilli ein, sammelte die Bücher, in denen sie dargestellt waren, und hatte sich immer schon einen Hund gewünscht, ohne es aber jemals in die Tat umgesetzt zu haben, da er befürchtete, dann seine Freiheit zu verlieren. »Struppi« in den Comicbänden von Hergé war ja ein Foxterrier, daher war es für Klemens naheliegend gewesen, dass er diesen Namen für den Hund wählte. Das Wort »Straßenköter« hatte er sicherlich nicht in den Mund genommen. Er liebte »Tim und Struppi«. Seit seiner Jugendzeit hatte er alle Bände besessen und

konnte die Geschichten bis in jede Einzelheit nacher-
zählen. Vor seinem Studium an der Kunsthochschule
in Wien, das er abgebrochen hatte, hatte er sogar selbst
einen Band im Stil von Hergé verfasst, dem er aber keinen Titel gegeben hatte. »Struppi« jedoch spukte bis zu
Klemens' Tod in seinem Kopf herum …

Hinter der Tür zu ihrem Hotelzimmer fand sie
schließlich zwei Benachrichtigungen des Portiers, der –
wie immer – am späteren Nachmittag nicht mehr anwesend war. Da sie sich müde fühlte, legte sie sich auf
das Bett und las die mit dem Stempel des Hotels verse-
henen Mitteilungen: Um 13 Uhr 26 hatte Guido Alberti
sie benachrichtigt, dass der »Ex-Commissario« Galli,
wie er ihn nannte, sich jetzt auf der Insel Pellestrina
aufhalte, sogar seine Adresse hatte er herausgefunden.
Alberti bot ihr weiter an, sie morgen um 10 Uhr vom
Hotel abzuholen und zu begleiten.

Die zweite Nachricht von 13 Uhr 31 stammte von
einem Südtiroler, der an einer Übersetzung des Ge-
samtwerks von William Shakespeare arbeitete, wie er
angab, und ihr mitteilte, dass ein Signor Egon Blanc,
der ein Förderer und Bewunderer von Klemens Kuck
gewesen sei, sie einladen wolle. Darunter stand eine
Telefonnummer. Woher wusste der Übersetzer, dessen
Namen sie auf der Nachricht nicht entziffern konnte
und den sie daher für eine Abkürzung hielt, dass sie in
Venedig war und im Hotel Diana wohnte? Wer war er
überhaupt? Und woher hatte er ihren Namen? Mit Sicherheit musste er Klemens gekannt haben, ebenso wie
der ihr unbekannte Gastgeber Blanc. Sie legte die beiden Mitteilungen auf den Nachttisch, schlief ein paar
Stunden, suchte das Bad auf, duschte und nahm eine

Schlaftablette. Sie musste die ganze Zeit an Klemens' Koffer denken ... Zumindest wollte sie nachsehen, ob doch etwas in ihm aufbewahrt war. Seltsam, welche Rolle Koffer plötzlich in ihrem Leben spielten ... Sie holte das goldene Mosaiksteinchen aus dem Etui ihrer Sonnenbrille und legte es auf die Glasplatte ihres Nachttischchens.

6
Chioggia

Als sie am Vormittag erwachte und aus dem Fenster blickte, zeigte sich über dem Dach des gegenüberliegenden höheren Gebäudes ein zarter Regenbogen. Sie blieb am Fenster stehen, und es begann zu regnen.

Beim Frühstück, zu dem sie gerade noch rechtzeitig erschienen war, fiel ihr ein, dass sie das Mosaiksteinchen in ihrem Zimmer vergessen hatte. Sogleich machte sie kehrt, verstaute das Teilchen sorgfältig in einem Papiertaschentuch, das sie in die Hosentasche steckte … nahm die beiden Nachrichten an sich und fragte – wieder im Foyer – den Portier nach dem Namen des zweiten Anrufers vom Vortag, den sie auf der Benachrichtigung nicht hatte entziffern können.

»Signor Lanz«, erklärte der Portier nach einem kurzen Blick auf das Papier.

Das sagte ihr allerdings nichts. Sie packte die beiden Zettel in ihre Handtasche, hielt kurz inne und blickte auf die Uhr. Es war schon zwanzig Minuten nach zehn, sie hatte sich verspätet. Aber auch Guido Alberti war nicht pünktlich, wie sich herausstellte, er bog gerade mit Nicole und Struppi um die Ecke und lachte, als er sie sah. Der Hund bellte, Nicole winkte ihr zu. Lilli war überrascht, denn sie hatte in diesem Augenblick nicht mit den beiden gerechnet.

»Ich habe Galli durch einen Zufall gefunden!«, begann Guido Alberti. »Wir waren, solange er noch bei der Polizei war, fast Arbeitskollegen.« Der Privatdetektiv und Möbelhändler war mit einem auffälligen Sommeroutfit bekleidet. Die Hose wies ein unsymmetrisches Blattmuster auf, das Lilli an den Wildwuchs in einem Garten erinnerte. Sein Hemdsakko hingegen war mit bunten, christlichen Herzdarstellungen geschmückt: brennend, mit Dornenkronen oder von Lanzen durchbohrt.

»Francesco Galli hatte fehlerlos gearbeitet, aber bei einem einzigen Fall die Nerven verloren und während der Vernehmung einen Briefbeschwerer und mehrere Aktenordner nach der Anwältin des Verdächtigen geworfen. Francescos Aussage über den Zwischenfall war mehr als seltsam: Er beschuldigte einen greisen Milliardär, der große Summen für Flüchtlinge, Kranke, Waisenkinder und andere gute Zwecke spendete, ihn wegen eines Schützlings bewusst in die Irre geführt zu haben.«

Lilli spürte plötzlich, dass ihr Nicole ganz selbstverständlich die Hand gab, während sie mit ihrem Hund Struppi sprach. Sie sagt, übersetzte Alberti: »Nicht beißen … Nur wenn ich ›beißen‹ sage! Sonst nicht!«

An der Station Lido Santa Maria mussten sie warten, da der Bus in Richtung Friedhof von Pellestrina, wo der erste Polizist ermordet worden war, nur jede volle Stunde abfuhr. Lilli wartete lieber im Gebäude neben der Anlegestelle und betrachtete von hier aus durch die Glasscheibe die Lichtspiele von Wasser und Sonne auf der schwarzen Bordwand eines kleinen Vaporettos. Das war ihr vorher noch nie aufgefallen: das Aufblitzen und Zucken, das Verschwinden und Wiedererscheinen und die blendende Helle. Es ließ sie an eine Welt aus

Licht und Dunkelheit denken. Lilli sah sich selbst in einer der Scheiben gespiegelt und musste durch sich hindurchschauen. In der Ferne konnte sie den Campanile erkennen und den Dogenpalast und auf dem Wasser das eine oder andere Vaporetto. Vielleicht waren die Bordwände des Schiffs mit den zuckenden schwarzen und grellweißen Flecken so etwas wie ein eigener Kontinent, der von Blitzen erhellt wurde, fragte sie sich.

Sie riss sich los und eilte zum Bus der Linie 11, in dem Nicole und Guido Alberti bereits Platz genommen hatten und Struppi zu ihren Füßen schlief. Nicole hatte für Lilli einen Sitz reserviert, indem sie sich einfach der Länge nach über zwei Plastikstühle ausgestreckt hatte. Freudig zog sie ihre Beine zurück, damit Lilli Platz hatte, der weiße Drahthaar-Foxterrier blinzelte mit einem Auge, und Guido Alberti sagte auf Englisch: »Meine Tochter hat ihn für Sie besetzt!« Jetzt erst fiel ihr auf, dass auch Nicole, wie sie selbst, schwarze Kleidung trug: eine schwarze Hose, ein schwarzes T-Shirt und eine leichte schwarze Jacke. Ihre Fingernägel waren bunt lackiert und ihre Sonnenbrille hatte ein modisches, rotes Gestell.

Mit einem heftigen Ruck, der Lilli fast zu Boden geworfen hätte, fuhr der Bus los. Alberti lachte, fasste sich aber sofort wieder und half ihr, Platz zu nehmen. In seinem Aufzug sah er wie ein geisteskranker Priester aus, dachte sie. Die christlichen Herzen verliehen ihm zugleich etwas Unwirkliches. Lilli saß mit dem Rücken zur Fahrtrichtung, was sie unangenehm fand, und klammerte sich mit einer Hand an eine senkrechte Aluminiumstange, um nicht – wenn der Fahrer wieder jäh bremste – aus dem Sitz gerissen zu werden.

Ihr fiel auf, dass sie sich selbst so wenig verstand wie nie zuvor in ihrem Leben. Gerade deswegen aber, nahm sie an, stürzte sie sich in Abenteuer. Sie wollte im Augenblick nicht mehr nach Hause zurückkehren, ging es ihr durch den Kopf, die Vergangenheit sollte Erinnerung werden, etwas, das allmählich einem Traum ähnelte.

Ein Mann ihr gegenüber und auf der anderen Busseite spielte auf seinem iPad Karten, seine Frau las die Zeitung »La Repubblica«, und hinter ihnen waren zwei Koffer senkrecht aufgestellt.

»Schon wieder Koffer!«, dachte Lilli und sah, dass Nicole, die aufrecht saß, gebannt und mit offenem Mund auf die Gepäckstücke starrte. Sie bemerkte, dass Lilli sie beobachtete, streckte den Arm aus und deutete auf die wackelnden Koffer. Obwohl der Bus dahinraste, fuhren die beiden Passagiere mit ihren Tätigkeiten fort. Auch Guido Alberti hatte sich inzwischen den Koffern zugewendet und lachte stumm, als er sich wieder umdrehte. Plötzlich, bei einer besonders abrupten Bremsung, stürzten die aufgestellten Gepäckstücke um und krachten mit knackenden und klirrenden Geräuschen auf den Boden. Die Zeitungsleserin hob die Brauen und blickte dabei ihren Begleiter streng an. Sie legte die bedruckten Seiten mit einer zornigen Geste weg, und der Mann sprang auf. Das iPad lag jetzt auf seinem Sitz, denn er bemühte sich im dahinrumpelnden Bus, die Koffer waagrecht auf den Boden zu legen, um nachzusehen, ob darin etwas kaputt gegangen war. Lilli konnte erkennen, dass es Blumentöpfe waren, und am Gesicht des Mannes war zu erkennen, dass einige zerbrochen sein mussten. Die Frau lächelte schadenfroh, aber es war nicht zu übersehen, dass sie noch immer wütend war. Gleich darauf fing Nicole zu weinen und Struppi zu bellen an, bis Guido Alberti seine Tochter in die Arme nahm und sie beruhigte. Sogleich hörte auch Struppi zu bellen auf. Alberti griff in die Tasche und warf ihm ein Stück Trockenfutter zu, das er gierig verschlang. Nicole habe Angst, erklärte Alberti daraufhin, dass die zerbrochenen Blumentöpfe Unglück brächten, sie lasse sich das nicht ausreden … Oft behalte sie sogar recht.

Der Bus erreichte in Alberoni die Fähre und gelangte ruckend an Deck. Lilli kannte die Leuchttürme am Meeresufer noch von einer Fahrt mit Klemens. Noch immer presste Nicole ihr Gesicht an die Brust ihres Vaters und stieß in allmählich größer werdenden Abständen Schluchzlaute aus, bis sie sich auf den Sitz zurückfallen ließ. Doch sie vermied es, auch nur einen Blick auf die Koffer oder ihre Besitzer zu werfen. Lilli zog es vor zu schweigen, da sie nicht wusste, was ihre Worte in Nicole auslösen würden … Langsam setzte sich die Fähre in Bewegung und steuerte schwerfällig auf das offene Meer zu.

Erst als sie auf Pellestrina anlegten, hatte sich das Mädchen beruhigt. Der Bus begann wieder zu rasen, und linker Hand konnte sie die endlos langen Murazzi sehen, Mauern, die die Insel vor Überschwemmungen von der Meerseite schützten. Wenn sie niedriger waren, huschten ab und zu Baumkronen, ein leeres Stück Strand oder der Ausblick auf die offene See vorüber. Die Sicht auf die rechte Lagunenseite war anfangs von dichtem Schilf oder Gebüschen verdeckt.

Immer wieder blieben sie an Bushaltestellen stehen,

dahinter erblickte Lilli kleine Fabriken, Werften, eingezäunte Flächen und Reihenhäuser mit Wäsche auf den Balkonen. Dann sah sie mit Planen überdeckte Holzhütten im Meerwasser für die Werkzeuge der Fischer. Sie erschienen ihr wie Müllhalden in der Lagune. Wiesen wechselten sich mit Kränen, Fabrikgebäuden, Kirchtürmen und bescheidenen Vorgärten ab. In einem von einer gelben Mauer umgebenen Park spielten Kinder Federball. Weitere Lagunenbuchten zogen am Busfenster vorbei, ein Fußballplatz, ein Verkehrsschild oder ein überdimensionaler Parkplatz mit einem einzigen Fahrzeug. Auf der schmalen Straße, bemerkte Lilli, herrschte Verkehr in beiden Richtungen. Hinter ihrem Bus hatte sich bereits eine Schlange von Autos gebildet, da die Fahrzeuge nur an den Haltestellen überholen konnten. Der Bus selbst fuhr inzwischen hinter einem Lastwagen her, der eine riesige Baumaschine geladen hatte. Nur wenige Menschen ließen sich blicken: ein paar junge, glatzköpfige Männer, einige Mädchen, alle modisch gekleidet. Die einschläfernden Bilder machten auch Lilli zu schaffen. Die Sonne schien jetzt grell und stechend herunter. Ab und zu ein weißes oder blaues Fischerboot im Nichts.

Sie erreichten schließlich die Endstation, wo sie anstelle der Murazzi die gelben, hohen Mauern des Friedhofs erkennen konnten. Alle verließen den Bus, einige Passagiere hatten es eilig, nach Hause zu kommen, die anderen trotteten zum Wartehaus hinunter, an dem das Vaporetto nach Chioggia anlegen würde. Guido Alberti schlug jedoch, an neugepflanzten Bäumen vorbei, den Weg zum Friedhof hin ein und forderte Lilli auf, ihm zu folgen. Struppi zog indessen Nicole an der Leine hinter sich her. Die drei blieben neben dem Eingang im Schatten stehen, während Lilli immer noch vor dem Bus wartete, denn sie wollte unter keinen Umständen Gräber sehen.

»Und Commissario Galli?«, rief sie zurück.

»Später. Er ist jetzt nicht zu Hause.«

»Wo ist er?«

»Das weiß vorläufig niemand. Ich habe vor der Abfahrt telefoniert … Wir gehen inzwischen auf den Friedhof, vielleicht ist er dann schon da.«

Da ihr Alberti und Nicole gleichzeitig heftig zuwinkten und Struppi angefangen hatte zu bellen, näherte sie sich ihnen zögernd und erfuhr, dass Alberti ihr die Stelle zeigen wolle, an der einer der drei Polizisten ermordet worden war. Sie hielt an und nickte.

Seine Mutter sei auch hier bestattet, fuhr er fort. Gleich darauf eilte er mit Nicole und Struppi voraus, aber Lilli machte kehrt und näherte sich entschlossen dem Wartehaus des Vaporettos, das nach Chioggia fuhr.

»Dieser Idiot!«, dachte sie wütend.

Alberti hätte sich denken können, dass sie nach dem Begräbnis ihres Mannes keinen Friedhof sehen wollte. Zuerst war sie entschlossen, sich nicht umzudrehen, dann aber schaute sie doch zurück. Da der Weg zur Vaporetto-Station bergab führte, erkannte sie gerade noch das leere Friedhofstor am Hügelrand, und flüchtete sofort in das Wartehaus, vor dem der Wasserbus gerade anlegte. Eine unfassbar große Menschenmenge strömte heraus, mit Paketen und Schachteln, dazu eine alte Frau im Rollstuhl und ein Vespa-Motorroller. Es waren auch Touristen mit Fahrrädern, Kopfschutz und

Rennhandschuhen unterwegs, die sich auf Deutsch unterhielten. Lilli wagte es nicht, aufzublicken und die Umgebung nach Alberti, Nicole und Struppi abzusuchen, sie war im Gegenteil erleichtert, als das Vaporetto endlich ablegte.

Wenn sie auf das offene Meer schaute, sah sie am Horizont hohe Kräne. Sie wurden für den Bau der Schleusen gebraucht, die seit vielen Jahren vor Venedig errichtet wurden, um das Acqua alta von der Stadt fernzuhalten.

Am Ufer einer kleinen Insel im Vordergrund türmte sich ein gewaltiger Schotterberg, auf dem Arbeiter herumstiegen. Von weitem kam er ihr wie ein Meeresmonster vor, das tot am steinigen Strand lag und von winzigen Menschenwesen zerlegt wurde. »Leviathan«, dachte sie und die Akte über die drei Polizistenmorde fiel ihr ein, die Kommissar Luca Zacchini – sie hatte sich seinen Namen gemerkt – ihr gezeigt hatte.

Sie spielte mit dem Gedanken, Klemens' Vater, den aus der Polizei entlassenen Commissario Francesco Galli, auf der Rückfahrt selbst aufzusuchen, einfach weil sie neugierig war, wie er aussah … Vielleicht würde er weniger abweisend sein als Klemens' Mutter in Hallstatt. Vermutlich wusste er noch nichts vom Tod seines Sohnes, und Lilli glaubte, dass sie es Klemens schuldig war, ihn davon in Kenntnis zu setzen.

Immer wieder führten lange Bootsstege ins Meer hinaus. An einem von ihnen war ein weißes, ausgeschlachtetes Schiffswrack festgemacht.

Vor ihr stand jetzt ein alter Mann mit Sonnengläsern, die an einem Brillenband um seinen Nacken befestigt waren. Auf dem Kopf trug er einen zu kleinen Sonnenhut, und sein Mund war geöffnet. Jetzt entdeckte sie auch die Frau, die hinter ihm auf einer der Holzbänke wartete und ebenfalls Sonnengläser trug. Erst als Lilli den Blindenhund auf dem Boden bemerkte, wurde ihr bewusst, dass die beiden nicht sehen konnten. Ihr fiel auf, dass sie vor allem menschliche Tragödien wahrnahm, als ob sie danach suchte, und sie begriff zugleich, dass sie mit ihrem Lebensschmerz nicht allein war … Es war hochmütig, immer nur an sich und das eigene Leid zu denken. Der blinde Mann zum Beispiel lebte in seiner eigenen Welt, er fuhr mit öffentlichen Verkehrsmitteln und hatte Übung darin. Inzwischen hatte er neben seiner Frau Platz genommen. Sie wechselten miteinander einige Worte, und ihr Blindenhund schien ihnen aufmerksam zuzuhören wie ein Vorzugsschüler. Es war für Lilli unmöglich, sich vorzustellen, wie sich zwei blinde Menschen ohne Bilder im Kopf zurechtfanden, Bücher in Blindenschrift lasen oder sich auf Reisen begaben, um andere Länder und Städte kennenzulernen … Es musste auch seltsam schön sein – schweiften ihre Gedanken ab –, eine ganz eigene Welt zu haben, kein Mensch, sondern ein Vogel am Himmel zu sein, der die Erde von oben sah, oder ein Fisch im Wasser, der in der Tiefsee leuchtete. Ihr fiel das Mosaiksteinchen ein, und sie glaubte, bei ihren Nachforschungen über Klemens' Tod den Schlüssel gefunden zu haben: Steinchen für Steinchen würden sich die kleinsten Erkenntnisse zusammensetzen und zuletzt ein Mosaik bilden.

Das Vaporetto erreichte den Hafen von Chioggia mit Hunderten von blauen und weißen Segelschiffen, deren Masten in die Luft ragten. Ihre Gedanken waren wie eine Moebiusschleife, bemerkte sie, sie kehrten immer wieder zu Klemens zurück. Übrigens war er ein großer Bewunderer von »Moebius«, Jean Giraud, gewesen, den er vor dessen Tod noch in Paris besucht hatte. Giraud hatte als »Moebius« einzigartige Phantasiewelten geschaffen, er war aber auch mit einem Sektenführer, der vorgab mit Aliens in Verbindung zu stehen, befreundet gewesen. Die Außerirdischen wollten angeblich Menschen vor dem Weltuntergang retten und mit ins All nehmen. In den achtziger Jahren hatte Giraud sogar zwei Jahre mit seiner Familie als Mitglied der Sektengemeinschaft in Tahiti gelebt. Sein Werk war umfangreich und uneinheitlich. Sowohl Klemens als auch Lilli bewunderten »Die Sternenwanderer« und vor allem »Der Incal« – beide mehrteilige Comicserien. In den »Sternenwanderern« entdeckten die Hauptfiguren Stell und Atan eine Galaxie und damit eine völlig neue Realität. Bilder der Comics vermischten sich jetzt in ihrem Kopf mit dem Anblick der Schiffe im Hafen und den Spiegelungen im Wasser unter dem großen Himmel.

Sie kannte den Corso del Popolo von Chioggia, die lange Gerade vom Hafen weg mit den zahlreichen Cafés, den kleinen Geschäften und Bars. Zweimal war sie mit ihrem Mann in der kleinen Stadt gewesen und im Hotel Grande Italia direkt am Hafen abgestiegen.

Noch auf der Fahrt war sie unsicher, ob sie es schaffen würde, das Hotel zu betreten. Jetzt aber, nachdem sie an Land gegangen war, trat sie schnell ein und fand am Empfang, der unbesetzt war, einige zusammengelegte Stadtpläne. Sie nahm einen an sich – da sie noch vom letzten Mal in Erinnerung hatte, dass die Vorderseite Chioggia und die Rückseite Venedig darstellte –,

als eine hübsche junge Frau herbeieilte und sie nach ihren Wünschen fragte. Weil Lilli selbst nicht genau wusste, weshalb sie eingetreten war, gab sie vor, wissen zu wollen, ob das Hotel im Winter geöffnet habe.

»Ja, das ganze Jahr!«, antwortete die Empfangsdame und reichte Lilli eine Visitenkarte.

Sie wandelte sodann die Straße hinauf, kaufte in einem Optikergeschäft ein neues Brillenetui, verstaute das Mosaiksteinchen darin, warf das Papiertaschentuch weg und nahm in einem Café auf der Straße Platz. Gleichsam vom Gehweg aus beobachtete sie die vorbeiziehenden Menschen, wie sie es schon als Kind in Hamburg getan hatte.

In Chioggia hatte sie immer den Eindruck, sich an Originalschauplätzen von Fellinis Film »Amarcord« zu befinden. Sie schlug die Stadtkarte auf, suchte das Café, in dem sie gerade saß, und überlegte sich dabei, ob sie eine Hafenrundfahrt unternehmen sollte, als das Smartphone in ihrer Tasche klingelte. Sie musste es unabsichtlich eingeschaltet haben.

»Wo sind Sie?«, fragte Alberti, ohne sie zu begrüßen. Er versprach, mit dem nächsten Vaporetto zu kommen, Nicole dränge ihn die ganze Zeit über, nach Chioggia zu fahren. Daher schlug Alberti vor, dass sie sich in der Osteria Penzo, die Lilli gut kannte, treffen sollten.

Ein Greis in einem beigefarbenen Anzug mit ebensolchem Hut fuhr gerade mühsam auf seinem Rad vorbei. Vorne an der Lenkstange hingen volle, durchsichtige Einkaufssäckchen. Hinten auf dem Gepäckträger hatte er zwei flatternde Fähnchen in den italienischen Nationalfarben befestigt.

Weshalb war Klemens, fragte sie sich, zweimal nach Chioggia gefahren? War es zum Vergnügen gewesen, oder hatte er dort etwas Bestimmtes gesucht? … Oder war er vielleicht doch mit einer Frau zusammen gewesen?

Der Greis stürzte beinahe, als er in eine Nebengasse einbog. Hoch am Himmel sah Lilli eine Schar Möwen,

aus der sich eine einzelne löste und im Sonnenlicht her-
untersegelte – hell, weiß, an manchen Stellen ihres Flü-
gelpaares fast durchsichtig, wie es ihr vorkam. »Vespe«,
Motorroller, und »Apes«, dreirädrige Kleintranspor-
ter – »Wespen« und »Bienen«, wie die Italiener sie
nannten –, fuhren vorbei und Fahrräder mit und ohne
elektrischen Antrieb, auf deren hinteren, aber auch
vorderen Gepäckträgern Kinder saßen oder Hunde:
zu Füßen eines Vespa-Fahrers, in Körben am Lenker
eines Fahrrades oder auf dem Gepäckträger über dem
Hinterrad. Was ihr bereits bei ihren bisherigen Reisen
aufgefallen war, waren die vielen Behinderten, die die
kleine Stadt bevölkerten. Lilli nahm an, dass die Ein-
wohner sie nicht in Pflegeheimen unterbrachten, sondern sich selbst um ihre Familienangehörigen kümmer-
ten. Ohne böse Absicht, sondern aus Neugier hielt sie
nach Behinderten Ausschau. Sie brauchte nicht lange
zu warten, da erschien ein etwa fünfzig- bis sechzigjäh-
riger Mann, auf zwei Krücken gestützt, unter dem Son-
nendach. Die Finger beider Hände waren mit alten goldenen Siegelringen geschmückt – insgesamt waren es,
zählte Lilli, sieben – und zwei Eheringen. Offenbar war
er Witwer, oder seine Eltern hatten sie ihm vermacht …
Der Invalide nahm an der kleinen Theke – einen Meter
von ihr entfernt – Platz, bestellte Kaffee, grüßte nach
allen Seiten und machte Witze. Er hatte falsche Zähne,
die auffällig schlecht saßen, scherzte mit der jungen
Kellnerin und hustete. Am Hosenbund schaukelte ein
Anhänger mit mehreren Schlüsseln, darunter ein sehr
großer. Vor ihr, sah Lilli, saßen zwei alte Frauen in
Schwarz, die trotz der Hitze mit Strickwesten bekleidet waren. Beide trugen Brillen, hatten kurzes, graues

Haar und die dickere von ihnen große, goldene Ohr-ringe.

Es kam ihr jetzt unsinnig vor anzunehmen, dass Klemens sich hier mit einer Geliebten getroffen hatte … Er musste wohl einem Hinweis nachgegangen sein, vermutete sie, oder eine Spur verfolgt haben. Sie bezahlte und stand auf.

Wenig später erreichte sie die Osteria Penzo, in der sie schon mit Klemens zu Abend gegessen hatte, und setzte sich an einen Tisch auf der schmalen Gasse vor dem Lokal. Sie erschrak kurz, als ein Motorradfahrer knapp an ihr vorbeifuhr, schaute in den Gastraum, der jedoch überfüllt war, bestellte ein Glas Wein und begab sich wieder hinaus ins Freie.

Nach einer Weile erschienen Nicole und ihr Vater. Nicole schwitzte und atmete schwer, Alberti hingegen war nachdenklich, ja geradezu introvertiert. Lilli vermutete, dass sich die beiden unterwegs gestritten hatten. Der graumelierte Wirt und später die beiden Kellnerinnen nahmen ausnehmend höflich die Bestellungen auf. Nicole wünschte sich für alle eine Platte mit gebratenen Fischen und anschließend Tiramisu. Als sie gleich darauf die Toilette aufsuchte, zog Alberti Lilli ins Vertrauen: Er habe auf Pellestrina den Zweitwohnsitz seines ehemaligen Kameraden Galli ganz in der Nähe der Busstation vor dem Friedhof ausgekundschaftet. Allerdings sei Galli nicht zu Hause gewesen. Daraufhin habe er einige Bewohner der umliegenden Häuser nach ihm gefragt – während Nicole an der Vaporetto-Station gewartet habe –, und erst ganz zuletzt habe ihm eine Pensionistin die Auskunft erteilt, dass Galli vorübergehend bei seiner Freundin in Chioggia wohne – genauer in der Calle Larga Bersaglio, schräg gegenüber der Osteria Penzo. Alberti deutete auf das Haus mit den Balkonen. Jetzt verstand Lilli auch, weshalb Klemens auf Pellestrina und in Chioggia gewesen war. Er hatte seinen Vater besucht oder zumindest beabsichtigt, ihn zu treffen.

»Weshalb suchen Sie Signor Galli?«, fragte sie.

»Das fragen Sie mich? Sie haben mich doch selbst auf ihn aufmerksam gemacht … und ich glaube, dass er uns einiges zu sagen hat … Sie können mir jedenfalls einen großen Gefallen tun«, er zögerte, und weil Lilli nichts sagte, fuhr er fort, »Nicole hat für heute Abend um 18 Uhr eine Einladung zu einem Zauberabend im Hotel Excelsior. Die Veranstaltung findet speziell für Jugendliche mit Down-Syndrom statt. Meine Frau kommt aber erst am späteren Abend heim, und sie glaubt, dass ich mit Nicole vorausgehe. Ich möchte allerdings hier in der Osteria bleiben, um zu sehen, wie sich die Angelegenheit entwickelt.« Eventuell werde er auch die Wohnung der Dame, in der Galli untergekommen sein könnte, aufsuchen, fügte er hinzu.

Lilli nickte, und er holte seine Brieftasche heraus und überreichte ihr zwei Eintrittskarten.

»Meine Tochter könnte es mir nicht verzeihen, wenn sie die Veranstaltung versäumen würde.«

Lilli verschwieg Alberti, dass sie bereits selbst eine Einladung besaß, da sie die Geschichte mit dem Koffer nicht erzählen wollte. Aldrian hatte ihr nicht gesagt, dass es sich um eine geschlossene Veranstaltung handelte, und sie freute sich plötzlich darauf.

»Das Ganze ist eine Initiative der Egon-Blanc-Stiftung – kennen Sie ihn? Er ist Milliardär, aber niemand außer seinen Mitarbeitern hat ihn je zu Gesicht bekommen. Manche behaupten, er sei über hundert Jahre alt.«

Lilli war mit ihren Gedanken bereits nicht mehr bei der Sache.

»Ich möchte wissen, wie Galli aussieht«, fragte sie.

Alberti warf ihr einen prüfenden Blick zu, zögerte, dann nahm er sein Smartphone aus der Jackentasche, tippte auf das Display und legte das Gerät kommentarlos vor Lilli auf den Tisch. »Das habe ich noch gestern aus dem Polizeiarchiv erhalten.« Er zwinkerte mit einem Auge.

Lilli sah zum ersten Mal eine Fotografie ihres Schwiegervaters, der Klemens das Herz gebrochen hatte, indem er jeglichen Kontakt mit ihm vermieden hatte.

Er hatte ein sympathisches Gesicht, und zweifelsohne war Klemens sein Sohn: Gallis Haar, seine Augen, die Nase glichen auffällig dem Aussehen ihres Mannes. Hatten die beiden sich jemals getroffen? Auf dem Bild rauchte Galli eine Zigarette und sprach mit einem Polizisten. Alberti zeigte mit dem Finger auf den uniformierten Mann und sagte: »Er war das erste Mordopfer.«

»Schicken Sie mir die Fotografie auf mein Smartphone?«

»Wenn Sie wollen.« Alberti konnte sein Erstaunen nicht ganz verbergen.

»Wissen Sie, dass er in der psychiatrischen Klinik des Ospedale Umberto I. war?«

Sie schüttelte den Kopf.

Die Entlassung aus der Polizei hat ihn ruiniert.

Lilli hatte sich noch immer nicht an das Herzmuster auf seinem Hemd gewöhnt. Sie wusste noch nicht, ob er wirklich so viel Herz hatte oder doch eher gar keines.

»Es ist ein komplizierter Fall …«, schloss Aldrian.

Gerade kam Nicole zurück, und ihr Vater unterbrach das Gespräch, übermittelte das Bild und erklärte seiner Tochter, dass Lilli sie zum Abend mit dem Zauberer begleiten und ihre Mutter sie dann vom Hotel Excelsior abholen werde.

Eine Stunde später verabschiedeten sie sich voneinander.

Nicole nahm Struppi, der die ganze Zeit unter dem Tisch geschlafen hatte, an die Leine, gab Lilli wieder die Hand, und sie flanierten über den Corso del Popolo. Nicole blieb immer wieder stehen und machte Lilli – offenbar schon aus Gewohnheit – im Flüsterton auf behinderte Personen aufmerksam. Dann lief sie, ohne Lilli vorher zu fragen, auf diese zu und lachte sie an, während Struppi mit dem Schwanz wedelte und aufgeregt bellte. Einmal war es eine Frau in einem eleganten Kleid mit einer Schmuckkette im Rollstuhl. Sie hatte eine so weiße Haut, wie Lilli sie noch nie bei einem Menschen gesehen hatte. Ihr Gesicht war von Krankheit schwer gezeichnet, und ihr Blick verriet, dass sie sich in einer anderen Wirklichkeit befand. Nicole bat Lilli spontan um Geld, verschwand mit Struppi in einem Laden, kam mit zwei Säckchen Bonbons zurück und schenkte der Frau eines. Lilli war verblüfft. Gerade fuhr eine jüngere Frau mit dem Fahrrad vorbei, im Korb an der Lenkstange ein Baby, auf dem Gepäckträger ein kleiner Bub, daneben lief ein Mädchen auf Rollschuhen und unterhielt sich mit seiner Mutter. Schwalben umkreisten den Turm der Kirche Chiesa di San Giacomo.

Als zwei Schulklassen vorübergingen, darunter auch einige afrikanische Kinder, war das Bonbonsäckchen von Nicole rasch geleert und Struppi von einem Dutzend Kinder gestreichelt worden. Aber fast im selben Augenblick entdeckte Nicole vor dem nächsten Café ein dickes, schwerbehindertes Kind, das einen Sturzhelm trug. Wahrscheinlich, dachte Lilli, eine Epileptikerin … Sie war so dick, dass sie kaum in den Stuhl passte, ihr Kopf war gesenkt, die Augen musterten die Tischplatte.

Klemens hatte in seinem Verhalten Nicole geähnelt, dachte Lilli, allerdings war er auf Behinderte nur zugegangen, wenn es sich ergab oder sie Hilfe brauchten. Und dann verstand sie auf einmal, dass Klemens, weil er sich um seine Kindheit betrogen fühlte, sie ein Leben lang erfunden hatte. In seinem Kopf existierten Parallelwelten, die allmählich die Wirklichkeit ersetzten. Was er gezeichnet und geschrieben hatte, waren Ausschnitte aus den Milchstraßen seiner Phantasie …

Soeben hatte Nicole vor das Mädchen mit dem Sturzhelm eine Flasche Cola light hingestellt und ihr über die Wange gestreichelt, während Lilli die Rechnung beglich und Struppi vor dem Tisch hockte und aufmerksam verfolgte, was vor sich ging.

»Es ist lieb von Ihnen, dass Sie mich und Struppi in das Hotel Excelsior begleiten!«, sagte Nicole in fragmentarischem Italienisch, als sie mit Lilli weiterging. Sie strahlte sie an, zog sie zu sich herunter und presste einen Kuss auf ihre Wange.

Lilli lächelte und gab ihr einen Zehn-Euro-Schein, bevor sie die Geldbörse wieder in ihrer Tasche verstaute. Nicole hatte angefangen, Bonbons zu essen und lachte. Einige Schritte weiter kamen sie an einem Blumengeschäft vorbei, vor dem bunte Topfpflanzen auf dem Gehsteig standen. Sofort wollte Nicole Blumen für Lilli kaufen, sie hatte schon die Ladentür geöffnet, doch Lilli konnte sie gerade noch zurückhalten.

Auf diese Weise näherten sie sich der Vaporetto-Station und blieben erst am Ende des Corso del Popolo vor einem Marktstand stehen, da Lilli überlegte, eine abgeschliffene Perlmuttmuschel für ihr Badezimmer zu kaufen. Doch während sie noch beim Aussuchen war, hatte ihr Nicole schon eine große Kegelmuschel und zwei kleinere für elf Euro gekauft, und die Frau hinter dem Tisch zeigte ihr mit dem ausgestreckten Finger, dass noch ein Euro fehlte. Lilli steckte die Muscheln, die bereits verpackt waren, in ihre Tasche und bedankte sich bei Nicole, die sie argwöhnisch beobachtete, ob sie sich wirklich freute. Dann erst lachte sie herzlich.

Vor der Vaporetto-Station war ein roter Fahrradanhänger abgestellt, der die Form eines kleinen Schiffsbugs hatte. Ein kindlich gezeichneter gelber Markuslöwe mit Heiligenschein, langem Bart und Bibel war darauf abgebildet, darüber stand auf dem weißen Rand in schwarzen Buchstaben: ULISSE. Lilli dachte, dass Klemens den Wagen sicher in einem seiner Comics untergebracht hätte. Mit ausgestrecktem Arm zeigte Nicole auf ihn und rief: »San Marco!«, während Struppi ein Bein hob und auf eines der beiden Räder pinkelte.

Sie nahmen im Wartehaus der Vaporetto-Station Platz, als zwei vogelköpfige, etwa vierzigjährige Frauen in Begleitung einer Pflegerin hereinkamen und sich zu ihnen setzten. Nicole begann – Struppi selbstvergessen streichelnd – mit ihnen ein Gespräch. Lilli verstand zwar nichts, aber sie waren höflich zueinander. Sie wusste, dass das Aussehen der Frauen die Folge einer Mikrozephalie war, ausgelöst durch Röteln oder das Zeka-Virus während der Schwangerschaft, denn Klemens war fasziniert vom Film »Freaks« gewesen, der in einem Zirkus spielt, in dem behinderte Artisten auftreten und als Attraktionen ausgestellt werden, und er hatte wissen wollen, an welcher Krankheit sie litten. Tatsächlich sahen die beiden Frauen genauso aus wie »Schlitzie«, der Hilfsclown im Zirkusfilm, dessen Leiden Klemens durch ein Gespräch mit einem Arzt herausgefunden hatte.

Die beiden Frauen redeten kaum, aber Nicole erfreute sich offenbar an ihrem Kopfnicken.

Als sie das laute Gekreisch von Möwen hörte, blickte Lilli aus dem Fenster. Ein Hochseekutter fuhr langsam an der linken Seite des Vaporettos vorbei, er war weiß und von einer dichten Möwenwolke begleitet, denn die leicht verderblichen Garnelen mussten an Bord abgekocht werden, und ihre Überreste wurden anschließend ins Wasser geworfen, worüber sich die Möwen freuten. Die Meerestiere waren in Netzen, die man an zwei Baumkurren am Heck des Schiffes ins Wasser ließ, gefangen worden. Lillis Vater hatte in Hamburg ein Segelboot besessen, weshalb sie über die Fangmethode Bescheid wusste.

Sie verlor sich bei der Betrachtung des Möwenpulks in ihren Gedanken: über das Mosaiksteinchen, über Gott, über Klemens und seinen Vater und den Zauberer Aldrian im Hotel Excelsior. Nachdem der Kutter mit den Möwen vorbeigezogen war, wechselte sie zu einer Bank mit Blick auf die Landseite. Nicole kraulte Struppi, der vor ihr hockte, noch immer am Kopf, und die beiden Frauen beugten sich zu ihm hinunter und lächelten ihn an. Vermutlich unterhielten sie sich gerade über den Hund.

Bevor Lilli wieder von Erinnerungen überflutet wurde, wandte sie sich erneut der Aussicht vor dem Fenster zu: Eine Großfamilie fuhr zuerst auf dem schmalen Radweg unter den Murazzi, sah sie. Dann erblickte sie hoch oben auf der Mauer zwei alte Männer, die aufs Meer hinausschauten. Sie saßen da, als würden sie fischen, aber sie hatten keine Angeln. Später wanderte ihr Blick wieder hinüber zu Nicole, die jetzt wie die beiden Frauen vor sich hin döste, während Struppi zu ihren Füßen schlief. Es tat ihr gut, dass sie Guido Albertis Tochter und deren Hund kennengelernt hatte – denn auch Klemens war ihnen begegnet. Ihr fiel jetzt ein, dass er in einem seiner Telefonate über »Trisomie 21« gesprochen hatte, der neueren Bezeichnung für das Down-Syndrom. »Es sind keine Behinderten«, hatte er gesagt, »sie haben nur ein Chromosom zu viel … Ich habe 46 und sie 47 …« Er hatte noch mehr darüber erzählt, aber sie wollte ihren Erinnerungen jetzt nicht nachgehen und blickte lieber hinaus.

Das Vaporetto zog wieder an einem Schiffswrack vorbei, das seitlich am Ufer im Wasser lag. Es war gelb, das Deck weiß und der Rand zum Rumpf hin blau. Dann liefen auf der Mauer über dem Ufer zwei Männer vorbei, der erste in Badehose, der zweite mit Laufschuhen, Turnhose und T-Shirt. Sie wusste nichts über sie und die Männer nichts von ihr. Es waren gar keine Männer, korrigierte sie sich, es waren die Uhrzeiger der Zeit, die ihr davonlief … Die beiden behinderten Frauen stiegen an der Vaporetto-Endstation aus und verabschiedeten sich von Nicole und Struppi.

Als sie mit dem Bus die Insel Pellestrina durchquerten, blickte Lilli nur auf die Steinblöcke der Mauer. Sie wusste nicht genau, was dahinterlag, sie wusste nicht, was sie erwartete. Nicole saß ihr gegenüber und hielt Struppi auf dem Schoß. Sie schien in Gedanken versunken zu sein. Sollte sie Albertis Tochter ein Kompliment machen?, fragte sich Lilli. Den Hund streicheln? – Der dahinrasende Bus schüttelte seine Passagiere wieder durcheinander und hielt an einigen Stationen. Nicole blickte jetzt verträumt auf die Uhr und strahlte plötzlich. Es war 17 Uhr. In einer Stunde würde die Vorstellung beginnen.

7
Der Zauberer im Hotel Excelsior

Die restliche Fahrt über bis zum Hotel Excelsior presste Nicole ihr Gesicht an die Scheibe, als würde sie an der Endstation ausgefragt werden, ob sie wohl alles gesehen habe, dachte Lilli.

Auf der Lagunenseite spannte sich eine Brücke über einen Kanal, der direkt zum Excelsior führte, das vor ihnen lag. Sie stiegen aus, erleichtert darüber, dass sie dem Rütteln im Bus entkommen waren. Auf einem Motorschiff trafen gerade Gäste des Zauberabends ein, der alle in ihrer Vorstellung zu begeistern schien. Manche blickten fröhlich, andere voll Erwartung auf das Hotel. Nicole blieb stehen, um zu winken, und alle Fahrgäste an Deck winkten zurück. Lilli konnte nicht anders, als Nicole an sich zu drücken. Sie spürte ihre Umarmung und hätte fast geweint, ohne genau zu wissen, warum.

Im Konferenzsaal des Excelsior wurden sie bereits erwartet. Das gesamte Hotel war in Weiß gehalten – die Wände, die Lederfauteuils, das übrige Mobiliar – und dazu große Glasluster, die von der Decke hingen, und reichlich Blumenschmuck. Andere Kinder liefen schon herum, und Jugendliche standen in Gruppen zusammen. Nicole gesellte sich gleich zu ihnen, wobei sie ihren Hund an der kurzen Leine hielt. Zu Lillis Überraschung bellte Struppi nicht.

Von Anfang an verstand sie kein Wort der Unterhaltungen – zwar bemühte sie sich zunächst darum, dann aber begann sie die Situation, wie sie war, zu genießen. Es war ihr, als dürfte sie ihre Schulzeit wieder erleben. Bald waren alle Gäste versammelt. Eine Tür öffnete sich, und ein weißer Engel mit übergroßen Flügeln erschien in Begleitung eines Clowns, der einen Blumenkarren vor sich herschob und Kränze auf die Köpfe der Mädchen setzte oder gelbe Baseballkappen an die Buben austeilte. Während des Wirbels, der daraufhin ausbrach, formierte sich eine Blasmusikkapelle in Phantasieuniform und warf Konfetti auf die Anwesenden. Es sah aus, als fiele dichter bunter Schnee. Anschließend begannen die Musiker, ein turbulentes Stück zu spielen, bis die Kinder sich halbwegs wieder beruhigt hatten. Jetzt trat der Engel vor, begrüßte die Versammlung mit übertriebener Gestik, während der Clown neben ihm stumm Gesichter schnitt. Lilli verstand nach wie vor kein Wort, aber weil die Kinder in die Hände klatschten und lachten, nahm sie an, dass die Rede witzig war. Unter Trommelwirbel und Trompetenklängen trat hierauf der Zauberer, als Greis verkleidet, auf die Bühne, verbeugte sich und nahm dabei den Zylinder vom Kopf, in dem sofort weiße Mäuse zum Vorschein kamen. Er setzte ihn wieder auf, und als er ihn abermals in die Hand nahm und sich verbeugte, saßen zwei Tauben in seinem Haar, als ob sie dort gerade Eier ausbrüteten. Sie flogen sogleich und unter dem Gejohle der Kinder davon, ließen sich auf die großen, prunkvollen Luster und den Kopf des Engels nieder. Der Zauberer war ohne Zweifel Aldrian. Er holte inzwischen weitere kleine weiße Bälle in Form von Taubeneiern aus dem

Ärmel, mit denen er lächelnd zu jonglieren begann. Es wurden immer mehr und mehr, die Musikkapelle spielte schneller und schneller – schließlich warf der Zauberer alle Eier der Reihe nach in die Luft, und der Clown fing sie geschickt auf, verteilte sie im Publikum und bat die Kinder und Jugendlichen, sie zu öffnen. In jedem der kleinen weißen Bälle befand sich ein Zettel mit einer Nummer, offenbar handelte es sich um Lose, schloss Lilli. Inzwischen hatte Aldrian schon damit begonnen, Kartenkunststücke zu zeigen, er stellte Fragen, gab Anregungen und löste mit seinen humorvollen Antworten Gelächter aus. Zum Abschluss warf er unter großem Jubel und Trommelschlag die Karten durch die Glasscheibe des Fensters, ohne es zu beschädigen, ins Freie, wo sie sich in Luft auflösten. Lilli hatte dieses Kunststück noch nie gesehen … Und schon ließ der Magier, der gerade von Giftschlangen sprach, die angeblich in das Hotel hineinwollten, farbige Papierschlangen von der Decke fallen, was ein Kreischen im Publikum auslöste, das aber in Gelächter überging. Es wurde ohne Ankündigung dunkel, und Sekunden später zeigte sich der Zauberer zuerst als Donald Duck, dann als Micky Maus, als Goofy und wieder als Zauberer, aber nicht mehr in der Verkleidung eines alten Mannes wie zu Beginn, sondern als das weiße Kaninchen aus »Alice im Wunderland«. Er gab mit der Hand ein Zeichen, und sofort liefen die Bediensteten des Hotels mit Tischen und Stühlen herein, die Musik spielte »Azzurro«, und die Kinder sangen alle mit. Aldrian machte eine weitere Geste, die Tische wurden gedeckt, die Kapelle intonierte jetzt »La Paloma«, worauf sich die Tauben aus den Lustern lösten, sich auf die Schultern des Zauberers setzten, und bevor noch die Speisen und Getränke serviert wurden, ertönte ein italienischer Marsch, der sehr fröhlich klang.

Die Plätze an den Tischen waren nach den Nummern der Eintrittskarten vergeben worden, so dass Lilli neben Nicole saß, die ihre Spaghetti mit großem Eifer zu sich nahm. Die Gäste konnten zwischen Spaghetti Bolognese und Pizza wählen, aber der Höhepunkt der Veranstaltung war erst erreicht, als die Nachspeisen serviert wurden – Eisbecher, Tortenstücke und Obst. Aldrian war längst abgetreten und hatte sich unter die Anwesenden gemischt, ebenso der Clown und der Engel. Die Musikkapelle gab unterdessen ihr Glanzstück, »O sole mio«, zum Besten.

Zum ersten Mal empfand Lilli wieder so etwas wie Glück. Später, das Publikum trank Limonaden, Säfte, Mineralwasser und Cola, traf Nicoles Mutter Lisa, eine liebenswürdige Frau, ein. Alberti hatte sie offenbar telefonisch darüber informiert, wer Lilli war … Lisa bedankte sich überschwänglich, dass sie sich um ihre Tochter gekümmert hatte. Sie sprach ein fehlerfreies Englisch, was kein Wunder war, da sie – wie Lilli erfuhr – vor ihrer Ehe Englisch an einem Gymnasium unterrichtet hatte. Im Laufe des Gesprächs erklärte ihr Lisa, dass der Veranstalter des Abends ein Verein »MORGEN« sei, der von Signor Egon Blanc finanziert werde. Lilli erinnerte sich an die Nachricht, die sie am Vorabend in der Portierloge vorgefunden hatte. Darin hatte ihr ein Südtiroler namens Lanz eine Einladung von einem Signor Blanc übermittelt. Und sofort dachte sie auch an die Ermordung des Polizisten vor dem Bacino und die Fotografie des ehemaligen Commissario Galli.

»Sie brauchen keine Angst zu haben«, sagte Lisa, als hätte sie ihre Gedanken lesen können. »Signor Lanz ist heute unser Engel und Aldrians Frau spielt den Clown, während er selbst den Zauberer verkörpert … Lanz und Aldrian kommen aus Wien, ihre Frauen sind Italienerinnen …«

»Und Signor Blanc?«

»Signor Blanc ist an die hundert Jahre alt. Er spricht fließend mehr als zehn Sprachen und ist bis auf seine anhaltende Müdigkeit geistig noch immer gut beisammen.«

Lilli beobachtete die Kinder und Jugendlichen und fühlte sich ihnen jetzt zugehörig, gleichzeitig wusste sie, dass es ein Fluchtgedanke war, um ihrem Schmerz und ihrer Trauer zu entkommen.

Ihr Gespräch wurde unterbrochen, denn nun fand die Verlosung statt. Jedes der Kinder konnte seine Nummer auf der Eintrittskarte lesen, während der Zauberer die Lose aus den künstlichen Taubeneiern zog und der Clown die Gewinne überreichte. Natürlich war es ein Spektakel. Da alle Kinder neben den Geschenken auch ein Säckchen Konfetti erhielten und daher ohne Unterbrechung ein Regen aus bunten Papierflocken in der Luft wirbelte, war die Stimmung turbulent. Jetzt konnte sich auch Struppi nicht mehr zurückhalten, er fing an zu bellen, worauf Lisa ihn hinausführte.

Es gab absurderweise trotz der Auslosung für alle Kinder und Jugendlichen ein iPad, was jedes Mal größten Jubel auslöste. Wenn eines der in Geschenkpapier mit Seidenschlaufe verpackten iPads überreicht wurde, spielten die Musiker »Happy Birthday«, und alle sangen mit.

Als es dunkel wurde, trat die Gästeschar auf die Terrasse, wo ein phantastisches Feuerwerk den Himmel über dem dunklen Meer erleuchtete. Nach drei Stunden war das Fest vorüber. Lisa verabschiedete sich mit Nicole und Struppi, sie alle wurden, wusste sie inzwischen, mit Motorbooten zum Markusplatz zurückgebracht.

Lilli fühlte sich müde und wollte ebenfalls aufbrechen, aber der Zauberer, der sich noch nicht abgeschminkt hatte, stellte ihr gerade den »Engel« vor, der bereits wieder in Zivil war.

»Ich habe Sie hier nicht erwartet«, begrüßte der Südtiroler Lanz Lilli und stellte sich vor. Sie gab ihm die Hand, überlegte dabei aber, wie sie es anstellen könne, möglichst rasch zu verschwinden.

»Ich habe die Arbeiten Ihres Mannes gelesen«, fuhr Lanz fort, »und schätze sie – die frühen ebenso wie die letzten …«

Lilli nickte.

»… immer wieder habe ich mir vorgenommen, etwas von ihm ins Italienische oder Englische zu übersetzen, aber dann stellte ich fest, dass alles schon längst erschienen war.«

»Sie sind Übersetzer?«, fragte Lilli, obwohl sie es schon vom Portier erfahren hatte. Er nickte und bat sie, ihn in das Hotelrestaurant zu begleiten, doch Lilli antwortete, dass sie schon mit den Kindern Pizza gegessen habe, worauf er ihr vorschlug, mit ihm ein Glas Wein zu trinken – Michael Aldrian und seine Frau Beatrice würden nachkommen, ergänzte er.

Im Laufe der nächsten beiden Stunden erfuhr sie, dass Lanz gerade das Gesamtwerk von William Shakespeare ins Italienische übertrug und dass Signor Blanc ein Paradoxon sei: ein berühmter Mann, den niemand kenne und der alles las. Sogar über die Comics ihres verstorbenen Mannes wisse er Bescheid, betonte der Übersetzer. Blanc habe den dringenden Wunsch, sie kennenzulernen.

Aus diesem Grund hatte sie der »Zauberer«, wie sie Aldrian für sich nannte, vermutlich eingeladen und der »Engel« ihr die Nachricht im Hotel Diana hinterlassen. Zuletzt wollte Lilli wissen, von wem Lanz erfahren hatte, dass sie sich in Venedig aufhielt. Von Herrn Aldrian?

Signor Blanc betreibe ein Computerzentrum, in dem alle wichtigen Informationen ausgewertet würden, erhielt sie zur Antwort. Gerne würde er ihr genauere Auskünfte geben, betonte jetzt Aldrian, aber nicht hier. Lanz stellte ihr jedoch eine Einladung über das Wochenende auf die Insel Sant'Erasmo in Aussicht, bei der sie Egon Blanc persönlich treffen würde. Und Aldrian ergänzte: »Aber Sie werden ihn höchstens von hinten sehen. Er will nicht erkannt werden.«

Lilli wechselte das Thema und fragte Aldrian, ob er den ehemaligen Kommissar Galli kenne.

Die Antwort war ein Gelächter: »Wieso Galli?«, fragten sie. Doch Lilli ging nicht darauf ein. Alle drei hatten mit ihm schon ihre »Erfahrungen«, wie sie es nannten, gemacht. Er sei ein auffallend logisch denkender Mensch, eine Art Sherlock Holmes, erläuterte Lanz. Er glaube, die gesamte Welt erklären zu können, und sehe nicht ein, dass alle Fähigkeiten begrenzt seien. Während er Kriminalfälle, die er nur aus der Zeitung gekannt habe, oft, wie man erzähle, noch vor den Verhören von Verdächtigen gelöst habe, sei er in zwei Fällen, in denen er vermeintlich alles aufgedeckt hatte, gescheitert, weil er seine Vorgesetzten nicht von seinen Beweisen habe überzeugen können.

»Er hat die Nerven verloren«, setzte Lanz fort. »Daher wurde er zuerst beurlaubt und schließlich entlassen.«

Mit einem weißen Privatmotorboot wurde Lilli schließlich von Lanz, Aldrian und seiner Frau bis vor die Piazzetta gebracht, wo sie sich herzlich von ihr verabschiedeten.

»Sind Sie religiös?«, fragte Beatrice unvermittelt, bevor sie zurück in das Boot stiegen.

»Warum fragen Sie?«, gab Lilli erstaunt zur Antwort.

»Es gibt so viele Kirchen und religiöse Bilder in Venedig ...«

Zu ihrem eigenen Erstaunen antwortete Lilli, was sie seit langem empfunden, aber nie ausgesprochen hatte: »Ich mag keine Gespräche über Gott. Jedes Wort, das dabei fällt, ist banal ...«

Beatrice nickte und lächelte. »Also nein?«

Lilli schüttelte den Kopf. »... es ist nur so, dass ich vielleicht zu religiös bin für Religionen«, sagte sie ebenfalls lächelnd.

Sie war hellwach, spürte sie.

Im Hotelzimmer trat sie, ohne das Licht anzumachen, ans Fenster. In den Gastgärten des Hinterhofs saßen nur noch vereinzelt Menschen an den Tischen der Restaurants. Sie dachte an Struppi und Nicole und den Zauberabend im Hotel Excelsior, schluckte eine von den Schlaftabletten, die sie aus Aldrians Koffer genommen hatte, legte sich auf das Bett und schlief ein – wie »Little Nemo«, war ihr letzter Gedanke.

8
Die Nachricht

Sie träumte, die Erde sei nicht größer als eine Walnuss. Die Menschen waren so klein, dass sie nur als winzige Punkte in einem Elektronenmikroskop zu erkennen waren. Lilli hatte gerade durch das Objektiv eine Schar Pünktchen beobachtet und sich gefragt, welches Gesetz sie zusammenhielt. Schon öfter hatte sie gesehen, dass zwei Partikelchen sich vereinigten und ein drittes, noch kleineres entstand, aber auch, dass nach der Vereinigung eines der beiden Pünktchen verschwunden war. Gerade wollte sie die Walnuss unter dem Mikroskop verschieben, um mehr davon zu sehen, da läutete es, und als sie erwachte, erkannte sie, dass es das Zimmertelefon war und sie die Walnuss nie mehr wiedersehen würde.

»Commissario Zacchini … Tut mir leid, wenn ich Sie geweckt habe, ich muss Sie sprechen!«

Sie blickte auf ihre Armbanduhr am Nachttischchen – es war bereits halb zehn am Morgen und draußen schien die Sonne, aber Lilli war noch immer benommen.

»Ja, warum?«, hörte sie sich fragen.

»Ich bin in einer halben Stunde bei Ihnen.« Er legte grußlos auf.

Lilli war plötzlich hellwach, sie beeilte sich, unter die Dusche zu kommen und sich zu schminken.

Einerseits wusste sie nicht, was der Kommissar von ihr wollte, andererseits wollte sie sich erinnern, was mit der Walnuss in ihrem Traum weiter geschehen war.

Vor dem Spiegel lenkte sie sich mit dem Gedanken an die Kinder und Jugendlichen im Hotel Excelsior ab. Dabei fielen ihr die beiden Organisatoren des Kinderfestes, Aldrian und Lanz, ein und, dass sie einen von ihnen bitten konnte, an dem Gespräch mit dem Kommissar teilzunehmen und seine Fragen und ihre Antworten zu übersetzen ... Sie entschied sich für Lanz, der ja angegeben hatte, Übersetzer zu sein. Kaum hatte sie ihr Kleid angezogen, klopfte es jedoch schon an der Tür.

Commissario Luca Zacchini sah abgehetzt aus, er hustete und bat, eintreten zu dürfen. Hinter ihm folgten ein Polizist und zwei Männer, die sich als sein Assistent Perlucci und sein Dolmetscher Gamper vorstellten, wobei Gamper dem Namen nach wieder ein Südtiroler sein musste. Da sich im Zimmer nur zwei Stühle befanden, ging der Polizist zurück auf den Gang hinaus, und Perlucci und Gamper setzten sich auf das Bett. Für einige Augenblicke war es still. Als Erstes erklärte der Kommissar dann, dass Guido Alberti ermordet worden und sein Leichnam vor drei Stunden an der Endstation der Buslinie 11 auf Pellestrina mit durchschnittener Kehle und ausgestochenen Augen aufgefunden worden sei. Lilli musste sich zusammennehmen, um nicht die Fassung zu verlieren. Je länger die Vernehmung dauerte, desto häufiger sah sie das imaginäre Bild seines Leichnams im Hemd mit dem Herzmuster und durchbohrten Augen vor sich. Es erleichterte sie, dass die Fragen des Commissario und ihre Antworten übersetzt wurden, da sich dadurch Pausen ergaben, in denen sie sich auf die weiteren Fragen vorbereiten konnte. Außerdem gab es ihr die Möglichkeit, das Gesicht des Commissario und seine Reaktionen auf ihre Antworten zu beobachten oder aus dem einen oder anderen italienischen Wort, dessen Bedeutung sie kannte, auf die folgenden Fragen oder Einwände zu schließen. Als die Rede auf Nicole kam, musste sie zum ersten Mal ein Papiertaschentuch aus dem Päckchen, das sie auf dem Schreibtisch hatte liegen lassen, nehmen, um es sich auf die Augen zu pressen. Das alles geschah in der angespannten Stille, die im Raum herrschte.

Sie wurde ausführlich über die Begegnung mit Alberti und seiner Tochter im Möbelgeschäft befragt, weshalb sie es aufgesucht hatte, was Klemens dazu bewogen haben mochte, dort unterzutauchen, über die Fahrt nach Chioggia und das Mittagessen in der Osteria Penzo.

Sie erzählte in allen Einzelheiten: dass Alberti auf der Spur von Francesco Galli gewesen sei, dessen Freundin in einem Haus gegenüber der Osteria wohne, und dass Alberti ihn dort erwartet habe.

»Und dann?«, fragte Zacchini.

»Dann bin ich mit Nicole zu einem Fest in das Hotel Excelsior gefahren.«

»Ja, das weiß ich von Lisa Alberti. Und nachher?«

Sie berichtete vom weißen Motorboot, von Aldrian, dessen Frau Beatrice und von Lanz.

»Wieso kamen Sie bei unserem ersten Gespräch tatsächlich auf Francesco Galli?«

»Sie haben ihn festgenommen?«

»Nein, er ist weder in Chioggia noch in seiner Wohnung auf Pellestrina, noch in Padua. Er hat sich in Luft aufgelöst.«

Lilli zögerte zuerst, Zacchini alles zu erzählen. Dann aber fand sie es am klügsten, ihm die Vatersuche ihres verstorbenen Mannes nicht weiter zu verschweigen.

»War Ihr Mann deshalb in Venedig?«, fragte Zacchini rasch, als wollte er sie überrumpeln.

»Er war wegen seiner Arbeit hier, erst vor seinem letzten Aufenthalt hat er erfahren, wer sein wirklicher Vater ist, und begonnen, ihn zu suchen.«

Der Kommissar dachte nach.

»Ich würde Ihnen abraten, irgendetwas auf eigene Faust zu unternehmen«, sagte er dann, »wenn Sie sich nicht daran halten, begeben Sie sich in Gefahr … Wir haben erfahren, dass sich Galli in den letzten Jahren in Cannaregio aufgehalten hat.«

»In der Nähe der Kirche Madonna dell'Orto?«

»Ja, warum fragen Sie?«

»Klemens mochte die Kirche. Und der Maler Tintoretto ist dort begraben.«

Zacchini überlegte.

»Meinen Sie, dass Ihr Mann Galli in der Kirche getroffen hat?«

»Nein, Klemens hat erst unmittelbar vor der Abreise von seiner Mutter erfahren, dass er Gallis Sohn ist, und nach den Aufzeichnungen, die er gemacht hat, war er nicht in Cannaregio.«

»Er muss nicht alles aufgezeichnet haben.«

Lilli zuckte mit den Schultern.

»Nehmen wir an, er ist ihm begegnet, was wäre dann geschehen?«

»Er hätte es nicht für sich behalten.« Wieder sah sie

Alberti in seinem Hemd mit dem Herzmuster und den blutigen Augenhöhlen vor sich und Nicole und Struppi.

»Was macht Sie so sicher?«

Sie wartete, bis sich ihre Gedanken wieder beruhigt hatten. Dann fiel ihr ein, dass sie Klemens verdächtigt hatte, eine Geliebte zu haben, daher hielt sie es für besser, nicht weiter auf die Fragen des Commissario einzugehen. »Es tut mir leid, ich habe Ihnen alles gesagt«, gab sie zur Antwort.

»Und mir tut es leid, dass ich Sie einvernehmen musste. Ich weiß, dass es Ihnen schwerfällt, über all das nachzudenken … Eine Frage möchte ich Ihnen aber noch stellen: Hatte der Verdächtige, den sie beim Mord im Bacino gesehen haben, eine Ähnlichkeit mit Ihrem Mann?«

»Wie kommen Sie darauf?«, wehrte Lilli ab.

»Ich meine, wenn Ihr Mann Francesco Galli ähnlich sah, dann müsste Ihnen das aufgefallen sein … Zum Beispiel, wie er sich bewegt hat, die Kopfform, das Haar …?«

»Nein, es hat sich alles so schnell abgespielt, dass ich nicht einmal weiß, ob ich wirklich gesehen habe, woran ich mich zu erinnern glaube, oder ob ich mir alles nur einbilde.«

Abermals dachte Zacchini nach.

»Ich verstehe«, sagte er dann. »Aber weshalb ist Ihr Mann nach Padua, nach Pellestrina und Chioggia gefahren? Haben Sie eine Erklärung dafür? Überall dort hat sich Francesco Galli aufgehalten. Ihr Mann musste sogar über seine Freundin gegenüber der Osteria Bescheid gewusst haben, über seine Wohnorte – das heißt, er hat ihn mit Sicherheit gesucht und Galli dabei vielleicht auch getroffen.«

»Was hat das mit den Polizistenmorden zu tun? Weshalb sollte Commissario Galli ausgerechnet Menschen töten, die denselben Beruf ausüben, wie er früher?«

»Aus Rache für seine Entlassung ... den Verlust seines Jobs und seines Ansehens und nicht zuletzt seines Lebenssinns.«

Lilli schloss die Augen, senkte den Kopf und schwieg. Doch Zacchini wartete auf ihre Antwort, und je länger sie schwieg, desto schwerer würde es ihr fallen, etwas Glaubwürdiges zu sagen.

»Das wissen Sie besser als ich«, erwiderte sie schließlich.

Zacchini ließ sich nicht anmerken, was er von ihrer Antwort hielt, er dachte, wie es schien, wieder angestrengt nach.

»Gut«, sagte er, stand auf, verabschiedete sich, hielt unter dem Türstock an und gab ihr besorgt noch einmal zu verstehen, dass sie auf keinen Fall allein Nachforschungen anstellen dürfe. »Wenn Ihnen etwas auffällt, rufen Sie mich an! Ich bin für Sie da. Versprechen Sie mir das?«

»Ja.«

Der Assistent Perlucci hatte die ganze Zeit über kein Wort gesprochen, nur Gamper hatte übersetzt.

Lilli konnte noch immer nicht glauben, dass Alberti tot war. Und Nicole? Wusste sie bereits davon?

Sie legte sich zurück auf das Bett und schloss die Augen. Schließlich holte sie ihr Telefon aus der Tasche und die Visitenkarte, die ihr Alberti gegeben hatte, aus dem Portemonnaie, atmete tief durch und wählte seine Nummer. Ihr fiel ein, dass das Smartphone in den Händen der Polizei sein musste, und sie beendete die Verbindung, bevor sie noch ein Zeichen gehört hatte. Stattdessen wählte sie die Nummer des Möbelgeschäfts, aber niemand hob ab. Eine Zeitlang lag sie mit geschlossenen Augen da, die sie aber sofort wieder öffnete, wenn das Bild des ermordeten Guido Alberti in ihrem Kopf auftauchte.

Am frühen Nachmittag ließ sie sich Gnocchi auf das Zimmer servieren und nahm das Gericht lustlos zu sich.

»Gericht«, dachte sie …, gerade jetzt fiel ihr das ein, wo sie doch etwas ganz anderes bewegte. In Gedanken beschäftigte sie sich immer noch mit Alberti, Nicole, deren Mutter Lisa und dem Hund Struppi. Sie verstand jetzt, weshalb sich niemand am Telefon des Möbelgeschäfts gemeldet hatte … Vor einigen Tagen war es ihr ähnlich ergangen, und sie hatte schließlich die Flucht ergriffen … Wie der ehemalige Kommissar Galli … Sie wollte jetzt unbedingt wissen, ob Klemens ihm begegnet war … Und sie wollte Klemens' Suche nach seinem Vater zu Ende bringen … Erst, wenn sie wirklich herausgefunden hatte, was er die letzten Wochen in Venedig unternommen hatte, konnte sie abreisen … Zurück nach Wien wollte sie allerdings unter keinen Umständen. Wenn sie an den Alltag dachte, dem sie mit seinem gleichgültigen Ablauf ausgeliefert sein würde, geriet sie in Panik. Sie wollte auch nicht mit Menschen zusammen sein, die sie bedauerten, und noch weniger mit solchen, die längst wieder zur Routine übergegangen waren. Das Einzige, was sie reizte, war, in das Kunsthistorische Museum zurückzukehren und durch die Säle mit den Bildern zu gehen, die sie schon, wie sie dachte, tausendmal gesehen hatte. Sie waren, empfand sie, jetzt ihre eigentliche Welt, nicht mehr ihre zweite wie bisher. Der Alltag war für sie stattdessen zur zweiten Wirklichkeit geworden, er erschien ihr wie ein Albtraum, in dem sie den Ereignissen, die pausenlos auf sie einströmten, ausgeliefert war. Klemens' Schicksal belastete sie am meisten. Und die rätselhaften Ereignisse aufzuklären, schuldete sie sich selbst.

Sie hatte Schlafmittel genommen, um sich zu beruhigen, aber der Entschluss, in Venedig zu bleiben, bis alles aufgeklärt war, war für sie befreiend. Sie musste sich den Gegebenheiten stellen, wie sie waren, das war ihr zweiter Vorsatz. Auch dieser Gedanke beruhigte sie. Und sie musste sich Zeit nehmen für das, was sie wirklich wollte.

Sie brauchte nicht lange nachzudenken, denn ihr war bewusst geworden, dass sie in Venedig herumstreifen konnte, wie es ihr in den Sinn kam. Es ging nur um die Gegenwart, und niemand konnte von ihr verlangen, dass sie sich rechtfertigte.

Auch das Hotel musste sie wechseln, es erinnerte sie in einem fort an Klemens. Sie würde, beschloss sie, spontan handeln und es dem Zufall überlassen. Zuerst jedoch wollte sie die Brücke sehen, auf der Klemens zu Tode gekommen war.

Inzwischen hatte sich der Himmel vor dem Fenster verdunkelt. Sie holte die dünne, schwarze Windjacke mit Kapuze aus dem Koffer, vergaß nicht, das neue Sonnenbrillen-Etui mit dem Mosaiksteinchen einzustecken und ihre Sonnenbrille in die Tasche zu packen, vergewisserte sich, dass sie ihr Smartphone ausgeschaltet hatte, und schob es automatisch in die Jackentasche. Zuletzt verstaute sie ihre Geldbörse in der Innentasche der Windjacke und zog den Verschluss zu.

Seit Albertis Ermordung spürte sie etwas wie aufkeimenden Widerstand gegen alles.

Ohne sich weiter zu kümmern, verließ sie das Hotel, nahm eine Nebengasse und kam an einer Apotheke vor dem Markusplatz vorbei, in deren Auslage ein lebensgroßes Skelett stand. Es kümmerte sie nicht, ob es echt war oder aus Kunststoff, aber sie stellte sich jetzt alle Touristen und Verkäufer auf dem Markusplatz als bekleidete Skelette vor. Klemens hätte sich darüber wohl amüsiert, dachte sie. An den Marktständen vor den Giardinetti wurden Selfiesticks feilgeboten und kleine farbige Plastikbüsten von weltbekannten Fußballern. Klemens hatte einmal überlegt, sich den Argentinier und Barcelona-Star Messi zu kaufen, da er am selben Tag Geburtstag hatte wie dieser. Er hatte die Statue am nächsten Tag heimlich gekauft, um sie ihr dann im Hotelzimmer lachend auf das Bett zu legen. Nie hatte sie ganz verstanden, dass er so ein »Drumherum« um seine Kindheit machte.

Während des Wartens auf das Vaporetto sah sie eine Gruppe südamerikanischer Touristen, Frauen und Männer, die sich gegenseitig fotografierten. Sie sprangen fröhlich in die Höhe und reckten die Arme in die Luft. Dann drehten sie sich unter lautem Gelächter im Kreis, während sie aufgenommen wurden, und anschließend umarmten sich alle.

Im Vaporetto der Linie 1, die zum Bahnhof führte, waren nur noch die Sitze vor arabisch aussehenden Jugendlichen, die ihre Füße auf die Lehnen der Vordersitze gelegt hatten, frei. Sie trugen Sneakers, zwei von ihnen eine Kapuzenjacke, trotzdem setzte sie sich auf einen der Plastikstühle. Das Vaporetto legte ab, und sofort spürte sie Schuhe, die gegen ihr Gesäß drückten. Tatsächlich sprachen die Jugendlichen nicht italienisch miteinander, sondern arabisch. Als vor der nächsten Station ein anderer Platz frei wurde, wechselte sie auf die gegenüberliegende Seite. Vom dunklen Himmel fielen die ersten Regentropfen. Durch das Fenster konnte sie erkennen, dass die Stadt in dumpfes graues Licht getaucht war und das Wasser des Canal Grande sich tiefgrün verfärbt hatte. Das Vaporetto schaukelte dröhnend von Station zu Station, und immer mehr Fahrgäste mit Koffern stiegen ein, die zum Bahnhof unterwegs waren. Vor der Haltestelle Rialto begann es zu regnen, Lilli sah die Tropfen im Wasser. Und dann wurde das Schiff von einer Menschenlawine heimgesucht, die nur zum Teil an Bord gelassen wurde. Zugleich regnete es heftiger, und an allen übrigen Stationen bis zum Bahnhof wiederholte sich das Chaos.

An der Endstation Ferrovia wartete Lilli, bis die meisten Passagiere ausgestiegen waren. Sie war noch immer wütend über das provozierende Verhalten der arabischen Jugendlichen, die sie nicht mehr beachtete.

Draußen hatte es zu regnen aufgehört, doch der Himmel war dunkel geblieben.

Rasch gelangte sie zur Ponte degli Scalzi, der Brücke, auf der sich Klemens die tödlichen Verletzungen zugezogen hatte. Das Bauwerk war groß, aus Stein und überspannte den Canal Grande. Lilli überquerte die Brücke, dachte an Klemens und sprach stumm mit ihm: »Ich liebe dich«, sagte sie. Sie hörte keine Antwort, und merkwürdigerweise empfand sie auch nichts, während sie die Treppen wieder hinabstieg. Insgeheim hatte sie sich davor gefürchtet, jetzt aber sah sie nur Steine und Stufen und fühlte sich befreit, als sie den Weg in Richtung des jüdischen Ghettos einschlug. Natürlich hatte sie überlegt, wo er zu Fall gekommen war, und dabei mit gesenktem Kopf die Stiegen betrachtet, doch unentwegt trampelten Schuhe an ihr vorüber, große und kleine, Halb- und Wanderschuhe, die es eilig hatten.

Es war für sie wie ein Gleichnis über das Sterben und Vergessenwerden. Für einen Augenblick fühlte sie sich fremd unter den Menschen, fremd in der vergehenden Zeit, doch mehr Gefühle ließ sie nicht aufkommen. Das Schwerste, glaubte sie, hatte sie jetzt hinter sich. Sie hatte nicht die Absicht, das Ghetto zu besuchen – drei- oder viermal schon hatte sie Klemens durch die Synagogen begleitet –, vielmehr wollte sie nach Cannaregio zur Kirche Madonna dell'Orto und zum Ospedale Umberto I. mit dem »Asilo«, von denen ihr Mann des Öfteren gesprochen hatte. Möglicherweise kannte dort auch jemand Francesco Galli, wenn er sich wirklich dort aufgehalten hatte. Sie nahm die Stadtkarte aus der Jacke, entfaltete sie, um sich zu orientieren, und gerade als Lilli den Plan wieder zusammenfaltete, wurde sie von einer fremden Frau angesprochen, die sie fragte, ob sie ihr behilflich sein könne. Sie war an die vierzig Jahre alt, gepflegt und freundlich.

»Sprechen Sie Italienisch?«, fragte sie weiter, und auf das Kopfschütteln von Lilli hin wechselte sie ins Englische und wollte wissen, woher sie komme. Lilli erklärte ihr, dass sie die Kirche Madonna dell'Orto besuchen wolle. Die Fremde fing an über Tintoretto zu reden, der dort begraben sei, doch Lilli unterbrach sie und versicherte ihr, dass sie über den Maler Bescheid wisse, das Kunsthistorische Museum in Wien besitze eine Anzahl großartiger Bilder von ihm: die Portraits bärtiger Männer, »Susanna im Bade«, das »Gastmahl des Königs Belsazar« …

»Oh, sind Sie Kunsthistorikerin?«

»Ja. Und Sie?«

»Ich bin Fremdenführerin … Ich habe Sprachen studiert, geheiratet, das Studium aufgegeben und war plötzlich allein … Da habe ich das Nächstliegende gemacht …«

Sie beschleunigten ihr Tempo, erreichten schweigend den Campo San Geremia und von dort die Brücke über den Canale di Cannaregio. Lilli, die ihre Orientierung wiedergefunden hatte, blieb stehen und bedankte sich bei ihrer Begleiterin, vernahm aber zu ihrer Überraschung das Angebot, dass die Unbekannte sie begleiten würde. Lilli war hin und her gerissen, eigentlich wollte sie allein sein, andererseits war es günstiger, wenn die Fremdenführerin als Dolmetscherin mitkäme, falls sich die Gelegenheit ergab, nach Francesco Galli zu fragen. Doch wenn sie den Commissario unerwartet finden sollte, war es wieder gefährlich, da die Frau möglicherweise die Polizei informieren würde, überlegte sie.

Schließlich bat sie ihre Begleiterin, ihr nur die Richtung zu zeigen. Die Frau drückte ihr eine Visitenkarte in die Hand, falls sie den Wunsch verspüre, einen Stadtspaziergang zu machen, deutete mit ausgestreckter Hand geradeaus, winkte ihr kurz zu und eilte weiter.

Da es wieder zu regnen begann, zog Lilli die Kapuze

über ihren Kopf, erreichte den Campo Ghetto Nuovo, den sie bis zur Brücke über den Rio di San Girolamo entlangging.

Die Gegend mit den niedrigen Ziegelhäusern und den Kanälen und kleinen Nebenflüssen gefiel ihr. Sie hatte den Eindruck, etwas vom Leben der Menschen in der Stadt mitzubekommen. Eigentlich hatte sie immer schon in Venedig wohnen wollen … Es regnete stärker, sie überquerte noch zwei weitere Brücken und stand endlich vor dem weiß verputzten Gebäude mit geschlossenen Läden, das sie für das Nonnenkloster Sant'Alvise hielt. Auf den Stufen zum Eingang der Klosterkirche saß ein Mann und aß etwas. Er war nicht schlecht gekleidet.

Sie zog sich die Kapuze fest über den Kopf, bevor sie näher trat. Gleich darauf erkannte sie, dass der Mann neben sich eine Flasche in einem braunen Papiersäckchen stehen hatte, aus der er, wenn er sich unbeobachtet glaubte, trank. Hierauf stellte er die Flasche im Papiersack zurück auf die Stufe.

Lilli hielt nach allen Seiten Ausschau. Besonders der Kanal und die Ziegelgebäude hatten es ihr angetan. Jedes Mal aber, wenn sie wieder zum Kloster und der Kirche hinblickte, bemerkte sie, dass der Mann die Flasche rasch neben sich abstellte.

Der Regen hörte ebenso abrupt auf, wie er angefangen hatte. Sie wusste selbst, dass es in jedem trostlosen Winkel mit Alkohol erträglicher wurde – der Mann tat ihr leid. Daher holte sie ihre Geldtasche heraus, suchte einen Zwanzig-Euro-Schein und ging auf ihn zu, der sich taumelnd erhob, die Flasche an sich nahm und offenbar vorhatte zu fliehen. Lilli holte ihn jedoch mit einigen raschen Schritten ein, und reichte ihm die Banknote. Er zögerte und sagte etwas in abweisendem Tonfall, das sie nicht verstand. Einer plötzlichen Eingebung folgend nahm sie ihr Smartphone heraus, suchte die Fotografie von Francesco Galli und hielt ihm das Display hin.

Der Mann blieb stehen. »Polizia?«, fragte er verächtlich.

Lilli schüttelte den Kopf.

»Io sono …«, sie zögerte, denn sie wusste weder, was Schwiegervater noch Schwiegertochter auf Italienisch hieß, aber ihr fiel ein, dass das lateinische Wort für Tochter »filia« hieß. »…filia«, sagte sie und hielt ihm wieder das Smartphone hin.

»Commissario …«, stieß der Mann zögernd hervor. Und noch einmal: »Commissario …« Er dreht sich um, ohne das Geld zu nehmen.

»Nomen Commissario?«, fragte Lilli, sie verwendete wieder das lateinische Wort.

»Nomi?«, korrigierte der Mann.

»Si. Nomi … Commissario?«

Er wandte sich wieder ihr zu, nahm das Geld, stieß »Galli!« hervor, machte kehrt und lief davon. Ohne sich noch einmal umzudrehen, deutete er zweimal mit dem rechten Arm in Richtung Meer. Lilli nahm wieder den Plan zu Hilfe und stellte fest, dass die Gebäude in der Ferne das ehemalige Ospedale Umberto I. und eine psychiatrische Klinik waren. Sie ging in diese Richtung, bis sie zu einer Eingangstür gelangte und dort in Handschrift auf einem weißen Pappkarton »Asilo«, »Nachtasyl«, las. Eine Gegensprechanlage und eine Reihe von Klingelschildern ohne Namensbezeichnung waren auf einer Ziegelsäule angebracht, aber da sie nicht Italienisch sprach, trat sie ohne zu läuten in den Hof. Beinahe hätte sie die Glaswand auf der rechten Seite mit der Aufschrift: »Portier« übersehen. Das lange Pult dahinter war verwaist. Auch der weiße Gang, den sie durchschritten hatte, war, als sie sich umdrehte, unbelebt. Im Hof stieß sie neuerlich auf zwei verschlossene Türen und ein Warnschild, das den Eintritt untersagte. Durch eine Glasscheibe in der hinteren Tür erblickte Lilli endlich einen hübschen Garten mit Wiese, Sträuchern, Bäumen und blühenden Forsythien, dann, weiter entfernt ein gelbes Gebäude … aus einem Fenster hing Wäsche zum Trocknen. Also musste jemand dort anwesend sein. Jetzt erkannte sie weitere langgestreckte gelbe Häuser, die einen eher unbewohnten Eindruck erweckten.

Sie wollte gerade umkehren, als sich ein dicker Mann in Jeans und Weste mit einem langen Zopf zeigte, der ihr entgegenkam. Er näherte sich zielbewusst den Türglocken, bat vor der Sprechanlage um Einlass und eilte über den Innenhof, wo er die jetzt nicht mehr versperrte zweite Tür mit der Glasscheibe aufstieß und wartete, bis Lilli ihn eingeholt hatte. Die Kapuze tief ins Gesicht gezogen, obwohl es zu regnen aufgehört hatte, gab sie vor zu wissen, welches Gebäude sie aufsuchen wollte.

Sie gelangte in eine verwilderte Gartenlandschaft mit höherem Gras, Bäumen und Brennnesseln – und plötzlich einem kurzen Stück Asphalt, das vom Park nach außen führte. Als Nächstes las sie wieder ein Schild mit der Aufschrift »ASILO«, und bemerkte vor dem abermals gelben Gebäude Schaukeln, Rutschen, ein

Klettergerüst und eine große Sandkiste. Sie blieb stehen und suchte auf ihrem Smartphone die deutsche Übersetzung von »asilo«. Erstaunt stellte sie fest, dass das Wort auch »Kindergarten« bedeutete. Was hatte Klemens in einem Kindergarten gesucht? Zunächst hatte sie geglaubt, es handle sich um ein Nachtasyl. Entweder war er zufällig hierhergekommen, oder er hatte sich an dem abgelegenen Ort mit jemandem getroffen, vermutete sie. Immerhin war er zweimal hier gewesen, hatte sie aus seinen Aufzeichnungen erfahren. Sie überlegte noch angestrengt, was sie davon halten sollte, als sie etwas entfernt und hinter dem nächsten Gebäude einen Lärm, der tatsächlich nur von Kindern stammen konnte, wahrnahm.

Nachdem sie das Gebäude hinter sich gelassen hatte, gab der ehemalige Park die Sicht auf einen gepflegten Garten und eine Laube mit Bänken frei. Weiter weg, zum Meer hin, erblickte sie einen Bunker, der offenbar noch aus der Zeit stammte, als Venedig zum Habsburger Reich gehört hatte. Dann sah sie kleine Kinder, die mit Geschrei und tänzelnden Bewegungen, als würden sie »Abfangen« spielen, vom Strand auf die Bänke zuliefen. Ihnen folgten ebenfalls lachende junge Frauen – vermutlich die Kindergärtnerinnen. Etwas später erschien eine ältere Frau in einem weißen Kittel – wohl die Leiterin des Kindergartens, wie sie annahm. Lilli näherte sich nur langsam der Anlage, weil die Kinder, die inzwischen angefangen hatten zu singen, auf den Bänken Platz genommen hatten. Es war ein fröhlicher Gesang, aber Lilli fühlte sich auf einmal wie ein verlassenes Kind. Rasch wandte sie sich ab, nahm eines der Papiertaschentücher, die sie immer in ihrer Jacke eingesteckt hatte, heraus, wischte sich die Augen trocken, fasste sich wieder, steckte das Taschentuch ein und ging entschlossen, fast wütend – sie wusste nicht, warum – auf die ältere Frau zu. Diese blieb stehen, überlegte offenbar, wer Lilli war, fand keine Antwort und versuchte, eine strenge Miene aufzusetzen.

»Do you speak English?«, fragte Lilli, als sie nur noch ein paar Schritte von ihr entfernt war.

Die Frau nickte und sah sie weiter mit strengem Gesichtsausdruck an.

Im nächsten Augenblick wusste Lilli nicht mehr, was sie sagen wollte.

Sie stammelte irgendetwas und fing gleich darauf wieder zu weinen an, worauf die ältere Frau sie am Arm berührte und sanft in das einstöckige Haus führte, in welchem die Kinder vermutlich bei großer Hitze oder Regen Zuflucht suchten. Spielzeug lag auf dem Fußboden, ein Klavier stand an der Wand, daneben ein Bücherregal, das Fenster war geöffnet, und in der Glasscheibe war das bewegte Bild dunkler Regenwolken und des grüngrauen Meers, in dem kleine Wellen liefen, zu sehen.

Lilli entschuldigte sich. Noch immer mit den Tränen kämpfend, erklärte sie ihrer Begleiterin, dass ihr Mann gestorben und erst vor wenigen Tagen begraben worden sei.

Die Frau nickte. Die Strenge war aus ihrem Gesicht gewichen, und es drückte jetzt Mitgefühl aus.

»Ich suche Francesco Galli«, fügte sie überstürzt hinzu.

Der Blick der Frau wurde misstrauisch, und Lilli hörte sie entschieden sagen, dass sie keinen Galli kenne.

»Mein Mann hat ihn vergeblich gesucht … Er ist sein Vater«, antwortete Lilli ernst.

Wieder nahm sie ein Papiertaschentuch heraus und beruhigte sich nur langsam.

»Ich bin hierhergekommen, um ihn vom Tod seines Sohnes zu benachrichtigen.«

Die Frau versuchte, einen unbeteiligten Eindruck zu machen, aber Lilli bemerkte, dass sie mit sich kämpfte.

»Ich bin nicht von der Polizei«, fuhr sie daher fort. Sie nahm ihre Geldbörse heraus und zeigte ihr den Führerschein.

Lilli schwieg, auch die Frau im weißen Kittel sagte kein Wort. Durch das offene Fenster hörten sie immer noch die Kinder weitersingen, was Lilli neuerlich zu Tränen rührte. Sie konnte sie nicht unterdrücken und sagte, als sie das nächste Papiertaschentuch aus der Jacke holte: »Erst jetzt kommt alles heraus …«

»Wer war Ihr Mann?«, fragte die Frau höflich mit ruhiger Stimme.

»Er hieß Klemens Kuck. Er hat bei der Hochzeit meinen Namen Kuck angenommen, weil er den seiner Adoptiveltern ablegen wollte. Er hatte eine schwere Kindheit gehabt. Als er älter wurde, fing er an, Comics zu zeichnen, und brachte zuerst Hefte für Kinder heraus.«

»Kindercomics von ihm haben wir auch in unserem Asilo.«

Sie trat an das Regal neben dem Klavier, bückte sich und zog zwei abgegriffene Exemplare heraus, um sie ihr zu zeigen. Lilli musste sich abwenden, denn Klemens war ihr plötzlich wieder so nah, wie seit seinem Tod nicht mehr. Es war ihr, als habe er sich selbst im

Kindergarten versteckt, und sie glaubte jetzt zu spüren, dass er ganz in der Nähe sei.

»Wieso suchen Sie Signor … Galli … ausgerechnet hier? Er könnte ja auch irgendwo anders in Venedig sein … Ich meine, haben Sie einen Hinweis bekommen, dass er sich bei uns aufhält?«

»Nein, aber ich habe gehört, dass er sich einige Zeit im Ospedale Umberto I. wegen seiner Depressionen hat behandeln lassen.«

»Und deswegen sind Sie in den Kindergarten gekommen?«

Lilli antwortete aufrichtig: »Mein Mann wurde vermutlich hier in Venedig, als er seinen Vater suchte, auf der Ponte degli Scalzi von einem Unbekannten die Treppen hinuntergestoßen und hat sich dabei tödliche Verletzungen zugezogen.«

Sie hatte nicht bemerkt, dass inzwischen eine der beiden jungen Kindergärtnerinnen den Raum betreten hatte.

»Ist alles in Ordnung, Mama?«, fragte diese auf Italienisch.

Lilli, die nur das Wort »Mama« verstand, vermutete, dass es sich um die Tochter der Leiterin des Kindergartens handelte. Die Mutter, verstand Lilli, wollte sie wegschicken, aber die junge Frau mischte sich ein und nahm schließlich das Handy aus ihrer Jeanstasche. Sie führte ein kurzes Gespräch, und als Lilli zur Tür ging, weil sie die Sinnlosigkeit ihres Versuchs begriff, machte die junge Kindergärtnerin eine energische Geste: sie möge warten.

»Er kommt«, sagte die Mutter ohne Regung und mit zur Seite gerichtetem Blick auf Englisch.

Im selben Augenblick läutete das Telefon der Tochter. Das Gespräch dauerte nicht lange, dann nahm die junge Kindergärtnerin Lilli am Arm und erklärte ihr, sie möge sie begleiten. Francesco sei am Strand, doch er wohne nicht hier, sondern anderswo …

Sie gingen an den singenden, lachenden Kindern vorbei, hinunter zum Bunker, dort blieb ihre Begleiterin stehen und wies auf einen Mann, der mit dem Rücken zu ihnen aufs Meer schaute. Sie machte wortlos kehrt, während Lilli sich vorsichtig der Gestalt näherte. Das Meer schmatzte. Von Ferne war das Tuckern eines Vaporettos zu hören und noch immer das laute Kreischen der Möwen unter dem grauen Himmel.

Als der Mann sich umdrehte, erkannte sie die vertrauten Züge von Klemens.

Schweigend standen sie einander gegenüber, bis Galli mit dem Kopf nickte, auf sie zukam und ihr die Hand schüttelte. Sofort wandte er sich wieder dem Meer zu und sagte wie im Selbstgespräch: »Mein Sohn ist tot?«

Lilli war über sich selbst erstaunt – die Angst war plötzlich von ihr abgefallen, die Tränen, die Trauer, die Verunsicherung. Eigentlich wollte sie dem Mann endlich an den Kopf werfen, wie schäbig er sich seinem Sohn und dessen Mutter gegenüber verhalten habe, als er sie verlassen hatte, und dass Klemens nur deshalb gestorben sei, weil er ihn gesucht habe, doch sie hielt sich zurück.

»Sie werden mich hassen, ich erwarte nichts anderes«, bemerkte Galli auf Englisch. »Vielleicht erzählen Sie der Polizei, dass Sie mich gefunden haben, vielleicht posaunen Sie es hinaus …«

»Es war eine Reihe von Zufällen, die mich zu Ihnen geführt hat«, antwortete Lilli.

»Sie waren seine Frau?«

Lilli nickte. Ohne dass sie es eigentlich beabsichtigte, begann sie ihm Vorwürfe zu machen, erzählte ihm, wie Klemens gestorben sei, was er alles unternommen habe, um seinem Vater zu begegnen, und wie trostlos er seine Kindheit auf dem Land verbracht hatte.

»Es wäre besser gewesen, er hätte sich nicht in den Kopf gesetzt, mich zu finden …«, antwortete Galli.

Er sah, auch wenn er sauber gekleidet war, gezeichnet aus. Die grauen Haare auf dem Kopf waren durcheinandergeraten, ein Dreitagebart bedeckte sein Gesicht, nur die Brille vor den schläfrigen Augen ließ noch etwas vom Glanz eines scharfen Intellekts erahnen. Und seine grüne Regenjacke über dem schwarzen T-Shirt und die beigebraunen Jeans kündeten noch von vergangenem jugendlichem Charme.

»Ich war mit Alberti und seiner Tochter Nicole in der Osteria Penzo in Chioggia«, sagte Lilli. »Signor Alberti hat plötzlich beschlossen, vor der Osteria auf Sie zu warten, um mit Ihnen zu sprechen – Sie wohnten, behauptete er, in einem der Gebäude gegenüber bei Ihrer Freundin. Deshalb bin ich allein mit Nicole auf den Lido zurückgefahren und mit ihr ins Hotel Excelsior gegangen, wo die Egon-Blanc-Stiftung einen Abend für Kinder mit Down-Syndrom veranstaltet hat. Am nächsten Morgen hat mich die Polizei im Hotel aufgesucht und mich über die Ermordung von Alberti informiert. Vor der Vaporetto-Station auf Pellestrina, ganz in der Nähe Ihrer Wohnung, hatte man seine Leiche im Wasser aufgefunden. Ich selbst war zuvor unfreiwillig

Zeugin des dritten Polizistenmordes am Bacino geworden.«

Das Meer rauschte, irgendwoher war das Tuten eines Schiffshorns zu hören, und die Möwen lärmten noch immer unter dem dunklen Himmel. Auch der Gesang der Kinder des Asilo war aus der Ferne noch zu vernehmen.

»Es ist besser, Sie gehen jetzt!«, antwortete Galli leise.

»Sie haben mir alles gesagt … Ich habe alles gehört … Ich war nicht in Chioggia und nicht auf Pellestrina. Von meiner Freundin habe ich mich vor zwei Monaten getrennt. Alberti kann mich also dort nicht gesehen haben. Vermutlich hat Guido, der Arme, den wirklichen Mörder gefunden …«

»Und wer soll das sein?«

»Um mich das zu fragen, sind Sie hierhergekommen?«

Nach einer Pause setzte Galli fort: »Ich habe meine Arbeit bei der Polizei geliebt, heute noch habe ich mit Mitarbeitern Kontakt und weiß, was in meinem früheren Revier vor sich geht … Ja, ich liebe die Arbeit immer noch …« Er verfiel wieder in Schweigen.

Sie hatte plötzlich den Wunsch, ihm Böses an den Kopf zu werfen, denn er hatte kein Wort über Klemens gesagt. Daher stellte sie ihm die Frage, ob es ihm gleichgültig sei, dass sein Sohn auf der Suche nach ihm war, als er starb.

»Sie haben ihn kein einziges Mal während seiner Kindheit besucht. Auch später waren Sie abgetaucht!«

»Verschwinden Sie aus meinem Leben!«, herrschte Galli sie an. »Mein Sohn ist für mich schon über vierzig Jahre tot. Ich habe ihn vergessen, verstehen Sie? Er hat für mich nicht mehr existiert …« Er schwieg abrupt und verschwand im Bunker.

Lilli blieb kurz stehen, dann ging sie zurück zum Kindergarten, machte einen Bogen um das Gebäude und stand unerwartet vor der jungen Kindergärtnerin.

»Ich bin schuld …«, sagte sie. »Ich hätte Sie nicht zu Galli bringen dürfen.«

Auch Lilli blieb stehen und überlegte, was sie ihr antworten sollte.

»Francesco steckt seit Jahren in einer schweren Krise«, fuhr die Kindergärtnerin fort, »er behauptet, dass Egon Blanc ihn vernichtet habe. Und er sagt, dass nur das Gute von Blanc gesehen werde. In Wirklichkeit sei er ein Verbrecher, der alles aus dem Weg räume, was ihn störe, und gleichgültig zusehe, wie Menschen zugrunde gingen.«

Lilli trocknete sich die Augen.

»Sie irren sich, wenn Sie Francesco verdächtigen«, stellte die junge Kindergärtnerin fest. »Es ging um einen ungelösten Kriminalfall, bei dem Blanc die Finger im Spiel gehabt hat.« Der Milliardär Blanc habe Galli ruiniert. Er sei auf sein Betreiben entlassen worden, und keiner habe ihm auch nur ein Wort geglaubt.

»Haben Sie uns belauscht?«, fragte Lilli misstrauisch.

Die junge Frau schwieg und blickte ihr entschlossen ins Gesicht.

»Wieso hält er sich bei Ihnen versteckt?«, wollte Lilli wissen. Ihre Stimme war noch immer voller Argwohn.

»Nach seiner Entlassung aus dem Polizeidienst wurde er in die Psychiatrie eingeliefert und dort behandelt. Meine Mutter war Krankenschwester in der Abteilung, der er zugewiesen wurde. Als er wieder halbwegs beisammen war, hat er meine Mutter besucht, die nach Auflösung der Psychiatrie den neuen Kindergarten übernommen hatte.« Sie machte eine Pause. »Versprechen Sie mir, dass Sie alles für sich behalten werden?«, fragte sie in kompromisslosem Ton.

»Von mir wird niemand etwas erfahren …«

»Kehren Sie nach Hause zurück. Es ist besser für Sie … Wir helfen nur einem Menschen, der unschuldig unter die Räder gekommen ist!« Sie umarmte Lilli plötzlich, dann riss sie sich los und lief davon.

Lilli war so verwirrt, dass sie zuerst nicht auf die Straße zurückfand.

Vor dem Kloster Sant'Alvise lagen Boote im Kanal, auf denen Jugendliche – einer mit einem Fischernetz in der Hand – herumturnten und ihr etwas zuriefen, das sie nicht verstand. Sie waren etwa fünfzehn Jahre alt, schätzte Lilli, und suchten offenbar Streit. Deshalb blickte sie zu Boden, aber der Größte von ihnen – er trug einen gelben Pullover – verwendete, wie sie aus dem Ton schloss, lautstark ein Schimpfwort, worauf die anderen in hämisches Gelächter ausbrachen und den Ausdruck mehrfach wiederholten. Sie hörten auch nicht damit auf, als sie bereits die nächste Brücke überquerte. Nirgendwo sonst war ein Mensch zu sehen. Sie zwang sich jetzt, darüber nachzudenken, was sie tun sollte, um wieder ihr inneres Gleichgewicht zu finden. Hatte sie in den letzten Wochen überhaupt eines gehabt?

Am Kanal entlang, auf dessen linker Seite die Ziegelhäuser lagen, in denen niemand zu wohnen schien, erreichte sie die Kirche der Madonna dell'Orto … Sie öffnete das schwere Eingangstor und löste bei einer älteren Frau an der Kasse eine Eintrittskarte. Als sie in das Kirchenschiff trat und bemerkte, dass sie allein war, stellte sie sich vor, es gäbe auf der ganzen Welt keine Gläubigen mehr oder die ganze Stadt sei ausgestorben. Die Stille beruhigte sie andererseits auch. Das, was sie vor kurzem erlebt hatte, schien sich in einer Parallelwelt zugetragen zu haben. Es blieb »draußen«. Hier befand sie sich im Halbdunkel eines Universums aus Mythen und Märchen, aus Bildern und Schweigen. Sie brachte nicht mehr die Kraft für eine innere Sprache auf, dazu war zu vieles in ihr zerstört, aber sie fand sich in der Leere der Wortlosigkeit zurecht, es war für sie wie ein Atemholen während einer langen Wanderung. Sie verharrte vor dem »Jüngsten Gericht« Tintorettos, das sie an das Mosaik im Markusdom erinnerte und an das Glassteinchen, das sie bei sich trug. Sie konnte sich nicht mit den Bedeutungen des Gemäldes identifizieren. Und ihr fiel ein, was die Kindergärtnerin über Signor Blanc gesagt hatte, aber sie unterdrückte ihre Erinnerungen und konzentrierte sich auf die Bilder an den Wänden. Der »Tanz um das Goldene Kalb« in einer Seitenkapelle erschien ihr hingegen wie eine Szene aus einem Cinemascope-Film von Stanley Kubrick. Zweifelsohne hatte Tintoretto eine außergewöhnliche räumliche Vorstellungskraft besessen, wusste Lilli, der Maler war ein Fabulierer, mit dem das Temperament durchging und dessen rege Phantasie ihn schon vor fünfhundert Jahren Szenen wie aus einem Comic hatte erfinden lassen. Klemens hatte ihr vor einem Jahr in einem Brief aus Venedig geschildert, was er von Tintoretto hielt: Er sei ein Kirchenkünstler, der im Stil des katholischen Realismus die »Biblia pauperum« – die Bibel der Armen, die nicht lesen konnten – auf geniale Weise übersetzt habe, indem er die Heilige Schrift sichtbar machte. Sie hatte sich diese Beschreibung gemerkt und fand, dass sie ins Schwarze traf. Der Maler ließ sich von den religiösen Themen mitreißen, fand sie, er war – obwohl ein großer Künstler – spekulativ und volkstümlich und schuf dramatische, suggestive Gemälde, häufig mittels perspektivischer Täuschungsmanöver. Sie wandte sich einer Seitenkapelle zu, die ihr so verlassen schien, wie sie sich selbst vorkam. Dort hing, wie sie wusste, ein billiger leerer Goldrahmen, darunter stand auf einem Schild, dass das Bild von Giovanni Bellini »im März 1993« geraubt worden sei, und eine lieblos hingestellte Fotografie, die auf einen Pappendeckel aufgezogen worden war, illustrierte den Verlust. Der leere Goldrahmen an der weißen Wand beeindruckte Lilli jetzt mehr, als sie erwartet hatte. Sie verstand ihn als Darstellung der Abwesenheit von Gott. Eine Zeitlang blieb sie stehen und starrte den goldgerahmten weißen Mauerfleck an. Er passte auch zu ihrer eigenen Situation, die neben den sich überschlagenden Ereignissen nur Leere und sogar den Wunsch nach Leere in ihr hervorgerufen hatte. Der Rahmen um das Mauerstück brachte sie weiter auf unangenehme Gedanken, deshalb riss sie sich los und stieß unbeabsichtigt auf Tintorettos Grab, das sich unter einer Marmorplatte mit Inschrift zu ihren Füßen befand.

In der Kirche war es so kalt, dass es ihr vorkam, sie wäre in einem Eisblock eingeschlossen. Zuletzt fiel ihr noch ein Gemälde mit der Enthauptung des heiligen Christophorus auf, der, mit dem nackten Rücken zum Betrachter, gerade von der Vision eines Engels gebannt war, während der Henker hinter ihm mit dem Schwert zur Enthauptung ausholte. Der Engel, sah Lilli, schwebte in einem Lichtwasserfall, wie sie es empfand, und obwohl sie die Darstellung bewunderte, flüchtete sie rasch ins Freie. Sie fühlte selbst, wie verwirrt sie war, sie musste, ob sie wollte oder nicht, an das Gesicht und die Worte Francesco Gallis denken, der sie ohne Rücksicht verletzt hatte. Doch verstand sie im Nachhinein, dass sie ihn zuerst beleidigt hatte, auch wenn es ihr nur um die Wahrheit gegangen war. Sie empfand auch darüber jetzt noch Genugtuung. »Ich habe es für mich getan!«, sagte sie stumm zu sich selbst. Dann merkte sie, dass sie – ohne es zu wollen – laut mit sich gesprochen haben musste, denn ein Bub auf einem Tretroller machte einen großen Bogen um sie. Es war ihr egal, sagte sie sich, aber sie gestand sich ein, dass das nicht stimmte und sie sich das Gefühl nur nachträglich einreden wollte. »Ich muss mich finden«, nahm sie sich vor.

Der Kanal mit den hübschen Backsteinhäusern und Brücken erweckte in ihr den Eindruck, als würde sie einen Film verkehrt herum – vom Ende bis zum Anfang – anschauen. Auch als sie auf der menschenleeren Straße den Kanal entlang weiterging, gab sie sich dieser Vorstellung hin, bis das Viertel belebter wurde und sich in eine gepflegte Vorstadt verwandelte. Touristen und ältere einheimische Frauen, die Einkaufstrolleys hinter sich herzogen, bevölkerten die Straße. Auf der anderen Seite des Kanals, in dem Motorboote vertäut waren, starrte ein schwarz-weiß gefleckter, riesiger Hund sie an. Als sie den Blick nicht von ihm abwandte, wurde er unruhig, blieb aber stumm. Ihr gefielen vor allem

die zahlreichen gutgenährten Katzen, die auf Fenster-
bänken schliefen oder mit zuckenden Kopfbewegun-
gen Insekten beobachteten. Sie hatte den Eindruck, im
eigentlichen Venedig zu sein, dort, wo Menschen miteinander redeten, kochten, fernsahen, einfach zu Hause
waren – ungestört vom Massentourismus. Die Back-
steingebäude und Kanäle in ihrer Stille strahlten sogar
etwas wie »Idylle« aus, wenn auch eine eher herbe.

Inzwischen war sie zum »Mohrenplatz«, dem Campo
dei Mori, gelangt, dessen Name, wie sie wusste, sich
von drei großen Steinskulpturen orientalischer Gestalten herleitete. Sie waren an den Wänden eines Eckhau-
ses befestigt und trugen große Turbane und prunkvolle
Kaftane. An der Hausecke selbst kam als verbindende
Gestalt die berühmte Skulptur des Mannes mit der ei-
sernen Nase dazu, die den Satiriker Sior Antonio Rioba
darstellte. Tatsächlich verkörperten die vier Figuren die
drei Mastelli-Brüder und einen der Söhne. Lilli hatte
bei ihren Reisen mit Klemens erfahren, dass sie vom
Peloponnes stammten und irrtümlich für Orientalen
gehalten worden waren. Sogar die Namen der drei
hatte sie damals aufsagen können, Lilli hatte sie jedoch
in der Zwischenzeit wieder vergessen. Ein Nachfahre
der Brüder hatte die eiserne Nase auf der Steinskulptur
Riobas nachträglich befestigen lassen, weil es sich ein-
gebürgert hatte, dass man lange Zettel mit Spottversen
über die Regierung und den Klerus dort anbrachte, die
diese schwer beschädigten. Gemeinsam mit Klemens
hatte Lilli in der Osteria neben dem Nasenmann öfter
zu Mittag oder am Abend gegessen. Daher zögerte sie
auch jetzt nicht einzutreten. Es war nur ein Tisch frei,
sie nahm Platz und verlangte eine Pizza. Da das Lo-

kal keine mehr führte, bat sie um eine Speisekarte und bestellte gegrillte Shrimps auf Risotto mit Zitrone und Schnittlauch. Aber gleich nachdem der Kellner wieder verschwunden war, bereute sie, dass sie nicht gegangen war. Andererseits wollte sie nicht zurück in das Hotel Diana, wo ihr die Decke mit dem seltsamen Glaslampenschirm auf den Kopf fallen würde. Sie trank das Glas Wein aus, das vor ihr stand, und ließ sich, als der Kellner die Speise brachte, ein weiteres servieren.

Nachdem sie bezahlt hatte, trat sie rasch wieder auf die Straße hinaus, um das nur wenige Schritte entfernte Haus, in dem Tintoretto die letzten zwanzig Jahre seines Lebens verbracht hatte, noch einmal anzusehen. Neben der Eingangstür stand die Skulptur des dritten Bruders in einer Wandnische. Auch eine Marmortafel mit einem Hinweis auf den Maler war dort angebracht. Im zweiten Stock fielen ihr die grün-weiß gestreiften Markisen, Sonnendächer, die herausgeklappt waren, auf, aus der Maisonette darüber blickte ein Kind in den Himmel, der wieder dunkler geworden war.

Lilli wollte weitergehen, aber sie wusste nicht, wohin. Eine Schar Schulkinder hatte sich ein Spiel ausgedacht oder war in eines versunken, das Lilli nicht kannte. Sie liefen einander nach, um sich gegenseitig einen Schal abzujagen, und jenes Kind, dem es gelang, ihn zu erbeuten, versuchte anschließend, ihn sich selbst um den Hals zu legen, bevor das nächste ihn an sich riss. Das geschah unter großem Geschrei. Lilli blickte unschlüssig auf ihren Stadtplan, um herauszufinden, wo sich die nächste Vaporetto-Station befand. Zu ihrer Überraschung war sie ganz in der Nähe, hinter der Kirche Madonna dell'Orto.

124

Auf dem Weg dorthin sah sie zwei Frauen in einer leeren Gasse stehen, die hingebungsvoll tratschten, ohne zu bemerken, dass ihre beiden Hunde rammelten. Ein eifriger Pekinese deckte einen nicht viel größeren weißzottligen Schoßhund. Als die Frauen einen Blick auf die Tiere warfen, stießen sie einen leisen Schrei aus und zerrten die Hunde lachend an den Leinen auseinander.

Im Wartehäuschen, das nur von wenigen Menschen aufgesucht worden war, sah sie von weitem schon das Vaporetto der Linie 41 unter dem dunklen Himmel herankommen und fand den Anblick – sie konnte es sich selbst nicht erklären, weshalb – ausnehmend schön. Er war mit einem Gefühl von Zugehörigkeit verbunden, vermutete sie, und auch der Selbstverständlichkeit, die sie lange nicht mehr empfunden hatte.

Das Vaporetto war halb leer. Es fing wieder zu regnen an, kleine, durchsichtige Tropfen rannen die Scheiben hinunter, ein Lastenkahn mit Arbeitern fuhr vorbei, welche dunkle Regenmäntel und Kapuzen trugen. An der nächsten Station stieg eine weißgekleidete Nonne ein, eine ältere Frau mit bäuerlichem Gesicht. Sie trug eine blaue Weste, schwarze Schuhe und einen nassen schwarzen Regenschirm, nahm eine Reihe vor ihr Platz, nieste laut, entschuldigte sich flüsternd bei dem alten Mann, der neben ihr saß, und hustete in kurzen Abständen weiter, bis Lilli an der Station Sant'Elena das Vaporetto verließ.

Ohne darüber nachzudenken, blieb sie im Wartehaus sitzen und vertiefte sich in die Regenbilder vor ihr, das Meer, die Pfähle, die in Richtung Lido aus dem Wasser ragten, vorüberziehende Vaporetti, die nicht in

Sant'Elena anhielten. Wieder erschien ihr der Anblick schön, so als würde sie alles zum ersten Mal sehen.

Endlich stieg sie in das nächste, ebenfalls nur spärlich besetzte Vaporetto ein. Die vorbeiziehenden Giardini kamen ihr im Regen geheimnisvoll vor, das Gesehene wurde von Erinnerungen überblendet, zuletzt war es das Bild Francesco Gallis, der am Ufer stand, auf das Meer schaute und »Sie werden mich hassen, ich erwarte nichts anderes!« sagte. Aber sie hasste ihn nicht, gestand sie sich ein. Sie ärgerte sich jetzt eher über sich selbst für ihre Unverfrorenheit. Jedes weitere Gespräch war dadurch wohl unmöglich geworden.

Es hatte wieder zu regnen aufgehört. Am Markusplatz schoben zwei Frauen Katzen in kleinen Karren, die an Kinderwagen erinnerten, vor sich her. Die Tiere miauten kläglich. Zuerst hatte Lilli nur das Wehklagen in ihrem Rücken gehört, dann erst nahm sie das ganze Unglück wahr. Katzenliebhaber, wusste Lilli, waren zumeist eigensinnige Menschen …

Wie immer fütterten Touristen auf dem Platz Schwärme von Tauben. Ein Mädchen versuchte gerade, eine zu fangen. Es lockte die Taube mit Brotbröseln an und hockte sich zu ihr auf den Boden … Unerwartet griff das Kind zu, hielt dann aber nur Federn in der Hand, denn der Vogel war entkommen. Das kleine Büschel Federn blieb auf dem Boden zurück, weil das Mädchen aus Scham geflohen war.

Inzwischen überquerten sechs junge Polizeioffiziere – mit Orden reich geschmückt – paarweise hintereinandergehend den Markusplatz. Unter die Touristen hatten sich auch Soldaten mit Alpini-Hüten gemischt. Lilli hatte nicht beabsichtigt, sich vor dem Caffè Flo-

126

rian herumzutreiben, der Mord an dem Polizisten und dessen Umstände waren noch zu lebendig in ihrem Kopf, aber dann nahm sie sich wieder vor, ihre Ängste zu überwinden. Vor dem Caffè Florian und dem Gran Caffè Quadri ertönten die gewohnten Klänge der Musikkapellen.

Später kam ihr die Idee, den Fotografen in der Mitte des Platzes näher zu betrachten. Vor dem jungen Mann stand auf einem Stativ ein vorgeblich hundert Jahre alter Photoapparat mit Holzgehäuse, der in Wirklichkeit jedoch nur eine Attrappe war, wie sie längst wusste. Tatsächlich war darin eine Nikon-Spiegelreflexkamera eingebaut, darüber spannte sich ein kleiner Schirm, der sie vor Sonne und Regen schützte. Diejenigen, die sich vom Fotografen aufnehmen lassen wollten, erhielten Vogelfutter, um damit Tauben anzulocken, welche sie dann umschwärmten und auf dem ausgestreckten Arm, den Schultern und sogar auf dem Kopf Platz nahmen. Als sie vor dem jungen Fotografen stand und ihn auf Englisch fragte, ob er ein Archiv mit zigtausend Bildern besitze, lachte er und antwortete ihr zu ihrer Überraschung, ebenfalls auf Englisch: »Nein, da würden wir nicht einmal mit dem gesamten Museo Correr auskommen!« – Weshalb hatte sie ihn überhaupt gefragt, rätselte sie, es fiel ihr kein Grund ein, und sie betrat schließlich das Caffè Florian, ohne jedoch den Oberkellner Roberto zu sehen. Als sie sich an einen Tisch setzte, spielten die Musiker gerade »Amore mio non piangere ...«

Möwen kamen angeflogen, segelten über die Köpfe der Gäste hinweg und stiegen wieder auf. Rasch wurden die Tauben von ihnen vertrieben. Der Himmel klarte auf, und die Wolken verzogen sich. Sie konnte sogar spüren, wie es wärmer wurde. Einzelne gepflegte Frauen spazierten vorbei – »ich bin nicht allein«, fiel ihr ein –, manche zogen einen Rollkoffer hinter sich her. Andere fotografierten sich mit Hilfe ihres Handys und eines Selfiesticks. Zwischendurch machte die Musik Pause. Sie bestellte weitere Gläser Spritz, und ihr fiel auf, dass sich am Platz an fünf Stellen Wasserlachen über den Kanaldeckeln ausbreiteten, es machte den Eindruck, als quelle schon wieder Acqua alta aus ihnen hervor. In Abständen bildeten sich auf den Wasserober-flächen winzige Wellen, als ob tatsächlich das Wasser von unten heraufströmte.

Fettleibige Menschen in allen Hautfarben trieben sich auf dem Platz herum, ab und zu wurde ein Baby vorbeigetragen. Sie erfuhr, dass der Kellner Roberto seine Schicht bereits hinter sich hatte. Und immer mehr Menschen stellten sich ein: Pensionisten und Spießer, Gymnasiasten, Handwerker, Akademiker, alte Mütter und ältere Söhne, Menschen mit den verschiedensten Kopfbedeckungen, Brillen, Bärten … Angeber, Ver-schlossene, Lustige, Einsame, Trauernde in schwarzer Kleidung, Schweigende und Diskutierende. Die Mö-wen hatten sich in Richtung Markusdom zurückgezo-gen, die Tauben hingegen wieder in der Mitte des Plat-zes niedergelassen.

Sie wollte noch immer nicht zurück in ihr Hotel. Dort wartete, sagte sie sich, nur Arbeit auf sie. Sie musste die beiden Hefte von Klemens über seine Kindheit und Ju-gend durchlesen, aber etwas in ihr wehrte sich dagegen. Nachdem sie einen weiteren Spritz bestellt hatte, dachte sie nur noch an die Begegnung mit Francesco Galli.

9
Flucht nach Sant'Erasmo

Am nächsten Morgen erinnerte sie sich nicht mehr daran, wie sie nach Hause gekommen war. Sie hatte geträumt, aber wusste nicht mehr, was. Sie wollte sich auch gar nicht daran erinnern ... Später suchte sie die Toilette auf, fand in ihrer Tasche das Smartphone und bemerkte, dass die Polizei in der Zwischenzeit sechs- oder siebenmal angerufen hatte ... Auch SMS aus Wien waren eingetroffen, um die sie sich jedoch nicht kümmerte.

Es war die Nummer von Commissario Luca Zacchini, wie sie herausfand. Die letzten Anrufe waren vom Assistenten des Commissario, Perlucci, gekommen, der, wie ihr einfiel, zusammen mit dem Übersetzer Gamper beim Verhör im Hotelzimmer dabei gewesen war. Sie blickte auf die Uhr, es war 5 Uhr 52 am Morgen ... Sicherheitshalber nahm sie eine Schmerztablette, dabei fiel ihr ein, dass sie im Caffè noch ein Stück Torte gegessen hatte, und ihr wurde leicht übel. Sie nahm einige Schluck heißes Wasser zu sich, legte sich wieder auf das Bett und wählte in ihrer Verwirrung die Nummer des Commissarios. Schlaftrunken meldete er sich mit seinem Titel und seinem Namen. »Wer spricht?«

»Sie haben mich gestern sechsmal angerufen«, antwortete Lilli auf Englisch.

»Ich habe Sie dringend gesucht! Wo waren Sie?«

Sofort bereute Lilli den Anruf und erkannte, wie kopflos sie gehandelt hatte.

»Ein fünfter Polizist wurde heute Nacht ermordet. Ein Mitarbeiter des Asilo hat ihn vor dem Ospedale Umberto I. in Cannaregio mit einer Halswunde tot aufgefunden …« Zacchini sprach ein fehlerhaftes Englisch.

Lilli schwieg erschrocken.

»Es sind jetzt in wenigen Tagen wieder drei Morde an Polizeibeamten verübt worden, die wir mit Ihnen in Zusammenhang bringen«, radebrechte er weiter. »Sie waren jeweils kurz vor oder nach den Morden in der Nähe des Tatorts … Zufälle schließe ich aus … Ich nehme an, dass Sie in großer Gefahr sind! Wir haben herausgefunden, dass Sie gestern gegen Mittag den Kindergarten im ehemaligen Ospedale aufgesucht haben … So, wie Sie sich verhalten, nehme ich an, dass Sie in Gewahrsam genommen werden wollen?«

Lilli überlegte kurz und vermutete, dass die beiden Frauen im Kindergarten nichts über Francesco Galli preisgegeben hatten.

»Warum?«, fragte sie.

»Ich glaube eher, dass Sie mir eine Antwort schuldig sind.«

Lilli schwieg.

»Bleiben Sie im Hotel, bis ich bei Ihnen bin!«

Er legte, abermals ohne sich zu verabschieden, auf.

Wieder verspürte Lilli nur Leere in sich, aber das kam ihr noch besser vor als der Schmerz und die Trauer. Sie konnte sich gut vorstellen, mit der Leere zu leben. Im Augenblick erschien sie ihr sogar als das Nächstliegende, und sie hoffte, sich so zu retten.

Als sie sich geduscht und angekleidet hatte, beschloss sie, alles auf sich zukommen zu lassen. Sie glaubte nicht, dass Galli ein Serienmörder war. Er war ein gebrochener Mann, der seine Ehre wiederherstellen wollte, vermutete sie, auch wenn er sich Klemens gegenüber wie das allerletzte Arschloch verhalten hatte …

Erst nach einer Stunde stand Zacchini mit Gamper und einem Polizisten vor ihrer Zimmertür und trat grußlos ein.

Er ließ den Polizisten draußen warten, nahm auf einem der Stühle Platz und legte die Kopie des schwarzen Notizbuchs auf den Tisch.

»Also, was haben Sie im Ospedale gesucht?«

»Francesco Galli«, gab Lilli bestimmt zur Antwort.

»Und haben Sie ihn angetroffen?«

»Nein.«

»Was haben Sie auf dem Gelände gemacht?«

»Ich bin herumgegangen.«

»Weshalb haben Sie Galli ausgerechnet im ehemaligen Ospedale gesucht?«

»Irgendjemand hat gesagt …«

»Wer?«

»Vielleicht Sie selbst …«, antwortete Lilli ins Blitzblaue.

»Wann soll ich Ihnen das gesagt haben?«, überging Zacchini ihren abweisenden Tonfall.

»Als ich verhört wurde.«

»Sie wurden nicht verhört, das war nur eine Einvernahme, wie auch jetzt.«

»Nennen Sie es, wie Sie wollen – ich habe es als Verhör in Erinnerung.« Sie fühlte, dass ihre Unsicherheit sich verzogen hatte.

Zacchini überging auch diese Bemerkung.

»Und was soll ich Ihnen gesagt haben?«

»Dass Galli nach seiner Entlassung wegen Depressionen in der Psychiatrie behandelt wurde«, sagte Lilli. Sie konnte sich jetzt besser konzentrieren. »Ich kann mich nicht mehr genau daran erinnern, vielleicht hat es mir Alberti gesagt …«

»Das kann ich mir eher vorstellen, allerdings lebt er nicht mehr, weshalb wir ihn auch nicht fragen können, ob er Ihnen das erzählt hat.«

»Ist das so wichtig?«

»Was wichtig war und was nicht, weiß man erst später.«

»Ich habe ihn jedenfalls im Asilo vermutet. Ich meine, es wäre ein Zufall gewesen, wenn ich ihn wirklich gefunden hätte …«

»Sie wussten schon im Voraus, dass es dort ein Asilo gibt?«

»Nein.«

»Und Sie glaubten, dass das Ospedale noch in … äh … Betrieb ist?«

»Nein.«

»Also warum sind Sie dann ausgerechnet dorthin gegangen?«

»Ich bin vielleicht meinem Instinkt gefolgt.«

»Es ist dort nach Ihrem Besuch ein Mord verübt worden, wie auch auf Pellestrina! Und Sie waren die erste und einzige Zeugin des Mordes an einem Polizisten vor dem Bacino!«

Lilli hörte ihm weiter zu und wartete.

»Das ist übrigens sehr merkwürdig«, fuhr Zacchini fort, »alle Ermordeten waren auf dem Heimweg und allein – selbst Alberti!«

»Verstehen Sie nicht, dass ich erschöpft bin?« Lilli spürte, dass er sie in die Enge trieb, und brauste auf. »Muss ich mir einen Anwalt nehmen?«

»Tut mir leid, aber Sie sind im Augenblick die Einzige, die uns helfen kann … Sie müssen verstehen, dass Sie selbst in Gefahr sind und nicht auf eigene Faust ermitteln dürfen.«

»Es ist mir egal …«

»Dass Sie in Gefahr sind?«

»Ja.«

Der Kommissar überging wieder ihre Antwort.

»Was hat Galli Ihnen gesagt, als Sie ihm begegnet sind?«

Lilli verstand, dass er ihr eine Falle stellte.

»Wer hat Ihnen gesagt, dass ich Galli getroffen hätte?«, entgegnete sie.

»Das werde ich Ihnen vorläufig nicht verraten.«

Lilli schwieg.

»Es gibt dort Kindergärtnerinnen, die Leiterin kennt Galli, seit er in der Psychiatrie in Behandlung war. Haben Sie mit ihr gesprochen?«, drang Zacchini in sie.

Lilli wusste, dass die Frau im weißen Kittel Galli nicht verraten würde. Dafür war ihre Freundschaft mit ihm zu eng. Sie gab daher keine Antwort.

»Sie haben sich nach Galli erkundigt!«, insistierte Zacchini.

Lilli spürte, dass er sich auf dünnes Eis begab und verneinte die Frage.

»Die Leiterin des Kindergartens hat das aber angegeben!«

Lilli fühlte – sie wusste nicht warum –, dass sie Oberwasser bekam.

»Die Psychiatrie war ganz in der Nähe«, antwortete sie.

»Was wollen Sie damit sagen?«

»Ich meine, dass die Patienten die Wirklichkeit und ihre Vorstellung von der Wirklichkeit gleich bewerten.«

»Und?«

»Sie sprechen nicht die Wahrheit, sondern versuchen sich vorzustellen, was geschehen sein könnte«, erklärte Lilli süffisant.

»Was also hat Galli Ihnen gesagt?«, fragte Zacchini unbeirrt weiter.

»Nichts, weil ich ihm nicht begegnet bin.«

»Ich habe Sie fair behandelt. Eigentlich hätte ich Sie aufs Kommissariat mitnehmen müssen. Ich kann auch verstehen, dass Sie den Tod Ihres Mannes aufklären wollen. Dann sollten Sie aber mit uns zusammenarbeiten und uns vertrauen. Wenn Sie wollen, können Sie nach Wien zurückfahren. Wenn nicht, sind Sie, wie ich schon gesagt habe, in Gefahr.«

Lilli rührte sich nicht.

Auch Zacchini wartete.

Eine Minute verging, eine zweite. »Also gut«, sagte Zacchini schließlich, blieb jedoch sitzen. Nach einer weiteren Minute sprang er auf, öffnete rasch die Tür, hinter welcher der Polizeibeamte wartete, ließ Gamper vorausgehen und schloss sie hinter sich.

Lilli war erschöpft. Sie sah sich zu, wie sie den Telefonhörer abhob, wie sie das Frühstück auf ihr Zimmer bestellte und dabei angekleidet auf dem Bett lag. Auch in ihren Erinnerungen sah sie sich plötzlich selbst zu. Wie sie sich zum ermordeten Polizeibeamten bückte und den Mörder davonlaufen sah, wie sie durch die

Hauptstraße von Chioggia flanierte, Hand in Hand mit Nicole, die Geschenke verteilte, mit Galli am Ufer hinter dem Ospedale Umberto I. stand und die Möwen unter dem dunklen Himmel kreischten, und sie sah auch, welchen Gesichtsausdruck sie bei der Einvernahme durch Commissario Zacchini gehabt hatte. Es schien ihr nichts mehr absonderlich, auch nicht, dass sie log, egal, ob es »normal« war oder nicht – sie billigte es sich einfach zu. Die Lüge gehörte zum Leben wie die Wirklichkeit und der Traum. Sie verstand, dass sie für sich jetzt das gleiche Argument verwendete wie in der Einvernahme durch Zacchini, wo sie spöttisch über die Patienten in der Psychiatrie gesagt hatte, dass diese ihre Vorstellung von der Wirklichkeit als gleichwertig mit der realen Wirklichkeit empfanden. Wenn sie selbst verrückt und alle anderen »normal« waren, dann war die Welt wirklich krank, sagte sie sich und wusste zugleich, dass es nur die halbe Wahrheit war.

An der Tür klopfte es. Sie stand auf, öffnete, ließ das Zimmermädchen das Frühstückstablett auf den Tisch stellen, war so klar im Kopf, dass sie einen Fünfeuroschein aus der Geldbörse nahm und der jungen Frau gab, wobei sie immer noch das Geschehen und sich selbst von außen sah – auch, als sie Tee trank, das Weißbrot mit Marmelade bestrich und verspeiste, und sogar, als sie sich im Spiegel betrachtete. Sie legte sich wieder aufs Bett, schloss die Augen und stellte sich vor, dass Galli mit ihr sprach, wobei sie die ganze Zeit sein Gesicht vor sich sah, aber kein Wort hörte. Sie sprach sogar mit ihm, aber sie konnte sich ebenfalls nicht hören, obwohl sie sich sah.

Als es das nächste Mal an der Tür klopfte und sie

aufstand, um zu öffnen, war das Phänomen mit einem Schlag verschwunden.

»Es ist zu viel«, sagte sie unbeabsichtigt laut.

Das Zimmermädchen stand mit geöffnetem Mund auf dem Gang. War das Wirklichkeit, oder träumte sie noch?

Sie verließ das Zimmer, um dem Personal Zeit für das morgendliche Bettenmachen zu geben, wusste jedoch nicht, wohin sie ausweichen und was sie inzwischen unternehmen sollte. Vielleicht sollte sie sich mit dem Skelett in der Auslage der Apotheke unterhalten. Der Gedanke blieb ihr im Kopf stecken wie ein Hühnerknöchelchen in der Speiseröhre. Da sie wieder an Klemens dachte, stieg sie in den Lift, fuhr hinunter in das Foyer, und gerade, als sie das Hotel verlassen wollte, sprach der Portier sie an. Eine Nachricht sei für sie gekommen, erfuhr sie und nahm das Mail entgegen. Sie las, dass der Übersetzer Lanz sie im Namen von Egon Blanc zu einem Aufenthalt auf der Insel Sant'Erasmo einlud. Gleichzeitig sah sie sich selbst lesen. Zuerst widerstrebte es ihr, die Einladung anzunehmen, denn sie hatte noch den Hassausbruch und die Beschuldigungen von Galli im Kopf. Andererseits konnte sie von Blanc vielleicht etwas über den Tod von Klemens erfahren …

Sie bat den Portier um eine Zusage und Lanz um die Details. Außerdem ließ sie ihm ihre E-Mailadresse schicken. Ihr fiel jetzt ein, dass sie die Handtasche im Zimmer vergessen und daher kein Geld bei sich hatte, und sie fuhr mit dem Lift wieder in den zweiten Stock. Dort entschloss sie sich, die beiden Hefte mit Klemens' Kindheitscomics erst später zu lesen.

Plötzlich hörte sie Klemens in ihrem Kopf sprechen – mit der Stimme, die sie so vermisst hatte: »Pass auf dich auf«, sagte er besorgt, gerade als sie aus dem Lift stieg, und sie antwortete laut: »Ja!« Der Portier schaute sie erstaunt an, blickte aber sofort wieder auf das Papier, das er in Händen hielt.

Sie trat ans Pult und ließ sich das Antwortmail von Lanz geben.

»Kommen Sie am besten gleich. Nehmen Sie das nächste Vaporetto, und fahren Sie bis zur Station Fondamenta Nuove …«, las sie und sah sich dabei wieder selbst lesen. »Steigen Sie dort in die Linie 13 um, und verlassen Sie an der Station Sant'Erasmo Capannone das Vaporetto. Sie sollten zuerst Einblick in die Schönheit der Insel bekommen. Es gibt dort im Vergleich zu Venedig und abseits der Hauptsaison nur wenige Touristen. Nach einer Viertelstunde erreichen Sie das Hotel Lato Azzurro, in dem für Sie ein Zimmer reserviert ist. Für den Fall, dass Sie lieber an der Vaporetto-Station abgeholt werden wollen, schicke ich Ihnen die Telefonnummer des Hotels – überraschen Sie uns! Lanz.«

Inzwischen war ein weiteres Mail eingetroffen, diesmal von Michael Aldrian, dem Zauberer: »Nehmen Sie nichts mit! Es ist alles vorhanden. Als Willkommensgruß besorgen wir Ihnen, was Sie brauchen, wenn Sie noch vor 16 Uhr eintreffen.«

»Einen Augenblick noch!«, sagte der Portier. »Ein Herr ist für Sie da. Er möchte Sie sprechen.«

»Wie sieht er aus?«

»Mittelgroß, zirka vierzig Jahre alt, und er trägt eine beige Sommerjacke.«

Lilli war davon überzeugt, dass es sich um den Polizeibeamten Perlucci handeln musste, der vielleicht zu ihrem Schutz abgestellt worden war.

»Und wo ist er?«

»Er musste noch in die Apotheke … wegen seiner Frau …«

»Ich muss auch in die Apotheke …«

Lilli nahm die Mails, ging rasch aus dem Hotel und eilte, ohne sich umzusehen, im Laufschritt bis unter die Arkaden des Dogenpalastes. Erst dort hielt sie an, und als sie sich davon überzeugt hatte, dass ihr niemand folgte, spazierte sie den Canal Grande entlang bis zur Station San Zaccaria. Das Mosaiksteinchen hatte sie, wie sie wusste, bei sich. Trotzdem war sie sich im Klaren, dass es eine Flucht vor dem Unglück in die Hoffnung war, wie sie sich sagte.

Im Gegensatz zu Klemens war sie noch nie auf Sant'Erasmo gewesen. Er hatte ihr bei seinem letzten Aufenthalt nur geschrieben, dass er wieder – und diesmal mit ihr zusammen – dorthin fahren wolle. Der Gedanke gefiel ihr, denn Klemens lebte ja in ihr weiter … Allein die Möglichkeit, dem venezianischen Albtraum zu entkommen, ließ sie Mut fassen. Sie streifte am Kai entlang, wich den zahlreichen Andenkenständen mit Postkarten, Baseballmützen, T-Shirts und Schals aus, sah Vaporetti, Motorboote und von weitem ein großes Schiff, das vor dem Museo Navale, dem Marinemuseum, ankerte. Auch bog gerade ein gewaltiger Schiffswolkenkratzer aus dem Canale della Giudecca in den Canale di San Marco ein. Sie hasste die Kreuzfahrtschiffe und die Menschen, die als Passagiere mithalfen, die Stadt zu zerstören – die Stadt, die alle gegensätzlichen Eigenschaften des Menschen repräsentierte wie keine andere, eine steinerne Bibliothek, in der nachzulesen ist, wozu ein Mensch fähig ist, dachte Lilli.

Im Hotel Danieli, an dem sie gerade vorbeikam, hatte sie – bevor sie heirateten – ein Liebeswochenende mit Klemens verbracht.

Sie stieg an der Station San Zaccaria in das Vaporetto ein, das sie zuerst nach Sant'Elena brachte.

Dort sah sie ein großes Plakat mit den Fotografien von Andy Warhol und Robert Rauschenberg – Warhol mit Perücke und ernst, Rauschenberg im Pullover, lächelnd – sowie ein gleich großes, auf dem eine Grafik von Mark Tobey abgebildet war: schwarz-weiß und eine Spur blau. Es sah aus wie Sonnenlicht auf kleinen Meereswellen.

Als das Vaporetto für die Weiterfahrt anlegte, fand sie einen freien Fensterplatz, von dem aus sie später die riesige Mauer des Arsenals sehen würde. Der Anblick war ihr längst vertraut.

Unabhängig voneinander waren ein älterer Mann – glatzköpfig, temperamentvoll – und eine energische Frau mittleren Alters an Bord gekommen. Da nur noch in einer Reihe zwei Sitze frei waren, der Fensterplatz aber besetzt, und der mittlere der unbeliebteste war, kam es zu einer Auseinandersetzung. Die Frau bestand hartnäckig auf den Ecksitz, obwohl der Mann noch vor ihr die Reihe erreicht hatte. Der Glatzkopf widersprach ihr, doch zuletzt war er es, der kopfschüttelnd in der Mitte Platz nahm. Er setzte ein Gesicht auf, als ob ihn die Schuhe drückten, und schüttelte einige Male den Kopf. Kurz darauf verließ die Frau den Ecksitz und fotografierte mit Blitzlicht vom Mittelgang aus durch das geschlossene Fenster die Mauer um das Arsenal. Lilli wusste, dass sie später nur die reflektierten Blitzlichter und ein Fragment der Außenwelt auf dem Display sehen würde. Die Frau war äußerst geschäftig, musste auf einmal nicht mehr sitzen und hörte nicht auf zu blitzen. Lilli fiel auf, dass sie auf dem Ringfinger der rechten Hand eine Plastikschiene trug, die bis über das Gelenk reichte. Als Lilli ihr Gesicht sah, erschrak sie: Ein dichter Haarflaum bedeckte ihre Wangen, das Kinn und sogar einen Teil der Lippen.

Inzwischen war ein Mann, den Lilli für einen ungefähr siebzigjährigen Obdachlosen hielt, an Bord gekommen und hatte den Platz der Frau eingenommen. Sein Haar war mit Wasser nach hinten frisiert. Er trug ein schmutziges Sakko und wich jedem Blick aus. Zuerst zog er eine schwarze Reisetasche, die er mit sich geführt und unter den Sitzplatz geschoben hatte, wieder zwischen seinen Füßen heraus, und als Lilli das nächste Mal zu ihm hinblickte, weil sie ein Geräusch hörte, erkannte sie, dass er schmatzend und schlürfend Schwarzbeeren aß. Er schleckte und saugte sie mit dem Mund aus seiner offenen Hand. Wieder griff er in die Reisetasche und verschlang hastig eine weitere Portion. Als er der Schwarzbeeren überdrüssig war, warf er die restlichen mit der geöffneten Hand einfach unter den Vordersitz. Der Mann neben ihm, der schon mit der Frau in Streit geraten war, beobachtete ihn dabei mit verächtlichem Gesicht, schwieg – wenn auch angewidert –, stand schließlich auf und begab sich entrüstet auf die Plattform des Vaporettos. Inzwischen hatte der Obdachlose ein Papiersäckchen aus der Reisetasche genommen, das in Druckbuchstaben die Aufschrift »Zucchero« trug, sich Kristallzucker in die Hand geschüttet und angefangen, ihn aufzulecken. Der Vorgang wiederholte sich dreimal, beobachtete Lilli, dann faltete er das Säckchen wieder zusammen und schob es in die Tasche zurück, hielt nun stattdessen aber ein etwas größeres mit einem Stück Weißbrot in der Hand und begann, sich dieses in den Mund zu stopfen. Lilli glaubte wahrzunehmen, dass er nach Alkohol roch. Sie nahm daher an, dass er sich ein Katerfrühstück einverleibte. Als er sich unbeobachtet glaubte, knüllte er das Säckchen zusammen und warf es so heftig unter seinen Sitz, dass es vor den Füßen einer Touristin mit Sonnenhut, die in der Reihe hinter ihm saß, landete. Die Frau blickte gerade aus dem Fenster und bemerkte nichts davon.

Der Mann schaute nach wie vor niemanden an, auch Lilli nicht, die ihn weiter neugierig beobachtete. Er war ihr nicht unsympathisch, und sie fand ihn auch nicht ekelerregend: Er kaute den letzten Bissen Weißbrot im Mund so rasch und heftig, als müsste er irgendeinem Ereignis zuvorkommen.

Ein Hubschrauber begleitete sie am Himmel, bemerkte sie.

Lilli erinnerte sich jetzt, dass sie einmal gesehen hatte, wie ein Greis beim Aussteigen an der Rialtobrücke seinen Hut verlor, der im Vaporetto auf den Boden gefallen war, und als sie ihm laut nachgerufen hatte, hatte er sie nicht mehr gehört. Das Vaporetto besaß jetzt einen Hut, dachte Lilli.

An der Station Fondamenta Nuove herrschte ein Gedränge. Sie fand anfangs unter mehreren Wartehäuschen nicht das richtige für das Vaporetto nach Sant'Erasmo, konnte aber, nachdem sie es endlich ausgemacht hatte, noch einen freien Platz auf der langen

Sitzbank ergattern und entnahm dem gerahmten Fahrplan vor dem Ein- und Ausgang, dass sie fünfzig Minuten auf den nächsten Wasserbus warten musste. Alle möglichen Vaporetti legten an, fuhren vorbei, nur nicht die Linie 13.

Bevor sie endlich an Bord gehen konnte, entstand neuerlich ein Durcheinander. Kurz zuvor war eine Mädchen-Schulklasse lärmend in das Wartehaus gestürmt und hatte sich vor dem Ausgang aufgestellt, die Mädchen warteten jedoch auf ein anderes Schiff. Es wurde heftig gelacht, gestikuliert und diskutiert und nur widerwillig und ohne ihre Gespräche zu unterbrechen, Platz gemacht. Außerdem waren an Bord dann weder die Bezeichnung »Linie 13« zu lesen noch der Linienfahrplan. Dafür hingen, sah Lilli, zwei offensichtlich veraltete Schilder mit den Stationen der Linie 4.1 an der linken und rechten Seite der Schiebetür zum Passagierraum. Sie befand sich mit etwa zehn Fahrgästen im Vaporetto und konnte durch den vorderen Ausblick in der Ferne ein Passagierflugzeug landen sehen.

Der Wasserbus bewegte sich zuerst am Friedhof San Michele vorbei, dann die langgestreckten Fabrikhallen aus unverputzten Ziegeln auf der Insel Murano entlang bis zum hübschen weißen Leuchtturm und der Kirche, wo sie anlegten.

Als der Wasserbus wieder Fahrt aufgenommen hatte, kam ihnen ein weißer Kahn entgegen, den zwei Männer in blau-weiß gestreiften Trikots – jeder auf einer Seite stehend – mit dem Ruder antrieben. Häufiger waren Boote mit einem Außenbordmotor unterwegs, eines sogar mit einem Hund, der am Bug stand und die Fahrt zu genießen schien. Auf der Weiterfahrt querten sie ein Gebiet mit niedrigem Wasserstand und weichem Erdboden, auf dem ein Mann mit Gummistiefeln eifrig Muscheln sammelte. Sein Motorboot hatte er in Sichtweite auf eine nackte Erdinsel gezogen. Für Lilli sah er unglaublich verloren aus.

Hohes Gebüsch säumte das Ufer der auftauchenden flachen Insel Vignole. Ein Reiher erhob sich mit schwerem Flügelschlag. Durch einen Kanal, der dicht von Buschwerk überwuchert war, sah sie weiter hinten eine Holzbrücke. Noch davor, auf der linken Seite, waren vier Motoryachten an Pfosten befestigt.

Das Vaporetto tuckerte zwischen den Pfählen dahin, eine Möwe trieb im Wasser, alles machte den Eindruck von Abgeschiedenheit.

Wieder hielten sie an einer Station, diesmal vor der Insel Lazzaretto Nuovo, wie Lilli in Handschrift auf einem Leinenstreifen über der Einfahrt des Bootshauses las. Sie wusste, dass sich dort während der Pestzeiten in einem riesigen Gebäudekomplex bis zu zehntausend Menschen, die möglicherweise noch nicht angesteckt waren, in Quarantäne befunden hatten. Auch die Besatzung jedes Schiffs, das von »Übersee« kam, musste hier neben den vielleicht Angesteckten eine dreiwöchige Inkubationszeit verstreichen lassen, bevor ihr der Zutritt in die Stadt genehmigt wurde. Es gab sogar einen muslimischen und einen christlichen Friedhof, und die Wasserwege waren von Hunderten, ja bis zu tausend Schiffen, Booten mit Angehörigen und Versorgungsfrachtern verstopft gewesen. Eine Station weiter stieg sie aus.

10
Im Paradies

Sie ging einfach los. Es war so heiß, dass sie bedauerte, keinen Hut bei sich zu haben. Die asphaltierte Straße führte an einem von Gebüsch umgebenen Parkplatz vorbei, auf dem zahlreiche Fahrräder und Autos abgestellt waren, darunter mehrere Ape-Kleintransporter auf drei Rädern. Vor ihr lag eine flache Landschaft mit gelb-grünen, blühenden Ginstersträuchern, kleineren Kanälen, Brücken, Äckern, Zypressen und Häusern, aus deren Fenstern Wäsche hing. Sie folgte der Straße, überquerte eine längere Holzbrücke Richtung Meer und einen weiteren Kanal, der ins Innere der Insel führte. Die Häuser, sah sie, waren weit voneinander entfernt, dazwischen Wiesen, Felder und Sträucher und nur vereinzelte Baumgruppen. Eine wunderbar frische Luft, die vom Wind über das Meer getrieben wurde, kühlte sie sanft. Die ganze Zeit über hörte sie das Gezwitscher von Vögeln. Sie blieb stehen und vernahm nun auch das hohe Summen von Insekten, die sie jedoch nicht belästigten. Unterwegs fragte sie ein entgegenkommendes Paar auf Fahrrädern, ob es noch weit bis zum »Hotel« sei. Sie wiegten die Köpfe, der junge Mann antwortete schließlich, es seien noch ungefähr fünf Minuten. Ein englisches Ehepaar, das ihr eine Viertelstunde später zu Fuß begegnete, meinte: »around five minutes«. Doch nach einer weiteren Viertelstunde sah sie noch immer kein Hotel. Als ein Ape auf ein Zeichen von ihr hielt, deutete der Fahrer nur in die Richtung, in die sie ging, und lachte.

Die ersten schönen, gemauerten »Bauernvillen« – so nannte sie die Einfamilienhäuser – waren weder ein Hotel noch ein Restaurant. Auch war kein Mensch in den Vorgärten oder hinter den Fenstern zu sehen. Es dauerte mehr als eine halbe Stunde, bis sie von weitem ein Holzhaus und das Meer erblickte. Als sie näher kam, sah sie den Maximilian-Turm über das Buschwerk ragen, der aussah wie ein kleines hohes Kolosseum: Er machte einen unbelebten Eindruck.

In einem betonierten Hafenbecken mit Motorbooten badeten Kinder im schmutzigen Wasser. Dahinter eine Brücke und der fast schwarze Wassergraben um den Befestigungsturm. Sie blieb im Vogelgezwitscher stehen, hörte die Kinder schreien und schaute ihnen zu. Weiter vorne das Lokal mit Meerblick und ein nicht sehr großer unbenutzter Strand, der Sand übersät mit Abfall. Gerade wollte sich Lilli im Lokal mit dem Gastgarten nach dem Hotel erkundigen, als ihr ein Mann – eine Zigarette rauchend – entgegenkam. »No! No!«, radebrechte er. »Il Lato Azzurro …«, er zeigte mit dem Finger in die Richtung, aus der sie gekommen war, und rief »Destra! Destra!«. Das Wort »destra« leitete sich vom Lateinischen »dextra« ab und bedeutete »rechts«, wusste Lilli, sie bedankte sich und machte sich auf den Weg. Zuerst zwei schöne Landhäuser mit Gärten, in einem von ihnen pickten Schwäne im Gras, und unter einem Obstbaum lag ein Motorboot. Vor dem anderen Gebäude fielen ihr zwei kleine Segelschiffe und ein Ruderboot auf. Inzwischen hatte sie zu schwitzen begonnen, aber die Gemüseinsel, die die Stadt mit ihren Produkten versorgte, trug dazu bei, dass sie sich dennoch seit ihrer Ankunft immer besser fühlte.

Zehn Minuten später erreichte sie eine romantische, von niederem Buschwerk umgebene Brücke, an der sie vorher achtlos vorübergegangen war. Sie blickte über das Geländer in ein Gewässer. Es war dunkelgrün, von Algenwolken bewachsen und bewegte sich nicht. An einigen Stellen konnte sie bis auf den hellen Boden sehen. Einige Schritte weiter erblickte sie das von Pinien und Zedern halb verdeckte gelbe Gebäude. Es musste sich um das Hotel handeln, auch wenn sie nirgendwo einen Namen lesen konnte. Die breite Aufgangstreppe mit Balustraden führte in den ersten Stock. Niemand zeigte sich.

Endlich erschien eine arabisch aussehende junge Frau, einen Schlüssel mit der Zimmernummer in der Hand, den sie ihr überreichte und sodann vorausging durch einen Flur bis zu einer Tür, die dieselbe Nummer aufwies wie der Schlüssel. Schon lief die junge Frau wieder davon, und Lilli sah durch das Zimmerfenster den Kanal und die Brücke, über die sie zum Hotel gelangt war. Links davon ein aberwitzig großer Lindenbaum, der seinen Schatten auf den Platz vor dem Gebäude warf. Das niedrige Holzpodium mit dem Bretterboden, auf dem Tische und Stühle standen, war dadurch vollständig vor der Sonne geschützt, aber es verunsicherte sie, dass nach wie vor niemand zu sehen war.

Als ihr Blick auf das Bett im Zimmer fiel, staunte sie, dass drei Koffer darauf abgestellt waren, eine Reisetasche stand davor auf dem Fußboden.

Schon klopfte es an der Tür. Es erinnerte Lilli an den

Augenblick, als sie im Hotel »Diana« dem Zauberer Aldrian begegnet war.

Tatsächlich stand er auf dem Gang und bat, eintreten zu dürfen.

»Sie werden sich gewundert haben, dass ich die drei Koffer und Ihre Reisetasche in Ihrem Zimmer abgestellt habe. Verzeihen Sie, aber Signor Blanc hat das Hotel Diana verständigt und ich habe mich auf den Weg gemacht, Ihre Rechnung beglichen und Ihr Reisegepäck an mich genommen. Meine Frau, Beatrice, hat mich begleitet und anhand der Größe der Kleidungsstücke in Ihrem Koffer neue eingekauft: Schuhe, eine Regenpelerine, einen Schirm, ein Kleid, Jeans, Unterwäsche, eine Sportjacke und Toilettenartikel.« Er lächelte. »In der Reisetasche befinden sich auch die beiden Hefte in Spiegelschrift von Klemens Kuck, dem Entdecker phantastischer neuer Dimensionen und Parallelwelten«, schloss er, als ob er ein Zauberkunststück ankündigte.

Er lächelte noch immer, nahm den dritten Koffer, öffnete den Deckel und ließ sie hineinblicken, hielt dabei aber den ausgestreckten Zeigefinger vor den Mund und flüsterte: »Er ist leer. Monsieur Blanc, der Sie eingeladen hat, ist der größte Zauberer aller Zeiten und des gesamten Universums. Aber merken Sie sich: Blanc will alles wissen, die kleinste Kleinigkeit. In Blancs Besitzungen können Sie nirgendwo ungesehen sein, überall gibt es versteckte Kameras.«

»Auch hier im Hotel?«, fragte Lilli erstaunt.

»Nein. Das Hotel ist sauber. Ich musste auf seine Anweisung hin, als ich die Koffer brachte, sogar das Zimmer durchsuchen.«

Er griff nach dem leeren Koffer und lief plötzlich zur

Tür hinaus, ohne sich zu verabschieden. Lilli stellte die beiden übrigen Gepäckstücke zur Reisetasche vor dem Doppelbett, versperrte die Tür hinter ihm und schloss die Augen.

Irgendwann läutete das Zimmertelefon. Sie hob im Liegen ab, doch niemand meldete sich. Das wiederholte sich so lange, bis sie aufsprang, ihr Deodorant suchte, ihre Haare richtete und das Zimmer verließ.

Unterwegs bemerkte sie erst, dass sie ihre Armbanduhr auf dem Nachtkästchen vergessen hatte.

Sie hatte irrtümlich nicht die Treppe, die zur Terrasse führte, genommen, sondern die Stiege hinunter in eine Werkstatt. Als sie den Raum durchquerte, kam sie an drei Terrarien mit Chamäleons vorbei. Ein Elektromotor summte leise. Sie trat heran und betrachtete die Tiere. Klemens war verrückt nach Chamäleons gewesen. Er hatte häufig gesagt: »Der Mensch stammt vom Chamäleon ab, nicht vom Affen.« Allerdings: Nur sein Gehirn sei chamäleonhaft, und die Farbwechsel seien daher nicht sichtbar.

Draußen im Freien saß an einem Tisch der Übersetzer Lanz mit seiner Frau »Caecilia«, wie er sagte. Lilli fand sie sofort schön und sympathisch.

Die junge arabische Angestellte servierte im Schatten des Lindenbaums Salat, Weißbrot, Salami, Prosciutto, Käse und Mineralwasser, und es schmeckte herrlich.

Wie schon auf ihrer Wanderung zum Hotel fiel Lilli das Zwitschern der Vögel auf. Sie bemerkte auch, dass die Unterhaltung verstummt war.

»Was machen Sie hier auf dieser stillen Insel?«, fragte sie Caecilia.

»Auf der Insel schaue ich nur zur Erholung in die

Luft«, antwortete diese und lachte. »Nein«, fuhr sie fort, »ich bin Astronomin an der Universität Padua. Mir ist es allmählich zu anstrengend, jeden Tag am frühen Morgen mit dem Vaporetto von Sant'Erasmo nach Venedig und dann mit der Bahn nach Padua und am Abend dieselbe Strecke wieder zurückzufahren … Das dauert viel länger als von La Giudecca aus, wo wir unser Haus haben.«

Lanz nickte, und Lilli fragte ihn – weil sie bereits wusste, dass er Übersetzer war –, warum er sich mit Shakespeare befasste und dessen gesamtes Werk ins Italienische übertrug.

Jetzt erst bemerkte sie, dass er angetrunken war.

Lanz lächelte. »Ich hatte ein Angebot von einem Verlag und habe es akzeptiert, das ist alles …« Er lächelte weiter und sprach langsam. »Schon während meines Studiums war ich von Shakespeare fasziniert … Ich habe jede Gelegenheit ergriffen, bei einer Premiere am Burgtheater eine Karte zu ergattern … Dann erst habe ich die Stücke gelesen … Ich habe erkannt, dass sie wie Selbstanalysen des Autors sind und – das ist das Einzigartige – zugleich Analysen der Menschheit … schlechthin …« Er versank wieder in seine Gedanken, plötzlich lachte er und rief: »Schlechthin! Das Wort könnte auch von Shakespeare stammen … Ich meine, es ist der Ausdruck für ein Resultat und beruht auf dem Wort ›schlecht‹ …« Abermals lachte er: »Wir zweifeln nicht daran, dass wir die anderen Menschen verstehen, aber das ist ein Irrtum. Wir verstehen nicht einmal uns selbst, obwohl wir glauben, dass wir über uns Bescheid wissen. Der nächste Irrtum! Wir sind im Gegenteil unserem Ich hilflos ausgeliefert.«

Lilli amüsierte sich über ihn und stachelte ihn dadurch noch mehr an. »Und Shakespeare ... wie ist es ihm gelungen, über alles Bescheid zu wissen?«

Als Lanz sagte, Shakespeare habe die Widersprüchlichkeit im Denken und Sein der Menschen aufgedeckt, wurde Lilli plötzlich hellhörig. Sie hatte sich mit diesem Problem ja seit ihrer Kindheit beschäftigt.

Man könne die Menschen nur über ihre Widersprüchlichkeit, die niemand wahrhaben wolle, verstehen, fuhr Lanz fort. Sie entstehe aus dem Trieb, Oberwasser zu gewinnen und nicht untergehen zu wollen. »Shakespeare war ein Seher und verfügte über eine wunderbare Sprache, mit der er das Unwahrscheinlichste in Realität verwandeln konnte«, schwärmte er. »Die Innen- und Außenwelten seiner Figuren befinden sich in einem ständigen Wechselspiel. Sie morden, sie hoffen, sie hassen und verlieben sich, und sie verhalten sich außerdem wie Mitglieder von Sekten ... wenn sie einmal eine Ideologie, eine Überzeugung angenommen haben ...«

»Das verstehe ich ...«, unterbrach ihn Lilli. Bevor sie jedoch etwas einwerfen konnte, spann der Übersetzer seine Assoziationsketten weiter: »Ideologien waschen unablässig das Gehirn, bis der Mensch verstummt und nur noch eine programmierte Figur in einem Computerspiel ist, das ein anderer bedient ... Diese Erkenntnis finden Sie überall in Shakespeares Werk. Es ist wie das Mikroskop eines Entomologen, das die Augen und Beine und den Mund und die Fühler der Insekten riesig vergrößert und bis in alle Einzelheiten zeigt ...« Nur *eine* Kunst beherrsche jeder Mensch, ereiferte er sich weiter, die Kunst der Lüge und die Zaubertricks der Intrige und Denunziation. Er lachte kurz auf. »Sie gehören zum Menschen wie das Atmen. Für diese Begabung gibt es übrigens auch in der Tierwelt eine Entsprechung: die Tarnung, die Mimikry, das Auflauern. Es findet überall auf der Erde, im Wasser und in der Luft statt.« Er machte wieder eine Pause. »Wenn man den Erklärungen der Religionen folgt, dass im Paradies Frieden geherrscht habe, dann müssen auch die Pflanzen und Tiere aus dem Paradies verstoßen worden sein, vielleicht wegen des Granatapfels und der Schlange«, fuhr er fort und lachte wieder auf – »denn sie sind sterblich wie wir und haben gelernt, sich zu verstellen. Das Paradies hat sich damals aufgelöst. Es gab plötzlich keines mehr, alle und alles wurden verstoßen.« Er schwieg noch einmal, bevor er das Thema wechselte. »Ich verlasse die Insel in den nächsten Tagen. Nicht nur, um meiner Frau das Leben zu erleichtern, sondern weil auch hier auf Sant'Erasmo so etwas wie eine Sekte entstanden ist. Alle Organisationen, auch die, die eine Ideologie des Guten betreiben, entwickeln sich weiter und weiter nach dem Gesetz, das Shakespeare in seinen Werken formuliert hat.«

»Kommen Sie!«, sagte Caecilia zu Lilli und stand auf, »Ich zeige Ihnen den Garten, er ist trotz allem paradiesisch.«

Sie gingen um das Hotel herum, das viel größer war, als sie gedacht hatte. Mehrmals sah sie Eidechsen, die sich sonnten oder zu schlafen schienen, doch sobald sie sich ihnen näherten, huschten sie davon. An den Hauswänden, dort, wo eine Fensterbank hervorragte oder zwei Wände kleine Ecken bildeten, klebten meterlange senkrechte Kolonnen aus Hunderten von Schnecken in ihren Häusern. Auch an den Ästen von Bäumen fielen Lilli die Schneckenkolonnen auf.

»Die Schneckenhäuser – sagt Signor Blanc – stehen für die vergangene Zeit«, begann Caecilia. »Und die Eidechsen, die abwarten oder blitzartig verschwinden, für die Gegenwart. Die Vögel jedoch, die Sie von allen Seiten hören, stellen die Zukunft dar.«

»Was ist mit Signor Blanc?«, fragte Lilli. »Ist er der Sektenführer, von dem Ihr Mann gesprochen hat?«

»Signor Blanc«, antwortete Caecilia leise, »dem wir vieles, wenn nicht alles verdanken, ist ein Greis … Er leidet an Gedächtnisverlust … Früher hatte er überhaupt alles im Kopf … Jetzt verlangt er, dass jedes Ereignis mit dem Computer erfasst wird, und seit er auf Sant'Erasmo lebt, lässt er das ganze Gebiet überwachen. Er misstraut vor allem seinem Halbbruder.«

»Warum?«

»Er will ihm nichts vererben, weil er nichts von ihm hält … Doch Signor Blanc irritiert unentwegt seine Mitarbeiter, einige von ihnen wurden paranoid und flüchteten von der Insel. Ich glaube, er hält sich für jemanden, vor dem man nichts verbergen kann. Doch dann ist er wieder voller Güte.«

»Weshalb hat er mich eingeladen?«

»Ich nehme an, weil er Ihnen eine Freude machen will und den Tod Ihres Mannes bedauert.«

Gemeinsam schlugen sie den Weg zurück zu ihrem Tisch ein und stellten fest, dass Lanz eingeschlafen war. Caecilia weckte ihn liebevoll auf und bat ihn, ihr zum Auto zu folgen.

»Wir sehen uns«, rief Lanz zum Abschied.

Sie umkreiste allein noch einmal das Hotel, weil sie

auch die vierte Seite des Gebäudes sehen wollte. Zu ihrer Überraschung entdeckte sie Pinien, Feigenbäume, Lorbeersträucher, dahinter, grau im Sonnenlicht, flache Äcker, soweit das Auge reichte, dazwischen wieder Pinien. Schmetterlinge flatterten über die Wiesen und Gebüsche.

Weiter vorne waren zwei große Zelte aufgestellt. Eine Motorsäge war gedämpft zu hören, und als Lilli näher trat, erkannte sie, dass zwei Afrikaner in einer improvisierten Werkstatt arbeiteten. Im anderen Zelt waren Fahrräder abgestellt.

Sie setzte sich wieder unter den Lindenbaum. Ab und zu hörte sie ein Hämmern und Gesprächsfetzen aus der Fahrradwerkstatt, ein kleiner, weißer Hund lief geschäftig aus und ein.

Endlich trat ein Mann mit rotem Polohemd, goldgerahmter Brille und einem blauen, zusammengedrückten Sonnenhut aus dem Hotel. Der Hut war außergewöhnlich hoch, sie schätzte ihn auf zwanzig Zentimeter und vermutete, dass der ältere Herr glatzköpfig war … Seine Frau, mit braungefärbtem Haar, folgte ihm verdrossen. Sie begannen allmählich mit gedämpften Stimmen zu streiten, blickten sich um und spazierten auf die Äcker zu, wo sie sich mit dem Rücken zu Lilli offenbar gestenreich Vorhaltungen machten.

Die Wirklichkeit, dachte Lilli, ist wesentlich komplizierter als jede Wissenschaft und jede Religion. Niemand kennt sich in ihr tatsächlich aus. Alles sind immer nur Deutungsversuche. Sie hatte ihre beiden Hirnhälften immer als Labyrinthe betrachtet, in denen die Gedanken umherirrten, und sie kam sich vor wie hineingeboren in den Irrgarten der Wirklichkeit, die keiner verstand … Mit einem Mosaiksteinchen in der Hand konnte sie, war ihr klar, nicht auf den gesamten Markusdom schließen. Aber sie konnte auch sonst nie das »Gesamte« erfassen. Sie war wie ein winziges Insekt, das sich in einem mächtigen Gebäude verirrt hatte. Aus einem gelösten Rätsel entstand immer ein weiteres. Die Wirklichkeit erschien ihr wie eine vielköpfige Hydra. Schlug man der mythologischen Figur einen Kopf ab, entstanden zwei neue.

Nach einer Weile kam das alte Ehepaar wieder zurück – die Frau einige Meter vor ihm, der Mann mit gesenktem Kopf mürrisch hinterher. Es war der Frau anzusehen, dass sie beleidigt war. Der Mann blickte auf, als sie an der Fahrradwerkstätte im Zelt vorbeikamen, musterte gelangweilt die beiden Afrikaner und verhielt sich jetzt so, als ginge ihn das alles nichts an. Er öffnete den unter der hohen Linde geparkten Kleinbus mit der Aufschrift des Hotels, stieg ein und schaute seiner Frau nach, die offenbar etwas vergessen hatte. Dann stellte er den Rückspiegel so ein, dass er das Hotel, ohne sich umzudrehen, besser sehen konnte, lehnte sich zurück und hatte jetzt eine Zeitung in der Hand, die er aufschlug.

Lilli empfand plötzlich den Wunsch, nach Venedig zurückzufahren, sie lief in ihr Zimmer, nahm ihre Uhr vom Nachtkästchen, griff nach den beiden Koffern, hängte sich die Reisetasche um und stürmte die Steintreppe hinunter in den Garten. Gerade hatte die Frau sich neben ihren Mann in den Wagen gesetzt, sie hatte die Zeitung aus dem heruntergekurbelten Fenster geworfen und zischte ihm böse etwas zu, während der Mann mit dem zu hohen Sonnenhut durch die Windschutzscheibe auf den Baumstamm der riesigen Linde starrte. Die Frau verstummte und blickte schweigend nach unten. Lilli rief laut, die Gepäckstücke in ihren Händen, er möge anhalten, doch der Fahrer war offensichtlich so mit seinem Streit beschäftigt – vielleicht wollte er sie auch gar nicht wahrnehmen –, dass er Gas gab. Daher ließ Lilli die Gepäckstücke auf das hölzerne Podium fallen und machte sich mit Schimpfwörtern Luft. Da sie jetzt direkt vor der Zeitung stand, die von der Frau aus dem Autofenster geworfen worden war, bückte sie sich und erblickte gleich auf der Titelseite fünf Fotografien, welche offenbar die ermordeten Polizisten darstellten. Sie setzte sich wieder an einen Tisch und schlug die Seiten auf, doch konnte sie den auf Italienisch verfassten Bericht nicht verstehen. Sie begriff lediglich, dass es sich um einen größeren Artikel über die Polizistenmorde von Venedig handelte.

Da sie nicht mehr in ihr Zimmer zurückwollte, blieb das Reisegepäck auf dem Podium stehen. Am Nebentisch sonnte sich, wie sie sah, eine braun-grün gesprenkelte Eidechse, die sich nicht stören ließ. Lilli liebte das Schatten- und Lichtmuster unter dem Lindenbaum. Worauf wartete sie noch? Sie konnte einfach ein Fahrrad nehmen und das Reisegepäck vergessen. Sie musste allerdings auf die Toilette, daher eilte sie zur Steintreppe, wo sie der nächsten Eidechse begegnete, welche sie durch ihre Laufschritte ungewollt verscheuchte.

Beim Zurückgehen bemerkte sie weitere Eidechsen zwischen der Hausmauer und der Steintreppe und eine einzelne, die auf der Balustrade lag. Vermutlich kamen sie sogar in die leeren Zimmer. Weil es still war – bis auf die Geräusche aus der Werkstatt, die sie offensichtlich gewohnt waren –, krochen die kleinen Reptilien jetzt überall hervor. Eines klebte sogar auf der Wand neben der Eingangstür, wie die Schneckenkolonnen in den Mauerwinkeln.

Lillis Blick fiel auf die hohen Feigenbüsche. Ein Mechaniker fing wieder an zu hämmern, sie schaute für einen kurzen Moment zu ihm hin, und als sie wieder zur Tür blickte, war die Eidechse verschwunden. Das kleine weiße Hündchen, das ihr schon vor dem Zelt mit der Werkstatt aufgefallen war, suchte inzwischen unter den Tischen nach heruntergefallenen Leckerbissen. Es fand einen, schaute auf und lief wieder weg. Seine großen Ohren flatterten wie zwei Kohlweißlinge. Inzwischen bearbeitete einer der Afrikaner leidenschaftlich einen alten Gartentisch aus Metall.

Lilli war langweilig.

Die Vögel, hatte sie den Eindruck, zwitscherten inzwischen lauter … Und immer noch war ihr langweilig … Aus dem Zelt war neben dem Geräusch der Motorsäge nun auch der Lärm eines Kompressors zu vernehmen, dann zischte offenbar Pressluft pfauchend über eine Holzplatte.

Zu ihrer Überraschung kam plötzlich eine kleine, nervöse Frau in einem luftigen Sommerkleid mit hochhackigen Sandalen über die Steintreppe herunter, würdigte sie keines Blicks, suchte nach einem Aschenbecher, setzte sich an die Sonne, rauchte und beschäftigte sich, ohne aufzusehen, mit ihrem Smartphone. Lilli war erleichtert. Sie bemerkte, dass die Frau lackierte Finger- und Zehennägel hatte. Ungeduldig beendete sie ihre Tätigkeit, setzte eine Brille auf und wollte sich in Richtung Steintreppe wieder davonmachen. Erst in diesem Augenblick konnte sich Lilli von ihrer seltsamen Lähmung, die die Langeweile in ihr hervorgerufen hatte, befreien. Sie erhob sich ebenfalls und rief der Frau auf Englisch nach, ob sie wisse, wann das nächste Vaporetto anlege.

Die Frau drehte sich um, lächelte und stellte die Gegenfrage, wie sie mit ihrem Reisegepäck dorthin kommen wolle? Lilli zögerte mit einer Antwort, die Frau machte ein amüsiertes Gesicht und erklärte, dass auch sie gerade zurück nach Venedig fahren müsse.

Aber mit welchem Auto?, fragte sich Lilli. Das Gezwitscher der Vögel wurde noch lauter, wieder flogen Schmetterlinge auf, und einer der Mechaniker wechselte gerade den Schlauch eines Fahrradreifens.

Die Frau erschien kurz darauf wieder, holte bei einem der Afrikaner einen Autoschlüssel, half Lilli, ihre Koffer auf die Ladefläche des Ape zu legen, stellte die Reisetasche dazu und gab ihr zu verstehen, dass sie sich auf einen Koffer setzen müsse. Sie selbst nahm hinter dem Lenkrad des Einsitzers Platz. Sie überquerten die Brücke und zuckelten gemütlich bis zur Vaporetto-Station. Dort suchte die Fremde ein nahe gelegenes Bauernhaus auf, hinterlegte den Schlüssel bei einer Frau, die dort wohnte, bat Lilli, auf sie zu warten, und stellte sich vor: Sie war Anwältin, hieß Dr. Falchi, arbeitete für Signor Blanc, wie sie sagte, und schien mit ihm vertraut zu sein. Erst jetzt bemerkte Lilli, dass die Zeitung noch immer in ihrer Handtasche steckte, und als sie diese in einem Abfallkorb entsorgte, machte die Anwältin die Bemerkung, dass die Polizei einem Verdächtigen auf der Spur sei.

Hinter ihnen quakten Enten in der Wiese, auch ein Schwan war darunter, bemerkte Lilli. Die Anwältin beschäftigte sich wieder mit ihrem Smartphone, hob den Kopf und erklärte ihr, dass sie das Vaporetto versäumt hätten und das nächste erst in 35 Minuten anlegen würde. Sie seufzte, verstaute das Telefon in der Handtasche und stellte sich neben Lilli, die weiter die Enten beobachtete.

»Ich weiß, wer Sie sind«, sagte die Anwältin nach einer Pause. »Ich habe Ihren Mann Klemens gekannt, er wurde mir im Caffè Florian vorgestellt, und er hat mich über Commissario Francesco Galli ausgefragt, der angeblich sein Vater gewesen ist. Ich weiß, dass Sie, als der Mord am Bacino geschah, als Erste am Tatort waren. Sie müssen zumindest die Gestalt des Mörders gesehen haben … Ich kenne die Ereignisse um Guido Alberti in Chioggia, und man hat mir Andeutungen gemacht, dass Sie verdächtigt werden, Galli im Ospedale Umberto I. getroffen zu haben.«

Lilli vermied es, der Anwältin ins Gesicht zu schauen. Stattdessen fragte sie sich, worauf das alles hinauslief. Was wollte sie von ihr?

Sie machte einige Schritte auf die Wiese zu, ohne sich umzudrehen, aber sie hörte, dass ihr Dr. Falchi folgte. Sirrendes Vogelgezwitscher ertönte, als sie unter zwei ältere Obstbäume trat, die Wiese war rundherum mit weißem Klee bedeckt.

»Ich weiß, dass Signor Blanc Sie eingeladen hat«, fing die Anwältin neuerlich an. »Er wollte Ihnen im Hotel Zuflucht und Ruhe bieten. Aber vielleicht hat Sie dort etwas irritiert … Sie hatten mit Aldrian, Lanz und dessen Ehefrau Kontakt. Lanz zieht sich sein Haus auf La Giudecca zurück, um weiter Shakespeare zu übersetzen. Vielleicht haben die beiden Ihnen etwas darüber gesagt, weshalb Sie jetzt fluchtartig die Insel verlassen?«

Lilli schüttelte nur den Kopf. Drei Enten hatten sich unter dem kleineren Obstbaum niedergelassen, die anderen hatten begonnen, in einem Kornfeld nach Nahrung zu suchen.

Lilli machte kehrt und ging, immer noch ohne zu sprechen oder sich umzusehen, die Steinstufen neben der niedrigen Mauer zum Wartehaus hinunter. Dort saß sie zunächst allein. Ein Stück weiter, sah sie, standen junge Ruderer in Booten und trainierten unter Gelächter das Gondelfahren. Ab und zu brummten auf großen Motorbooten Touristen vorbei. Sie glotzten in die Landschaft und schienen dabei an etwas anderes zu denken. Das Wartehäuschen schaukelte quietschend und stöhnend im bewegten Wasser. Die Laute ähnelten dem Geräusch von lange unbenutzten Schranktüren, fand Lilli. Sie hatte bewusst ignoriert, was ihr die Anwältin gesagt hatte. Im selben Augenblick betrat Dr. Falchi das Wartehaus.

»Missverstehen Sie mich bitte nicht. Ich möchte Ihnen meine Hilfe anbieten. Bevor Sie mit Commissario Zacchini weitere Gespräche führen, rufen Sie mich bitte an. Ich gebe Ihnen meine Privatnummer. Machen Sie sich keine Sorgen, Signor Blanc übernimmt die Kosten.«

»Weshalb?«

»Er sagt, er kenne die Arbeiten Ihres Mannes und könne nicht zulassen, dass Ihnen weiteres Leid zugefügt werde.«

Lilli nahm zögernd die Visitenkarte, verstaute sie, ohne sie zu lesen, in ihrem Portemonnaie und sah jetzt von weitem ein blaues Vaporetto – abermals kleiner als die üblichen – kommen.

»Wir können auch zurück nach Sant'Erasmo ins Hotel fahren. Ich garantiere Ihnen, dass Sie in Ruhe gelassen werden.«

Lilli schüttelte den Kopf.

»Vielleicht möchten Sie aber wenigstens in Venedig bleiben?«

Lilli schwieg weiter.

»Ich kann Ihnen ein Hotel anbieten, das Ihnen zusagt. Signor Blanc möchte Sie ohnedies gerne einladen.«

»Ich verstehe Sie nicht, und ich kenne ihn nicht … Weshalb spiele ich plötzlich eine Rolle in seinen Überlegungen?«, gab Lilli ungehalten zur Antwort.

Dr. Falchi zuckte daraufhin mit den Schultern und schwieg.

Dann bemerkte Dr. Falchi in gekränktem Tonfall, dass sie ihr nur Hilfe habe anbieten wollen.

160

11
Ziellos

Als Lilli am folgenden Morgen vom vierten Stock der Pensione Wildner aus dem Fenster blickte, war sie geradezu verzaubert. Vor ihr lag das Panorama der Stadt, die Insel San Giorgio Maggiore mit dem hohen Kirchturm, das Reiterdenkmal von Viktor Emanuel II., die Santa Maria della Salute am Ende des Canal Grande, vor allem aber die Bucht von San Marco, das Meer und der Himmel. Vaporetti und Gondeln bewegten sich wie Spielzeug auf dem Wasser. Die Riva degli Schiavoni unter ihr war schon von Touristen bevölkert, aber hier oben, »vom Ausguck aus«, wie sie es nannte, hörte sie nur gedämpfte Geräusche.

Nach dem Frühstück im Wintergarten, der ihr Eindrücke vermittelte, als sei sie in einem 3D-Film, überlegte sie kurz, was sie unternehmen solle. Der Kellner trat inzwischen diskret an sie heran und übergab ihr eine gefaltete Seite mit einem ausgedruckten E-Mail. Darin wurde sie von Guido Albertis Frau Lisa gebeten, um 15 Uhr 10 das Vaporetto 20 nach der Insel San Lazzaro degli Armeni zu nehmen, wo sie auf sie warten würde. Die Rückfahrt müsse um 17 Uhr 25 mit derselben Linie stattfinden, da das Armenische Kloster nur zu diesen beiden Zeiten angefahren und verlassen werden könne.

Lilli wunderte sich, woher Lisa Alberti wusste, dass

sie in der Pensione Wildner abgestiegen war. Sie versuchte, Lisa telefonisch zu erreichen, doch niemand meldete sich.

Das Hotel hatte WLAN, und Lilli holte ihr iPad aus dem Zimmer, um mehr über die Insel zu erfahren, denn auch Klemens war bei seinem letzten Aufenthalt zweimal dort gewesen. Wen hatte er aufgesucht?, fragte sie sich. San Lazzaro, las sie, war ursprünglich ein Asyl für Leprakranke gewesen … vor zweihundert Jahren siedelten sich dann armenische Mönche an. Das Kloster besaß eine 200 000 Bücher umfassende Bibliothek und eine große Anzahl orientalischer und armenischer Handschriften sowie eine ägyptische Mumie. Außerdem war der englische Dichter Lord Byron im Kloster abgestiegen, um Armenisch zu lernen. Dieser Umstand war ihr aus Erzählungen von Klemens schon bekannt.

Lilli überlegte kurz, dann beschloss sie, zuerst das Guggenheim-Museum aufzusuchen, um sich Zeit zum Nachdenken zu geben.

Sie nahm das Vaporetto bis zur Accademia und erreichte über eine schmale Gasse und eine Steinbrücke das Gebäude mit der Kunst der Moderne. Unterwegs schwitzte sie und hatte Kreislaufprobleme … Das Guggenheim-Museum war ihr wegen des Plakats von Mark Tobey, das sie auf Sant'Elena im Wartehaus gesehen hatte, eingefallen. Sie verspürte jetzt zwar den Wunsch, in die Pension zurückzukehren, aber sie zwang sich immer wieder weiterzugehen, um ihr Ziel zu erreichen. Zum Glück stand gerade niemand vor dem Schalter für die Eintrittskarten.

Im Garten vor Peggy Guggenheims Urnengrab und der Asche ihrer vierzehn Schoßhunde, die sie »Babys«

genannt hatte, nahm sie in einem kleinen Steinpavillon Platz.

Sie ruhte sich auf der schattigen Bank aus, und dabei fiel ihr einer ihrer Besuche mit Klemens ein … Plötzlich verlor sie den Faden, dann riss der Film, und sie befand sich im Dunkeln eines Kinos … Welches Kino? Aus Angst, das Bewusstsein zu verlieren, das sie soeben verloren hatte, stand sie auf. Sie dachte kurz, sie spüre die Drehung der Erde, dann nichts mehr.

Als Erstes sah sie das Gesicht einer Asiatin, das sich über sie beugte wie eine Mutter über den Kinderwagen ihres Babys. Ihr Begleiter half Lilli aufzustehen und sich wieder auf die Steinbank im Pavillon zu setzen. Die »Chinesin«, wie Lilli anfangs dachte, war rührend um sie besorgt, verschwand aber wieder. Sie müsse einfach warten, sagte sich Lilli. Ein leichter Wind wehte in Abständen, und jedes Mal, wenn es für einige Augenblicke kühler wurde, fühlte sie sich besser. Doch sie wollte das Gelände des Museums nicht verlassen, ohne einen Blick auf die Mark-Tobey-Ausstellung geworfen zu haben. Sie konnte eigensinnig und hartnäckig sein, wusste sie. Und sie vertraute auch darauf. Sie nahm sich nicht viel Zeit dafür, und nachdem sie das Gebäude verlassen hatte, setzte sie sich erschöpft auf einen Stuhl des Cafés unter dem Glasdach des Eingangs. Sie blickte nur kurz hinauf, denn es wurde ihr gleich wieder schwindlig, aber in ihrem Kopf vermischten sich die Bilder Mark Tobeys mit dem alten Laub des Vorjahres, das auf dem Glasdach liegen geblieben war, und den dichten, frischgrünen Blättern der hoch darüberhängenden Äste. Der Anblick drückte ihre Gefühle und Gedanken aus, kam ihr vor. Tobeys Arbei-

ten bestanden vorwiegend aus Zeichen-, Linien- und Pflanzenfragmenten. Und jetzt hatte sie den Eindruck, dass er vor allem eine eigene Schrift erfunden hatte, die über Formeln und Szintigramme hinausging – etwas wie ein Morsealphabet seiner Eindrücke.

Wenn Lilli mit Bildern konfrontiert wurde, die sie bewegten, entstanden wie von selbst sprachliche Formulierungen in ihrem Kopf, Übersetzungsversuche vom Bild in die Sprache.

Wieder starrte sie zum Glasdach hinauf. Sie empfand jetzt unvermutet eine so starke Sehnsucht nach ihrer Innenwelt, dass sie am liebsten unter dem Glasdach sitzen geblieben wäre und weiter nachgedacht hätte. Deshalb nahm sie ihr Smartphone aus der Tasche und fing – sich zurücklehnend – an, alles, was auf dem Glasdach lag, zu fotografieren. Das erste Bild sah aus

wie eine Illustration für den Begriff »Erleuchtung«: Das
Sonnenlicht brach durch die neuen grünen Blätter eines
Astes auf das alte schwarze Laub durch, was in ihr
den Eindruck erweckte, sie sehe vom Grund eines von
Pflanzen überwucherten Teiches in den Himmel. Der
Eindruck verstärkte sich noch in den schattigen Teilen.
Was sie überraschte, war der Umstand, dass das imaginäre Wasser auch unter seiner Oberfläche das Licht
zum Teil reflektierte, als befänden sich darüber halbge-
schmolzene Eisplatten, die sich wendeten und um ihre
Achse drehten. Manche der jungen Blätter waren hingegen so von der Sonne durchschienen, dass sie zwischen dem grünen und dem schwarzen Laub eine hell-
rosa Farbe annahmen. Die Eindrücke brachten sie zum
Träumen: Einmal kam es ihr vor, als sei grünes Wasser
von Schildkröten bevölkert, deren Panzer sich ihr zu-

gedreht hatten, dann wieder warfen unzählige gelbe Vögel über ihrem Kopf schwarze Schatten auf das Geäst eines Laubbaumes. Besonders beeindruckte sie die surreale Vorstellung, dass die Oberfläche eines Meeres nicht nur auf der oberen, sondern auch auf der unteren Seite ein durchsichtiger Spiegel sei, der sowohl alles wiedergab, was oberhalb von ihm geschah, als auch, was sich in den Tiefen ereignete. Zerbrach der Spiegel, dann reflektierten die Scherben weiter die verschiedenen Perspektiven, da die Bilder in sie eingefroren waren. Vom Kubistischen wechselte das Bild dadurch ins Surreale und umgekehrt. Dabei fielen ihr die zerbrochenen Fensterscheiben in René Magrittes Bild »Das Gebiet von Arnheim« ein. Dort, wo auf dem Glasdach besonders viel abgestorbenes Laub lag, sah sie eine Käferarmee und Rieseninsekten, die an Science-Fiction-Filme erinnerten oder an die rot-schwarzen Monarchfalter, die auf einer Fläche von wenigen Hektar in der mexikanischen Sierra Nevada überwinterten und beim Aufbruch im Frühling Wolken aus mehreren hundert Millionen Schmetterlingen bildeten.

Ihr Gehirn arbeitete noch weiter, als sie schon längst aufgehört hatte zu fotografieren und auf den Ausgang zuschritt, ohne einen Blick auf die anderen, von ihr so geliebten Kunstwerke des Museums geworfen zu haben. Es tat ihr leid, aber sie war zu müde und befürchtete, dass sie sonst das Vaporetto nach Lazzaro degli Armeni versäumen würde. Ihr Blick war noch immer auf das eigene Innere gerichtet, weshalb sie ihre Umwelt, vor allem die Passagiere im Vaporetto, nur in kleinen Ausschnitten wahrnahm, als seien sie »totes Laub«.

In der Pensione Wildner ließ sie sich eine »Kleinigkeit« auf ihr Zimmer bringen, dann schlief sie eine Stunde und erwachte gerade noch rechtzeitig, um das Vaporetto zu erreichen. Niemand hatte sie inzwischen angerufen. Auch bei ihren neuerlichen Versuchen hatte sie Lisa Alberti nicht erreicht.

Das kleine Wartehaus an der Station San Zaccaria füllte sich nur langsam. Sie wusste, dass San Lazzaro hinter San Servolo, der Insel mit der ehemaligen »Irrenanstalt«, lag. Klemens hatte es immer dorthin gezogen. Nicht die Geisteskranken hätten die Welt in Kriege geführt und Menschen getötet, sagte er, sondern die krankhaft Normalen, die in jeder Gesellschaftsordnung der Maßstab sein wollten.

Je näher das kleine Vaporetto der ehemaligen Anstalt kam, desto mehr versetzte sie sich – ohne dass sie es wirklich wollte – in die Rolle einer Kranken, die Abschied von der Stadt hatte nehmen müssen und gerade auf dieses für den Wahnsinn reservierte Eiland gebracht wurde. Dort gab es nur noch an Geist und Seele Erkrankte sowie »normales« Ärzte- und Pflegepersonal. Zur geistigen Zerrüttung kam also noch Isolation.

Als sie sich umdrehte, grüßten der Campanile und der Dogenpalast winzig klein aus der Ferne.

Wie hatten die Patienten in San Servolo ihre Zeit verbracht?, fragte sie sich. Sie konnten wohl nur im ewig gleichen Park die ewig gleichen Spaziergänge gemacht, sich dem Basteln oder gärtnerischer Arbeit zugewendet und auf Besuch gewartet haben.

Alle bis auf Lilli verließen das kleine Vaporetto, vermutlich um das Museum der ehemaligen Anstalt zu besichtigen. An den weißen Gebäuden fielen ihr die zahlreichen Fenster auf, die ihr wie Bedrohungen vorkamen. Wenn sie daran dachte, dass die Medizin in der Behandlung von geistig Kranken damals im Dunkeln tappte und die ohnehin Benachteiligten sinnlosen Quälereien aussetzte, verstand sie, dass jeder, der hier eingewiesen wurde und nicht »geisteskrank« gewesen war, zwangsläufig hatte verrückt werden müssen.

Sie war wieder irritiert, dass Lisa Alberti sie vor das Kloster auf San Lazzaro bestellt hatte. Warum hatte sie alles so geheimnisvoll arrangiert?

Die Insel war inzwischen in Sichtweite. Ein rostrotes Klostergebäude, ein Kirchturm, ein Park.

An der Station stand ein glatzköpfiger, bärtiger Mann auf dem Bootssteg, sie stieg aus, und das Vaporetto fuhr davon. Als Lilli den Unbekannten auf Englisch ansprach, wies er sie schroff zurück und machte ihr ungehalten mit Gesten und Lauten deutlich, dass er sich nicht für sie zuständig fühlte, zuletzt wies er energisch auf das Aussichtsplateau im kleinen Park.

Dort führten Stufen hinauf, und Lilli dachte unterwegs, dass Lisa sie erwarten würde, aber niemand war zu sehen. Sie nahm an einem Tisch Platz und schaute auf das Meer oder zur Insel San Servolo, zum Campanile und dem Dogenpalast, die wie Spielzeugmodelle am unteren Rand der Himmelsleinwand ins Bild kamen.

Als sie zum Hauptgebäude ging, sah sie an einer der rostfarbenen Wände eine Tafel, auf der zu lesen war, was sie bereits wusste: dass der frühverstorbene, im griechischen Befreiungskampf gefallene Lord Byron während seiner zahlreichen Aufenthalte im Kloster die armenische Sprache studiert habe. Um die Insel flimmerte das Wasser im Sonnenlicht, darüber »die endlos scheinende blaue Kuppel der Himmelsluft«, dachte Lilli weiter. Auf der Insel, fiel ihr jetzt auf, war es merklich kühler als in der Stadt. Vor allem spürte sie den Wind.

In diesem Augenblick sprach sie ein schwarzgekleideter Mönch an, und fragte, ob sie Frau Dr. Kuck sei? Er führte sie bis zur Eingangstür, die mit Schmiedekunst verziert war.

Was wollte Lisa Alberti von ihr?, ging es Lilli durch den Kopf. Ihr fiel nichts ein, weshalb sie sich im Kloster auf der Insel treffen mussten. Handelte es sich um eine Falle?

Im Gebäude hielt sich gerade eine Schulklasse auf, bemerkte sie, die Rucksäcke lagen auf einer langen Bank an der Wand, und kurz darauf erschienen auch die jungen Mädchen und Buben schwatzend, aber in disziplinierter Ordnung, und verließen zuletzt mit ihrer Lehrerin das Gebäude.

Ein anderer Mönch hatte sie inzwischen schweigend in den Klostergarten geführt, der von Arkadengängen umgeben war. Über die Palmen und Olivenbäume waren Plastiksäcke gestülpt. Noch vom Winter? Als Schutz gegen eine Baumkrankheit?, fragte sie sich. Der Mönch bedeutete ihr mit Gesten, dass er gehörlos war, und ermunterte sie, allein weiterzugehen, dabei lächelte er kindlich. Lilli vermutete jetzt, dass es zu einer Begegnung mit Lisa oder einer beziehungsweise einem Unbekannten kommen würde. Sie ließ sich Zeit. Als sie sich umdrehte, war der gehörlose Mönch verschwunden.

Die Sträucher im Garten waren sorgsam zurechtgeschnitten und blühten zaghaft weiß und gelb. Aus den umgestochenen Beeten sprossen die ersten Blumen. Der Schatten malte die Bögen des weißen Kreuzgangs fein auf die gegenüberliegende Wand. Ohne Eile schaute sie sich zwischen den Arkadenbögen die Gewächse an: Rosen, Iris, Begonien, Salbei, Geranien und Pinien. An den Mauern des Kreuzgangs waren archäologische Fundstücke ausgestellt: ein Grabstein, ein Taufbecken, eine kopflose Statue »aus Aquileia«. In der anschließenden Kirche fielen ihr hinter dem Hauptaltar drei Fenster mit kostbaren Scheiben auf. Das rechte stellte, wie sie im Internet gelesen hatte, den berühmten heiligen Mashtots, den Erfinder des armenischen Alphabets, dar. Sie war davon begeistert, dass der Erfinder eines Alphabets ein Heiliger war und jetzt als Statue in der Kirche angebetet wurde.

Links und rechts vom Altar waren vier Säulen durch Spitzbögen verbunden, alles reichlich mit Mosaiken und Ornamenten geschmückt. Darüber der blaugemalte Himmel mit goldenen Sternen. Eigentlich war die Kirche ein Sammelsurium aus verschiedenen Stilelementen, hatte gotische Spitzbögen, aber andererseits auch etwas von einer Moschee oder einer sephardischen Synagoge. Allerdings war sie an den Wänden und über den Seitenaltären reich mit Bildern geschmückt. Lilli blickte sich um, doch niemand war ihr gefolgt, also ging sie weiter bis zum Refektorium, dem Speisesaal des Klosters, einem mit Holz bis in Kopfhöhe getäfelten Saal, darüber waren die Wände weiß.

Weshalb hatte Lisa Alberti diesen Ort für eine Begegnung ausgesucht? Vielleicht, weil er Sicherheit versprach … Möglicherweise ging es um Klemens' Tod … und möglicherweise hatte man einen Mönch ins Vertrauen gezogen. Wenn ja – weshalb? Klemens konnte man vielleicht als Agnostiker bezeichnen, doch war er auch in dieser Frage immer für Überraschungen gut gewesen, erinnerte sich Lilli.

Im Weitergehen sah sie einen dreißig Meter langen Gang mit gerahmten Bildern – die »Galerie« –, allerdings interessierte sie keines der Gemälde. Andere Räume zeigten eine Sammlung »europäischer Maler«, auf die dasselbe zutraf. Erst in der Bibliothek wurde ihr Interesse wieder geweckt, denn sie erstreckte sich über mehrere Säle.

Plötzlich sah sie … Klemens … vor sich. Er stand bewegungslos zwischen den Regalen und blickte Lilli ernst ins Gesicht. Es dauerte nicht einmal eine Sekunde, dann ging im fensterlosen Raum das Licht aus. Bevor sich ihre Augen an die Dunkelheit gewöhnt hatten, wurde es wieder hell. Es überraschte sie nicht, dass Klemens jetzt verschwunden war, das Unerwartete war sein Erscheinen gewesen. Sie war davon überzeugt, dass sie ihn wirklich gesehen hatte. Der stumme Mönch tauchte plötzlich zwischen den Regalen auf und deutete ihr aufgeregt weiterzugehen. Es war dieselbe Richtung, in die Klemens geflohen sein musste. Jetzt wollte auch Lilli keine Zeit verlieren.

Der Mönch schnaufte hinter ihr her. Sie hielt an und wollte ihn vorbeilassen, aber auch er blieb stehen, wartete, bis er wieder genügend Luft hatte, und verwandelte sich augenblicklich wieder in einen hektischen Unwissenden, der nicht verstand, was geschehen war, aber wollte, dass sie das Kloster verließ.

Inzwischen hatte sie das »Lord-Byron-Zimmer« erreicht. Es war eigentlich ein Raum für ägyptische Kunst,

begriff sie in aller Eile, bis auf das Portrait des englischen Dichters, das über dem Eingang hing. Unter
einer Glasvitrine war eine schwarze, von blauem, reich
verziertem Tuch bedeckte Mumie ausgestellt. Gleich
darauf stürmte der taubstumme Mönch schon wieder
herein. Er forderte sie gestenreich und Laute von sich
gebend auf, rasch weiterzugehen, worauf sie durch
eine Sammlung von reich und bunt gemustertem ar-
menischem Porzellan floh. Über den Gang gelangte sie
in eine kleine Schatzkammer. Das wenige, woran sie
sich später erinnern konnte, waren silberne Einbände
in einem Regal, Chorhemden, Paramente, goldene Kro-
nen für die Heilige Messe, Kelche, Urnen und Phiolen.

Erst im später gebauten, modern anmutenden Rund-
bau erreichte der Mönch sie wieder. Noch immer rang
er nach Luft. Rundherum umgaben Lilli Handschriften – Abhandlungen über Schriften, Rituale, Predig-
ten, historische Texte, wie sie wusste, sowie Hymnen,
aber auch medizinische Dokumente, Gesetzes- und
Gesangsbücher, Breviere, Biographien und Legenden
von Heiligen. Viele der in Schaukästen präsentierten
Originale waren prächtig illustriert – die übrigen rundherum bis zur Decke in Regalen aufgestellt. Einige waren mehr als tausend Jahre alt, hatte sie aus dem Internet erfahren.

Als sie das Kloster verließ, schenkte ihr der gehörlose
Mönch keine Beachtung. Die ganze Zeit schon hatte er
ihr nicht ins Gesicht geschaut und sie jetzt sogar behandelt, als wäre sie Luft.

Als sie auf dem Hügel mit dem Aussichtsplateau
Platz genommen hatte, war sie noch immer verwirrt
und zu keinem klaren Gedanken fähig. Was hatte

Lisa Alberti mit alldem zu tun? Weder glaubte sie an okkulte Phänomene noch, dass sie den Verstand verloren hatte. Vielmehr war ihr das Verhalten des gehörlosen Mönchs von Anfang an verrückt vorgekommen. Auch war er der Situation nicht gewachsen gewesen. Eigentlich hätte sie entsetzt oder noch unglücklicher sein müssen, als sie ohnedies war, doch sie war nur verärgert und fühlte sich an der Nase herumgeführt. Der Mönch musste, ging es ihr durch den Kopf, in die Begegnung, für die sie keine wirkliche Erklärung fand, eingeweiht gewesen sein.

Sie wählte Zacchinis Nummer und sagte ihm, dass sie vor dem Kloster Lazzaro degli Armeni sei und nicht weiterwisse … Der Commissario war schlechter Laune, antwortete nur »yes« und »wait« und legte auf.

Plötzlich sprach sie eine Stimme auf Englisch an. Sie drehte sich um und erkannte erstaunt Francesco Galli.

»Es war nicht beabsichtigt, dass ich sofort wieder flüchte. Der Mönch hat überängstlich das Licht ausgeschaltet. Tut mir leid«, sagte er.

Galli trug dieselbe Kleidung wie im Ospedale Umberto I., stellte Lilli fest.

»Er fürchtete wohl, der Abt würde mit einem Besuch kommen.« Er lachte kurz.

»Seit vielen Jahren kenne ich die Mönche«, fuhr er dann fort. Er machte eine längere Pause. »Inzwischen ist ein sechster Polizist ermordet worden. Er wurde heute auf Sant'Elena im Fußballstadion Pierluigi Penzo gefunden. Man hat ihn anderswo erstochen und erst im Nachhinein dorthin gebracht. Tauchen Sie, sobald es möglich ist, unter. Am besten heute noch, aber erst nach 22 Uhr, wenn die Stadt leer ist. Lassen Sie Ihr Gepäck im Hotel, Sie werden es wieder zurückbekommen. Sprechen Sie mit niemandem darüber und verschweigen Sie, dass Sie mir begegnet sind … Ich habe Klemens in Venedig wiedergesehen, und er hat mir verziehen.«

Im nächsten Moment lief Galli die Treppen der Aussichtsplattform hinunter und verschwand im Dunkeln.

12
Die Welt im Kopf

Sie hatte das Vaporetto für die Rückfahrt genommen und an Bord Zacchini davon verständigt. Zu ihrem Erstaunen war Francesco Galli nicht an Bord. Der Wasserbus brummte auf den Markusplatz zu. Sie musste darauf achten, dachte sie, dass sie sich, falls Zacchini sie erwartete, mit ihren Aussagen nicht widersprach oder selbst belastete, und andererseits musste sie ihn mit Halbwahrheiten zufriedenstellen.

Zum Glück war der Commissario nicht selbst in die Pensione Wildner gekommen, und Perlucci, sein Assistent, sprach nur begrenzt Englisch. So radebrechte er mit ihr im Foyer. Sie gab an, dass ihr verstorbener Mann die Insel San Lazzaro öfter besucht habe, und aus seinen Venedig-Notizen gehe hervor, dass er auch bei seinem letzten Aufenthalt zwei- oder dreimal im Kloster gewesen sei. Das habe sie nicht gewundert, hatte Lilli betont, denn ihr Mann habe sehr oft über Religion nachgedacht.

Ob sie wisse, wen er dort aufgesucht oder getroffen habe, wollte Perlucci wissen.

Lilli schüttelte nur den Kopf.

Weshalb habe sie die Polizei nicht von ihrer Absicht, dorthin zu fahren, informiert?

Spätestens an diesem Punkt fragte sich Lilli selbst, weshalb sie fast alles, was sie wusste, für sich behielt, und sie fand, ohne nachzudenken, die Antwort: Sie misstraute Commissario Zacchini … Er war von vornherein sicher gewesen, dass Francesco Galli der Täter war, zumindest war er für ihn der Hauptverdächtige gewesen. Dass Egon Blanc dahinterstecken könnte, war für ihn wohl ausgeschlossen – zumindest schien er diese Möglichkeit nicht ernsthaft in Betracht gezogen zu haben. Angesichts von Blancs großzügigen Hilfen und Unterstützungen war das zwar verständlich, und insgeheim ärgerte sie sich sogar darüber, dass Galli den Milliardär so vehement beschuldigte – aber allmählich begann sie doch an dem Unbekannten zu zweifeln.

Während Perlucci immer neue Fragen stellte, wollte sie von ihm wissen, wie er selbst darüber dachte. Perlucci kratzte sich am Kopf und blickte zum Fenster des Foyers hinaus. Lilli wiederholte die Frage, Perlucci jedoch schaute weiter in Richtung Meer und zuckte nur mit den Schultern.

Auf Sant'Elena, im Fußballstadion, sei heute ein sechster ermordeter Polizeibeamter gefunden worden, antwortete er schließlich, wohl um von ihrer Frage abzulenken. Dann gab er sich einen Ruck und ergänzte, die Polizei würde den Täter finden. Dieser habe Fehler begangen, und daraus könne man schließen, welche Leute für die Morde verantwortlich seien. Es sei aber zu früh, sich festzulegen.

»Galli und wer noch?«, fragte Lilli misstrauisch.

»No. Not Galli.« Es müsse eine Organisation dahinterstecken …

Er nahm sein Smartphone heraus und rief den Commissario an. Nach einigem Hin und Her verkündete er Lilli, dass Zacchini sie am nächsten Tag in der Pensione Wildner treffen wolle. »Morgen. Er ersucht Sie, das Hotel inzwischen nicht zu verlassen oder, dass Sie ihn zumindest davon in Kenntnis setzen, falls Sie einen dringenden Weg haben …« Er dachte kurz nach und ergänzte: »Wenn Sie mit der Anwältin sprechen oder einen Arzt aufsuchen wollen …«

Woher wusste er, dass sie in Sant'Erasmo mit einer Anwältin gesprochen hatte?

Perlucci verabschiedete sich kurz darauf. Er hätte nur eine halbe Minute warten müssen, um zu erfahren, dass Lilli vom Portier eine weitere Nachricht, diesmal anonym, erhielt: »Morgen vor dem Museo Ca'Rezzonico, 14 Uhr«, stand in Blockbuchstaben auf einem Zettel, der in einem leeren Kuvert steckte.

»Wer hat diese Nachricht hinterlassen?«, fragte Lilli den Portier.

»Sie lag auf dem Pult – Ich hatte gerade mit Gästen zu tun, die angekommen sind.«

Lilli war klar, dass der Verfasser über Klemens bestens Bescheid wissen musste, denn er hatte das Ca'Rezzonico besonders geliebt. Sie hätte allerdings das Museo Querini Stampalia dem Ca'Rezzonico vorgezogen, da sie den Garten von Carlo Scarpa so sehr mochte und im Museum besonders das Gemälde »Die Vorstellung Jesu im Tempel« von Giovanni Bellini.

Im Zimmer der Pension fiel ihr ein, dass Klemens im Museo Querini Stampalia das Bild Bellinis zwar jedes Mal genau angesehen hatte, dann aber davongeeilt war, zu den Bildern der, wie er es nannte, »Erfinder« der Comic-Kunst, Pietro Longhi und Gabriele Bella. Es war auch jedes Mal ein spöttischer Unterton dabei gewesen, den sie entweder auf sich selbst als Kunsthistorikerin bezog oder auf die »Kunstwelt«, die Longhi und Bella seiner Meinung nach nicht genügend würdigte. Zuerst war auch sie skeptisch gewesen, denn die Malkunst der beiden war ihr »nicht gerade berauschend« vorgekommen. Aber dann entdeckte sie, was Klemens' Begeisterung ausgelöst hatte: die »sprechenden Bilder«, wie er behauptete. Es handle sich bei dieser Darstellungsweise um einen Vorläufer der Comic-Kunst. Die Geschehnisse würden allein durch das Lesen der Gesten, des Gesichtsausdrucks, des Verhaltens der Personen und der ausdrucksstarken Kleidung verstehbar. Longhi lasse seine Bilder gerne im privaten Bereich spielen. Klemens hatte Longhis Bilder auch »Farbbilder in Stummfilm-Zeitlupe« genannt oder verglich sie mit dem Moment, wenn ein Fotograf Ende des 19. Jahrhunderts mit einer Plattenkamera die Menschen aufforderte, sich für fünf Sekunden nicht zu bewegen. Bella hingegen malte Massenveranstaltungen, seine Bilder zeigten einen Ameisenstaat: Feste, Spiele, den Karneval, Zeremonien, Volksbräuche – der Einzelne ging in der Menge auf.

Mit den Jahren hatte sich das Museo Querini Stampalia stark verändert. Es war in einem fort umgebaut worden, und jedes Mal, wenn sie es besucht hatten, war in der Zwischenzeit immer »etwas anderes anders geworden«, wie Klemens scherzhaft gesagt hatte.

Noch fünfzehn Jahre zuvor – bei ihrem ersten Besuch im Museum Querini Stampalia – war das Fotografieren verboten gewesen. Inzwischen – seit der Erfindung des Smartphones mit Kamera – hatte man es aufgegeben, über alles die Kontrolle behalten zu wollen. Im Februar 2006 war es Klemens – noch ohne Erlaubnis – gelungen, ausgestellte Bilder zu fotografieren. Zuerst die Scarpa-Architektur in den Gängen, dann einzelne Bilder, zuletzt den Garten … Während seines winterlichen Rundgangs war er damals von der aufgebrachten Frau, die den Shop betreute, ermahnt worden, nicht zu fotografieren. Sie hatte deshalb eigens ihren Mantel angezogen und war aus dem Gebäude in die Kälte herausgelaufen. Als Klemens auf dem Weg zum Ausgang nochmals von ihr ermahnt wurde, gab er trocken zur Antwort, dass er das Kameraverbot nicht akzeptiere, unter freiem Himmel sei das Fotografieren überall erlaubt. Im Garten gebe es auch keine Verbotstafel. Ein andermal, fiel ihr ein – es konnte vorher oder auch erst einige Zeit später gewesen sein –, hatten sie vor dem Eingang aus dem zweiten Stock Kammermusik von Vivaldi gehört, anschließend den lang anhaltenden Applaus des Publikums. Sie waren in den Saal getreten, doch das Konzert war gerade zu Ende gewesen, und sie hatten nur noch die Musiker mit den Originalinstrumenten aus der Barockzeit gesehen. Das Ca'Rezzonico hatte zwar die besseren Bilder, stand für sie fest, aber keinen Bellini.

Irgendwann musste Lilli auf dem Bett der Pension eingeschlafen sein, denn als sie erwachte – es war draußen bereits Nacht –, stellte sie fest, dass sie einmal mehr die Schuhe an den Füßen trug und das Kleid nicht ausgezogen hatte. Sie wollte nicht auf die Uhr schauen. Die Zeit zu vergessen war ein kleines Abenteuer, das sie sich in ihrer Kindheit angewöhnt hatte, wenn sie nachts aufgewacht war.

Sie war in Hamburg geboren worden. Ihr Vater entstammte einer wohlhabenden Juristenfamilie und war ein stadtbekannter Anwalt gewesen. Die Mutter unterrichtete an einem Gymnasium Geographie und Geschichte. Lilli bewohnte die Villa am Ufer der Alster mit ihren Eltern, einer jüngeren Schwester, Isabella, und einer älteren, Gabriele. Sie verbrachte ihre Kindheit, an die sie sich gerne zurückerinnerte, im Garten auf einer Wiese unter Bäumen und am Wasser. Es gab Segeltouren mit dem Vater, Gespräche mit der Mutter und den beiden Schwestern sowie einen schwarzen Labrador mit dem Namen »Goofy« – benannt nach dem Walt-Disney-Hund mit schwarzen Schlappohren, dem etwas irrwitzigen Freund von Micky Mouse. »Goofy« war ein Einfall ihrer jüngeren Schwester gewesen. Der Vater hatte sich zwar dagegen gesträubt, ihn schließlich aber doch »Kuffi« gerufen. Der Hund war ein wundersames, intelligentes Geschöpf, und einmal hatte er Lilli, als sie noch ein Kind war, das Leben gerettet.

Sie erinnerte sich noch an jede Einzelheit ihres Unfalls. Wenn die Alster zugefroren war, musste sie unbedingt Schlittschuh laufen. Zuerst hatte sie damals Sprünge im Eis gesehen, die sich spinnennetzartig ausgebreitet hatten, und gleich darauf eine schmerzlich-lähmende Kälte verspürt, die ihr den Atem raubte und sie verschluckte. In ihrem Kopf bellte, wenn sie daran dachte, noch immer der Hund, der sie begleitet hatte. Sie hatte die Augen reflexartig geschlossen, und als sie die Lider im selben Moment, wie die tödliche, kalte Schwärze sie umgab, öffnete, überfiel sie ein brennender Schmerz, der sich von den Augäpfeln aus blitzartig in ihr Gehirn bohrte. Und ihr fielen an der Einbruchstelle über ihrem Kopf, durch die das Tageslicht schimmerte, ein helles Grün und silberne Luftbläschen auf. Es erschien ihr so wundersam, dass sie das Bellen Goofys von der Uferseite her ignorierte und tiefer sank. Als Nächstes registrierte sie, dass die Kälte sie wie in eine Zwangsjacke einschloss und ihr den Atem nahm, so dass sie glaubte zu ersticken. Sie hatte von unten zum Licht hinaufgeschaut und gleichzeitig ihren Hund gedämpft bellen hören und seinen Kopf gesehen. Die Schlittschuhe an ihren Füßen behinderten sie, aber sie strampelte so heftig, dass es ihr gelang, ein Stück nach oben zu schweben. Es erschreckte sie, dass ihre Kleidung, die sie nicht vor der hässlichen, nassen Kälte schützte, schwer geworden war, doch gelang es ihr, an die Oberfläche zu kommen und Luft zu holen. Goofy, den sie nur kurz sah, dafür aber umso lauter bellen hörte, lärmte weiter, sie griff instinktiv nach dem Eis am Rand der Einbruchstelle, doch kaum hatte sie es angefasst, zerbrach es. Panik erfasste sie zugleich mit dem Hund, denn er sprang auf das Eis und bellte mit dem Kopf nach oben weiter. Sie strampelte jetzt entsetzt, spürte jedoch nur, wie sie langsam das Bewusstsein verlor. Ein letztes Mal versuchte sie, an die Oberfläche der Eisdecke zu gelangen, und glaubte schon wieder, in die Tiefe zu sinken, als sie plötzlich Boden unter den Schlittschuhen verspürte. Das Wasser, stellte sie ungläubig fest, reichte ihr nur noch bis zur Brust. Goofy hatte sie mit seinem Bellen zu einer seichteren Stelle gelockt. Angestrengt kämpfte sie sich hinter dem weiter bellenden Hund durch das Eis bis an das Ufer vor. Als sie aus der Alster stieg, ließ sie sich in den Schnee fallen. Ihr Hund hatte aufgehört zu bellen, er leckte ihr Gesicht, und Stille umgab sie. Zuerst wusste sie nicht, ob sie noch lebte oder schon tot war. Ein Specht klopfte, weshalb ihr alles noch mirakulöser vorkam. Sie sah einen Schwarm weißer Schmetterlinge – doch hatte es zu schneien begonnen, und die Schmetterlinge waren Schneeflocken.

Daheim spielte sie alles herunter, ohnedies war nur die »Tante« – wie man das Dienstmädchen nannte – zu Hause und kochte gerade, weshalb Lilli sich rasch umziehen und die Kleider in die Waschmaschine stecken konnte.

Von da an liebte sie Goofy noch mehr. Keinesfalls aber wollte sie sich jetzt vor dem Wasser fürchten. Im Sommer badete sie öfter als sonst im Pool. Sie begleitete auch ihren Vater weiter zum Segeln – ohne es aber jemals selbst zu probieren. Mit vierzehn Jahren kaufte sie sich ein Poster von Caspar David Friedrichs »Mönch am Meer«, das ihr Vater, der ebenso wenig von dem Vorfall wusste wie ihre Mutter, sogar rahmen ließ und in Lillis Zimmer an die Wand hängte. Und um dieselbe Zeit lernte sie aus dem Atlas die Namen von Flüssen, Seen und Meeren. Alles, was auf Wasser hinwies, interessierte sie. Auch liebte sie es, mit den Eltern an die Adria zu fahren und vor allem nach Venedig, wo das Meer »wie Atemluft war«, hatte sie in ihr Tagebuch geschrieben. Ihre Mutter war beeindruckt vom geographischen Wissen ihrer Tochter. Sie erzählte ihr verschiedene Entdeckergeschichten und kaufte ihr das Buch »Reise um die Welt« von Georg Forster.

Einige Male begleitete Lilli ihre Mutter auch auf Fahrten ins Ausland. Als Gymnasiastin legte Lilli sich mehrmals auf den Boden des Landkartensaals im Vatikan, um sich die Darstellungen einzuprägen. Insgesamt war sie in vierzehn Tagen fünfmal im Vatikan gewesen und hatte sich jedes Mal zwei Stunden im Saal aufgehalten, bis sie die Wände mit geschlossenen Augen vor sich sah. Zum Glück hatte das ihrer Mutter gefallen, die sie bei ihrem Landkartenstudium in Ruhe gelassen und erst zu einem bestimmten Zeitpunkt vor dem Eingang zum Petersdom wieder abgeholt hatte. Ein Jahr später hatte Lilli regelmäßig ein Tagebuch zu führen begonnen. Ihr fielen zwei Eintragungen ein: »Ich bin fehlerhaft und lächerlich. Zu oft erinnere ich mich an peinliche Momente.« Und: »Mein zukünftiges Schicksal geht im Wunsch nach Märchen unter.«

Zuerst hatte sie es mit einem Studium der Rechtswissenschaften versucht, worauf ihr Vater bestanden hatte. Nebenbei hatte sie sich ihr Taschengeld mit Gerichtsberichten und -reportagen verdient, bis sie nur noch für die Zeitung gearbeitet hatte. Sie hatte sich leidenschaftlich dafür interessiert, was in den Menschen – besonders, wenn sie sich in einer psychischen Krise befanden – vor sich ging. Vor allem hatte sie festgestellt, dass sich die meisten als Opfer von Umständen betrachteten, und die oft geradezu absurden Ausreden der Verteidiger sowie die nicht weniger absurden Anschuldigungen der Staatsanwälte kamen ihr vor, als hätte Franz Kafka sie erfunden. Nach einer längeren Auseinandersetzung mit dem Vater hatte sie dann mit einem Kunstgeschichtestudium angefangen. Damals war sie auch mit den Bildern von Maria Lassnig in Berührung gekommen, deren Werk sie von da an weiter verfolgt hatte. Besonders beschäftigte sie das Bild der nackten Frau mit den Pistolen in den Händen, das »Du oder ich« heißt. Sie hatte es schon mit dem ersten Blick auf sich bezogen. Es illustrierte auf radikale Weise ihre Gefühlswelt, die ewige Entscheidung zwischen Selbst-

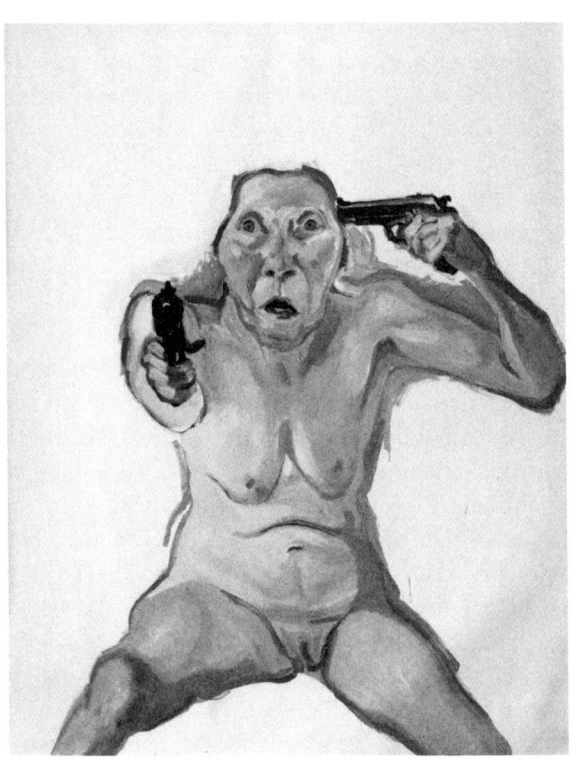

mord und Mord, denn die eine Waffe hatte sie auf sich
selbst, die andere auf den Betrachter gerichtet. Klemens
hatte sich später wie sie von dem Bild angesprochen
gefühlt. Alle waren in derselben Lage: Sie mussten ihr
Selbst aufgeben oder sich wehren. Es war ein Innenbild,
wie es aufrichtiger nicht sein konnte: lebendig tot oder
im Widerstand, so hatte sie es empfunden. Das Eltern-
haus, die Verwandten, die Schule, die Schulkollegen,
die Lehrer, die Vorgesetzten … immer wollte sie lieber

verschwinden als Befehle empfangen. Maria Lassnig war für Lilli ein weiblicher Francis Bacon – nicht etwa seine Nachfolgerin, sondern seine Gegenspielerin. Sie stellte den Zustand der Notwehr jedes Einzelnen dar, der von der Geburt an herrscht – Bacon hingegen die Grausamkeit der Menschen, die zu Opfern erzogen wurden. Immer wieder hatte Maria Lassnig die existenzielle Nacktheit dargestellt. Die Hässlichkeit eines bloßen Körpers war Alltäglichkeit, die Alltäglichkeit hässlich. Schönheit wurde übersehen oder wie eine Heiligenerscheinung betrachtet, weil der Alltag Höllenerscheinung war. Die Grimasse war für Maria Lassnig das eigentliche Gesicht gewesen – das »normale«, »alltägliche« Gesicht hingegen nur Tarnung. Lassnig stellte die Gedankenwelt, das Denken, das unsichtbare Innere, das Geheime dar, das für sie die wahre Realität war. Lilli hatte sich vorgenommen, in den nächsten Jahren ein Buch über sie zu schreiben, und bekräftigte jetzt ihren Vorsatz.

Seit einiger Zeit verstand auch Lilli sich selbst nicht mehr. Es konnte durchaus sein, dass sie sich nie verstanden hatte. Jedenfalls konnte sie diejenige nicht mehr verstehen, die sie gewesen war, aber auch nicht diejenige, die sie im Augenblick war.

Draußen war es längst dunkel. Sie suchte kurz die Toilette auf und begab sich dann zurück ins Bett. In ihrer Einsamkeit, die sie immer häufiger und stärker empfand, hatte sie angefangen, stumm mit Gott zu sprechen. Er hatte ihr ebenso stumm geantwortet. Er war äußerst klug, empfand sie jetzt, und half ihr mit seinen seltenen Antworten. Es ärgerte ihn nur, dass sie sich als Atheistin ausgab.

Lilli liebte die Nacht. Vor dem Fenster das schwarze Meerwasser – wie der Schlaf. Man konnte in beide eintauchen und plötzlich Wesen sehen, die allesamt fremd erschienen …

Ein Blitz ließ sie gleich darauf zum Fenster schauen, im selben Atemzug folgte der Donner. Es hörte sich an, dachte sie, als ob zwei Möbelwagen zusammenstießen und die schweren Einrichtungsgegenstände in ihnen durcheinanderflögen. Dann war es wieder still. Es begann auch nicht zu regnen … In Hamburg hatte es hingegen häufig und stark geregnet, und es war oft neblig gewesen. Auch als sie vor einigen Jahren dort mit ihrer Mutter zum Abendessen ausgegangen war.

Ihre Gedanken schweiften ab.

Sie hatte ihre »alte Dame« in den letzten Jahren, in denen sie in Wien studiert und Gerichtsreportagen für eine Zeitung geschrieben hatte, seltener getroffen. Zuletzt hatte sie streng und verbittert ausgesehen. Sie war zum Kellner unfreundlich gewesen, hatte ihm überdies, nachdem sie Lilli eingeladen und daher die gesamte Rechnung beglichen hatte, nur 75 Cent Trinkgeld überlassen, weshalb Lilli ihm unauffällig einen Zehneuroschein zugesteckt hatte. Ihr Mann, Lillis Vater, hatte sich von ihr scheiden lassen – sie wollte darüber aber nicht reden. Ihr Ehemann hatte immer Affären gehabt, diesmal jedoch hatte er sich in die Besitzerin eines Friseursalons verliebt, die – selbst bereits einmal geschieden – ihn noch im selben Jahr geheiratet hatte. Das waren auch für Lilli bedrückende Monate gewesen. Nicht nur die Ehe der Eltern hatte sich aufgelöst, sondern auch der Zusammenhalt der Familie, denn die jüngere Schwester, Isabella, war mit dem Vater und dessen zweiter Frau in der Villa geblieben – für die Mutter hatte er zuvor eine Vier-Zimmer-Wohnung in Eppendorf gekauft. Nach dem Auszug hatte sie ihren Mann nur noch als »Bobo« bezeichnet und die jüngere Tochter als »Fuffi«, worauf Isabella ihr »alte Fregatte« an den Kopf geworfen hatte. Lillis ältere Schwester Gabriele hatte schon früh bei einem Studienaufenthalt in Amerika einen Autohändler aus Boston kennengelernt und später geheiratet. Seit der Scheidung der Eltern hatte sie nur noch mit der Mutter gesprochen und sie nach Amerika eingeladen. Lilli war überrascht zu erfahren, wie wenig Gabriele ihren Vater gemocht hatte, denn sie interessierte sich kaum noch für ihn, während sie aber zu ihren Geschwistern weiter ein, wenn auch loses, freundschaftliches Verhältnis unterhielt.

Ihre Mutter jedenfalls, kehrten ihre Gedanken wieder zum gemeinsamen Abendessen in Hamburg zurück, hatte sich wie gewohnt darüber empört, dass Kultur und Religion im »Aussterben« seien. Sie äußerte sich geradezu zornig darüber, aber Lilli verstand, dass sie seit der Scheidung von Hass erfüllt war. Vielleicht, vermutete Lilli, wollte sie mit Hilfe des Zorns auch ihre Persönlichkeit aufwerten, denn sie hatte als Freundinnen nur verbitterte, einsame, ältere Frauen. Lilli war damals wieder das Bild »Du oder ich« von Maria Lassnig eingefallen. Ihre Mutter hatte sich in der Jugend wohl ihr Selbst nehmen oder besser rauben lassen und musste jetzt erleben, dass sie am Ende allein war. Langsam hatte sie sich beruhigt, da sie sich von Lilli ernst genommen gefühlt hatte. Davon war Lilli im Nachhinein überzeugt. Das Erzählen hatte ihre Mutter erleichtert, es war für sie die Bestätigung ihrer Wichtigkeit

gewesen. An diesem Abend hatte sie mitunter sogar heiter gewirkt, aber sie schien seit der Scheidung ihrem Glück zu misstrauen. Hin und wieder war sie noch zornig geworden, aber Lilli gab sich Mühe, ihr eine Freude zu bereiten: Sie steigerte sich geradezu in einen Sprechrausch hinein, in dessen Verlauf sie ihrer Mutter viele intime Gedanken und Gefühle anvertraute. Das war ihre bislang letzte Begegnung geblieben …

Lillis Gedanken sprangen abermals zurück zu ihrer Kindheit und Jugend. Nach dem Einbruch im Eis ging sie nie mehr Schlittschuhfahren, dafür stieg sie im Sommer auf Rollschuhe um. Sie lief die Alster entlang oder im Park um den Mühlenteich. Noch immer liebte sie das Haus ihrer Kindheit, den Garten, die Vögel und Fische, die Insekten und Pflanzen. Ihre ältere Schwester Gabriele interessierte sich mehr für Mode, Isabella hingegen wollte Krankenschwester werden, worauf ihre Mutter sie jedes Mal, wenn sie davon sprach, korrigierte: »Nein, Ärztin …« – manchmal fügte sie noch »oder Tierärztin« hinzu.

Im Sommer fuhr die Familie nach Venedig an den Lido, und bei bewölktem Himmel besuchten die Eltern mit ihnen die Museen der Stadt: einmal auch die Accademia, die ihre Mutter so liebte. Sie zeigte Lilli begeistert die Kunstwerke, aber nur zwei davon waren ihr damals in Erinnerung geblieben: Rosalba Carrieras »Mädchen aus der Familie Le Blond« und Giorgiones »Das Gewitter«. Bis jetzt konnte sie sich nicht erklären, warum. Auch den Markusdom liebte Lilli – nicht als heiligen Ort, sondern weil die riesigen, unübersichtlichen Mosaiken an den Wänden und der Decke sie geradezu hypnotisierten. Sie konnte nicht aufhören zu schauen, sie glaubte, es sei tatsächlich ein Bild von einer anderen, für sie unsichtbaren Welt. Es war die Schönheit, die sie durchdrang und von allen Seiten auf sie einströmte. Noch im selben Jahr sah sie im Winter gemeinsam mit ihrem Vater, den sie auf einen Kongress nach Paris begleiten durfte, das Picasso-Museum und das »Höllentor« von Auguste Rodin. Beim Anblick der Kunstwerke hatte sie zum ersten Mal gespürt, was die »zweite Welt« für sie wirklich bedeutete. Es stand für sie jetzt fest, dass sie existierte. Doch bevor sie diese Welt in sich dauerhaft zum Leben erwecken konnte, wurde sie mit siebzehn Jahren schwanger und musste den »Fötus« auf Drängen ihrer Eltern und in Hinblick auf die Schule abtreiben lassen. Ihr Partner war ein Mitschüler gewesen, mit dem sie zusammen auf einen Ball und anschließend gegen Mitternacht nach Hause gegangen war. Sie waren nur eine Stunde am Dachboden des Einfamilienhauses zusammen gewesen – und das voller Angst, von seinen Eltern überrascht zu werden. Doch dieser heimliche, von Gier getriebene Geschlechtsverkehr blieb ihr stets als ekstatische sexuelle Erfahrung im Gedächtnis, aber danach hatte sie, da es ihr zu gefährlich schien, keine weiteren Beziehungen mit Schulkollegen mehr. Als sie auf Wunsch ihrer Eltern Jura zu studieren begann, damals aber bereits keine Gelegenheit ausließ, ein Museum oder eine Galerie zu besuchen, hatte sie eine bescheidene Liebesgeschichte mit einem Theologiestudenten, den ihre Mutter ihr vorstellte. Sie hatte geglaubt, er könne sie in die Mystik einführen, doch er hatte davon weniger Ahnung als sie. Sie trennte sich von ihm in dem Augenblick, als er ihr gestand, sein Theologiestudium abbrechen zu wollen, um mit ihr eine gemeinsame Zukunft zu planen.

Sie studierte Rechtswissenschaften mit großem Eifer und wenig Interesse und glaubte, dass das Leben der Erwachsenen eher langweilig und steril war, ebenso wie der Stoff, den sie für ihre Prüfungen lernen musste. Trotzdem erwarb sie sich Kenntnisse, die ihr später weiterhalfen ... Eines Tages lernte sie Albert kennen, der Kunstgeschichte studierte. Sie war mit ihm zwei Jahre liiert und hatte sich nicht nur in ihn, sondern auch in sein Studium verliebt, worauf sie gegen den Willen ihres Vaters ebenfalls ein Studium der Kunstgeschichte begann. Als sie den Doktortitel erlangte, war Albert schon sechs Monate tot gewesen. Sie hasste es, dass ihr sein Tod gerade jetzt einfiel. Albert war bei einer seiner Wanderungen in der Lüneburger Heide, die er zumeist allein machte, aufgrund der großen Hitze zusammengebrochen und noch am selben Tag im Krankenhaus verstorben. Sie hatte sich daraufhin weiter mit Kunst beschäftigt, aber als sie eines Tages von dem Journalisten einer Hamburger Wochenzeitung, mit dem sie inzwischen zusammenlebte, das Angebot erhielt, einen ausführlichen Bericht über eine Gerichtsverhandlung zu schreiben, sagte sie zu. Bei der Verhandlung ging es um einen Kindermörder. Von da an berichtete sie als freie Mitarbeiterin über weitere spektakuläre Prozesse, die sie mit großer Aufmerksamkeit verfolgte. Sie war davon überzeugt, bei jedem Prozess noch mehr über die Wahrheit der menschlichen Existenz zu erfahren. Ihren Eltern hatte diese neuerliche Wende in ihrem Berufsleben eher missfallen, aber ihre treffenden Schilderungen und Analysen beeindruckten sie mit der Zeit doch.

Ihre Beziehung mit dem Journalisten hatte sie inzwischen beendet … Die erste Begegnung mit Klemens fiel ihr jetzt ein … Es war in Wien gewesen, im Kunsthistorischen Museum. Am letzten Tag ihres einwöchigen Aufenthaltes war sie seine Geliebte geworden. Klemens überkam, erzählte er ihr am Telefon, am Tag ihrer Abreise »überfallartig« ein Schaffensdrang: Er zeichnete im Laufe von zwei Monaten die Graphic Novel »Hölderlin« und schickte sie, wie Lilli ihm geraten hatte, an einen Hamburger Verlag. Schließlich lernte er über sie den Verleger kennen, der ein halbes Jahr darauf das Buch herausbrachte. Klemens pendelte jetzt ständig zwischen Wien und Hamburg. Aber auch für Lilli begann sich vieles zu ändern. Die Begegnung von Klemens mit ihren Eltern war zuerst von Misstrauen geprägt gewesen, doch nach dem Erscheinen des Hölderlin-Comicbuches kamen sie besser miteinander aus. Klemens wiederum war von ihrem Familiennamen Kuck angetan, vor allem wegen der Ähnlichkeit mit dem Vogelnamen »Kuckuck«, wie er bemerkte. Er las begeistert naturwissenschaftliche Abhandlungen über den Kuckuck und sagte ihr, der Name entspräche auf hintersinnige Weise ihrem Vater, was Lilli diesem jedoch verschwieg. Sich selbst bezeichnete er als Kuckuckskind. Erst nach einigen Monaten ihres Zusammenseins erfuhr Lilli, dass Klemens adoptiert worden war und nicht wusste, wer seine wirklichen Eltern waren. Er hatte später nur von »Zieheltern«, die in der Steiermark auf dem Land gelebt hatten, gesprochen.

Eines Tages waren sie gemeinsam nach Caputh an den Schwielowsee gefahren, der von der Havel durchflossen wird. Sie hatten Einsteins Ferienhaus besucht und in Potsdam den Einstein-Turm. Auch durfte er mit einem Bewohner von Caputh segeln gehen, wie es Einstein gemacht hatte. Beim anschließenden Lesen einer Einstein-Biographie erfuhr Klemens, dass der nach seinem Tod zuständige Anatom Harvey unerlaubt das Gehirn des Physikers entfernt und vierzig Jahre abwechselnd in seiner Garage und in seinem Haus aufbewahrt hatte. In »Unterwegs mit Mr. Einstein« fand er dann eine genaue Beschreibung der Fahrt eines Journalisten mit Harvey zu Einsteins Tochter, der er das Gehirn ihres Vaters übergeben wollte. Das brachte ihn zusammen mit der Biographie »Das geheimnisvolle Leben des Albert Einstein« dazu, eine Graphic Novel über dessen Leben zu verfassen, wobei ihm vor allem Aussprüche des Physikers, Begegnungen mit anderen Wissenschaftlern und Briefe zur Verfügung standen. Zwei Jahre arbeitete er an dem Comicbuch, und als er es herausbrachte, verkaufte sein Verlag die Rechte in »alle Welt«. Er zeichnete und schrieb zwar immer wieder Comics für Kinder, aber das nächste große Projekt handelte von »Jack the Ripper«, wobei er sich an die Theorien von Patricia Cornwells: »Wer war Jack the Ripper« anlehnte. Sie hatte den berühmten deutsch-englischen Maler Walter Sickert als den wahren Mörder bezeichnet. Klemens begab sich zweimal nach London, nahm an einer Führung »auf den Spuren von Jack the Ripper« teil, fotografierte die Tatorte, sah sich die Spiel- und Dokumentarfilme an und machte nächtelang Aufzeichnungen und Skizzen. Es ging um insgesamt dreizehn Frauenmorde und zusätzlich die Mordversuche an Frauen, die die Anschläge überlebt hatten. Cornwell hatte den Maler speziell wegen seiner

Bilderserie, die »Camden Town Nudes« hieß, verdächtigt – düstere Darstellungen von jeweils einem Mann und einer Frau in ärmlichen Schlafzimmern des Viertels, in dem die Morde geschehen waren. Sickert hatte in Camden Town jahrelang gewohnt. Klemens war hingegen besonders von den Venedig-Bildern des Malers beeindruckt und der Malweise an der Grenze von Impressionismus und Moderne. Schließlich hatte Klemens die Morde in das Hamburg der dreißiger Jahre des vergangenen Jahrhunderts verlegt und einen Maler als Mörder erfunden. Das Comicbuch wurde ins

Japanische, Englische, Französische und Italienische übersetzt. Inzwischen hatte er auch das von seinen verstorbenen Zieheltern geerbte Haus in der Steiermark verkauft und war mit Lilli immer wieder in Venedig gewesen, weil er beabsichtigte, irgendwann eine Graphic Novel über Casanova herauszubringen, die auf den sechs Bänden von dessen Autobiographie beruhen sollte. Lilli hingegen war durch die gemeinsamen Reisen wieder für die Kunst entbrannt, sie beendete ihre Arbeit bei der Hamburger Wochenzeitung und schrieb stattdessen Beiträge für Ausstellungskataloge in der Hamburger Kunsthalle. Einige Zeit später bewarb sie sich im Kunsthistorischen Museum in Wien und wurde bald darauf angestellt.

13
Die Sicht auf die Dinge

Nach dem Frühstück kümmerte sie sich nicht mehr darum, ob Commissario Zacchini sie anrufen wollte oder nicht. Auch würde sie nicht um 14 Uhr vor dem Museo Ca'Rezzonico auf einen Unbekannten warten, wie die Mitteilung, die sie von dem Portier der Pension erhalten hatte, verlangte. Sie hatte mit anonymen Hinweisen genügend schlechte Erfahrungen gemacht. Vielleicht wollte man sie als Köder für irgendetwas benutzen, überlegte sie, oder wieder an der Nase herumführen.

Vom Frühstücksraum aus hatte sie eine großartige Aussicht auf San Giorgio Maggiore und instinktiv beschloss sie, vom dortigen Campanile die Aussicht zu genießen.

Sie wartete an der Station San Zaccaria auf das Vaporetto, und in wenigen Minuten gelangte sie zur kleinen Insel mit der Benediktinerabtei. Da sie nicht die dem heiligen Georg geweihte Kirche besichtigen wollte, der Lift aber nur vom Shop aus zu betreten war, suchte sie einen anderen Weg zum Fahrstuhl. An der Biegung zum Eingang erschrak sie vor einer gewaltigen verwitterten Figur mit Heiligenschein, fast schwarz, doch mit Engelsflügeln. Sie dachte sofort »Todesengel«. Eine Fotografie mit Beschriftung gab jedoch darüber Auskunft, dass es sich um die ehemalige Engelsfigur von der Turmspitze handelte. Der hohe Glockenturm sei ursprünglich ein Teil der Klosterkirche auf San Giorgio Maggiore gewesen, las sie auf einem gerahmten Hinweis neben der Fotografie. Er sei jedoch eingestürzt und erst nach mehr als dreihundert Jahren als Nachbildung des Campanile von San Marco und in kleinerem Maßstab wieder errichtet worden ... Lilli dachte an lange Winternächte, an Gewitter, an Hitze, an heftige Stürme und musste die Figur berühren.

Ein Pater hielt einen Block mit Eintrittskarten für den Turm in der Hand, in der anderen Euroscheine, und trachtete danach, möglichst viele Besucher in den Lift zu stopfen. Lilli überlegte ernsthaft umzukehren, da sie aber in einer Menschenschlange stand, verhielt sie sich passiv, ließ sich zu den anderen Touristen in den Fahrstuhl pressen und oben von den Besuchern wieder ins Freie schieben. Es war tatsächlich ein selten schöner Ausblick auf den Markusplatz und die Lagune, den sie genoss, sobald jemand einen Platz an den vier Seiten der von einem Drahtgeflecht umgebenen Plattform freigab. Sie blickte hinunter auf den idyllischen Hafen für Segelboote, die Einzigartigkeit der Landschaft und der Stadt und stellte sich vor zu fliegen. Außerdem fiel ihr unten auf dem Boden ein Irrgarten aus beschnittenen Büschen auf, der sie sofort mit Neugier erfüllte. Sie konnte lange ihren Blick nicht davon abwenden. Zuletzt zeigte eine junge Frau ihrer Begleiterin den Canal Orfano. Weil sie Englisch mit ihr sprach, verstand Lilli, dass dort früher die zum Tod durch Ertränken Verurteilten nachts hingerichtet wurden.

Im »Pferchlift«, wie sie den Fahrstuhl insgeheim nannte, fuhr sie wieder hinunter. Als sie in den Shop trat, erkundigte sie sich, ob man den Irrgarten, der sie neugierig gemacht hatte, aus der Nähe sehen könne. Sie musste auf den Beginn einer Führung eine Viertelstunde warten, kaufte inzwischen eine Postkarte vom »Todesengel« und eine Eintrittskarte und erhielt dann einen Kopfhörer, über den sie auf Deutsch akustisch durch das Kloster geführt wurde. Eine junge, hilfsbereite Frau begleitete die kleine Gruppe. Lilli erfuhr, dass der Garten, das »Labirinto Borges«, zu Ehren des argentinischen Schriftstellers Jorge Luis Borges an dessen fünfundzwanzigsten Todestag fertiggestellt worden sei. Über Umwege durch das Kloster erreichten sie eine Terrasse direkt über dem Irrgarten. Es seien insgesamt über dreitausend Buchsbäume gepflanzt worden, hörte sie die anonyme Stimme im Kopf. Diese hätten jetzt eine Höhe von 75 Zentimetern erreicht und seien zurückgeschnitten worden, um zu vermeiden, dass die Hecken zu große Schatten warfen: Wenn man sich konzentriere, könne man zahlreiche Symbole im Pflanzenlabyrinth erkennen. Die junge Frau erläuterte daraufhin einzelne Gebilde, wie den »Stock« oder den »Spiegel«. Venedig, setzte die Stimme im Kopfhörer fort, sei selbst ein Labyrinth. Jorge Luis Borges habe die italienische Stadt »mehr geliebt« als alles andere. Das Labyrinth hätte auch den Namen »Der Garten der Pfade, die sich verzweigen«, nach Borges' gleichnamiger Erzählung, erhalten. Da der Dichter im Alter erblindet sei, stelle der Irrgarten außerdem noch ein Denkmal für die Blindheit der Menschen dar. Auf dem Eingangsgeländer des Klosters könne man nicht nur den Namen des Labyrinthes in Braille-Schrift lesen, sondern auch die vollständige Kurzgeschichte »Der Garten der Pfade, die sich verzweigen«, erfuhr Lilli.

Aufmerksam betrachtete sie den gleichsam in »Geheimschrift« angelegten Garten, der von einer Reihe Zedern, die einen natürlichen Zaun bildeten, begrenzt war. Allmählich verstand sie, dass die Büsche der einen Labyrinth-Hälfte den Namen BORGES bildeten und die gegenüberliegenden ihn spiegelverkehrt wiedergaben. Es war wie das Gehirn »spiegelsymmetrisch« gebaut, dachte sie. Außerdem wies sie der akustische Kommentar darauf hin, dass eine Betondecke es unmöglich gemacht habe, die Buchsbäume direkt in den Boden zu pflanzen. Daher seien sie in fast einen Meter hohe, mit Erde gefüllte Container gesetzt worden, weshalb der Eindruck entstand, dass der Garten sozusagen auf der Betonplatte schwimme. Lilli kam es vor, als bewegte sie sich selbst schwebend über einem offenen Buch, und sie begriff, dass die Rätselhaftigkeit die einzige wahre Gewissheit auf Erden ist. Die Stimme im Kopfhörer erklärte gerade, dass die Form des wie auf zwei Buchseiten gespiegelten Buchstabens »O« eine Sanduhr darstellte und damit das Verrinnen der Zeit symbolisiere. Plötzlich sah Lilli die Spiegelschrift von Klemens vor sich, doch sie verriet ihr genauso wenig über die Rätsel, die sie umgaben, wie das Gartenlabyrinth und fügte dem einen nur ein weiteres hinzu.

Auf eine seltsame Weise müde, machte sie sich auf den Weg zurück zur Vaporetto-Station. Eine heftige Brise wehte inzwischen und brachte ihr Haar in Unordnung. Sie hatte den Wind zwischen den Klostermauern nicht gespürt und war anfangs verunsichert. Zuerst nahm sie irrtümlich das Vaporetto, das in die entgegengesetzte Richtung nach La Giudecca fuhr. Dort stieg sie an der Station Zitelle aus und wartete auf das nächste, das sie zurückbrachte.

Das Wartehäuschen, in dem sie sich jetzt zur Mittagszeit allein befand, schaukelte ungewohnt stark auf dem Wasser. Sie stellte sich vor, in so einem Schaukelhäuschen zu wohnen, mit Möbeln, Bett und Kochnische, die alle durcheinanderpurzelten: der Hund Goofy, die Schallplatten, die Bilder, das Telefon, das Küchenbesteck, die Wanduhr, der Besen, die Bücher und die Kleider … Auf einer ihrer Venedigreisen, die sie allein unternommen hatte, war sie einem Obdachlosen im Wartehäuschen am Zattere begegnet, fiel ihr ein. Er hatte sich gerade mit einer Flasche Alkohol, die er in seiner Jacke versteckt hatte, und den Wellen … ins Nichts … oder in wüste Träume … oder in den Halbschlaf geschaukelt.

Dann erblickte sie das riesige, weiße Kreuzfahrtschiff, das langsam auf sie zukam, als wollte es sie zermalmen, ein schwimmender »Skyscraper«. Sie war aufgestanden, hatte sich an der Wand vor der Öffnung zum Wasser festgehalten und das immer stärker werdende Schaukeln mit den Knien abgefedert, als sie einen Stoß im Rücken verspürte, das Gleichgewicht verlor, die Tasche fallen ließ und ins Wasser stürzte. Sofort wurden ihre Erinnerungen an den Einbruch in das Eis der Alster wach, sie riss den Kopf hoch und starrte auf die weiße Wand des Kreuzfahrtschiffs, das vor ihren Augen vorüberzog, und als sie sich panisch umsah, erkannte sie eine Gestalt in Jeans, einem grünen T-Shirt, Sneakers und einer schwarzen Wollmütze, die gerade mit eingezogenem Kopf davonlief. Die Wellen waren jetzt so stark, dass sie nur mit Mühe das Ufer erreichte und einige Anstrengung benötigte, um sich hochzuziehen, wobei sie zwischendurch immer nach Luft rang. Endlich lag sie auf dem Ufer, keuchte und eilte trotzdem zurück in das Wartehäuschen, um die Tasche, die ihr aus der Hand gefallen war, zu suchen. Sie war mit Absicht gestoßen worden, war ihr klar, und mit Absicht war wohl auch Klemens auf der Steinbrücke zu Fall gebracht worden.

Im noch immer heftig schaukelnden Wartehäuschen lag die Tasche zum Glück noch auf dem Boden. Vom Täter war nichts mehr zu sehen. Er hatte sie im Kanal ertrinken lassen wollen, darüber gab es keinen Zweifel. Sie hob den Kopf, ihr war kalt, und sie sah jetzt den Wasserbus ruhig auf die Station zukommen. Ihr Atem hatte sich beruhigt, und es war ihr jetzt egal, wie sie – vollständig durchnässt – aussah, sie dachte nur an die Pensione Wildner und an die Polizei. Der Schaffner des Vaporettos fragte sie erschrocken etwas auf Italienisch und streckte ihr die Hand hin, um ihr beim Einsteigen zu helfen. Sie blieb auf der Plattform des Schiffes stehen, denn das Wasser tropfte noch immer von ihrer Kleidung, ihren Haaren und ihrem Körper auf den Boden. Ein Paar, das sie neugierig, aber distanziert beobachtete und sich etwas zuflüsterte, wandte sich, als Lilli sie streng anblickte, rasch ab, während sie der Schaffner in besorgtem Tonfall neuerlich etwas fragte. Sie zeigte ihm nicht gerade freundlich, dass sie ihn nicht verstehe und überdies friere, denn sie hatte große Mühe, nicht mit den Zähnen zu klappern. Schließlich überwand sie sich und ließ sich in dem fast leeren Passagierraum auf den nächstbesten Sitz fallen. Bei all ihren körperlichen und geistigen Schmerzen verspürte sie auch eine namenlose Wut auf alles. Die drei Erinnyen, griechische Rachegöttinnen mit Schlangenhaaren und Augen, aus denen giftiger Geifer oder Blut floss, fielen ihr ein, während sie gegen ihr heftiges Zähneklappern ankämpfte. Das bedeutete für sie, sagte sie sich, dass sie die Pensione Wildner verlassen und wie Klemens im Möbelgeschäft von Lisa und Nicole Alberti Unterschlupf finden musste. Als sie ausstieg, registrierte sie, dass sie heimlich ausgelacht wurde oder auf irgendeine andere Weise Aufsehen erregte. Ohne sich umzusehen, lief sie deshalb in die Pension, wo der Portier sie auf Englisch fragte, ob es regne oder geregnet habe.

Im Zimmer benötigte sie dann eine Stunde, um sich wieder zu beruhigen. Es war sicher besser, wenn sie Commissario Zacchini anrief und erst dann abreiste. Aber sie hatte das Gefühl, dass es nur noch eines Schrittes bedurfte, um die Sache ins Rollen zu bringen. Und sie wollte in Venedig sein, wenn Klemens' Mörder gefasst wurde. Vielleicht war es derselbe junge Mann, der sie ins Wasser gestoßen hatte?

Aus ihrer Entschlossenheit wurde allmählich Unentschlossenheit. Fest stand für sie nur, dass sie das Treffen vor dem Ca'Rezzonico nicht wahrnehmen würde. Sie verspürte keinen Hunger und keinen Durst. Und: Sie würde sich bei der Polizei melden. Dann löste sich der Vorsatz wieder in Luft auf. Am liebsten wäre sie jetzt betrunken gewesen.

Sie holte ihren Laptop heraus und schrieb ein Mail an Commissario Zacchini, in dem sie alles, besser gesagt, das meiste, zusammenfasste, was sie ihm bisher verschwiegen hatte – angefangen von der Begegnung mit Galli über die Geschichte mit Guido Alberti bis zu dem, was sie in Sant'Erasmo über Signor Blanc erfahren hatte, ohne aber einen Namen zu nennen – mit Ausnahme der Anwältin. Zuletzt schrieb sie, dass sie an der Station Zitelle ins Wasser gestoßen worden war. Nur das Treffen mit Galli auf der Klosterinsel San Lazzaro degli Armeni verschwieg sie weiterhin.

Eine Stunde hatte sie für die Zusammenfassung benötigt, anschließend verspürte sie sogar Hunger. Sie ließ sich Spaghetti mit Calamari und Wasser aufs Zimmer kommen, holte sich eine Flasche Wein aus dem Kühlschrank und spürte, wie sie wieder zu Kräften kam. Das Mail schickte sie erst ab, bevor sie das Zimmer verließ. Sie glaubte nicht, dass sie jemals wieder zurückkehren würde, doch ließ sie ihr Gepäck, wie es ihr Galli empfohlen hatte, bis auf die Handtasche zurück.

Kaum hatte sie die Straße betreten, machte sie zwei Männer aus, die sie zu beobachten schienen. Sie beachtete sie nicht weiter, bis sie unter die Arkaden des Dogenpalasts gelangte, wo sie nur noch einen der beiden erblickte. Da er sich unauffällig benahm, ging sie weiter. Sie hatte keine Ahnung, wo sie die kommende Nacht verbringen würde: im Möbelgeschäft der Albertis? In einem Hotel an der Rialtobrücke? Geld hatte sie ja bei sich, und da sie in der Pensione Wildner Gast von Signor Blanc gewesen war, hatte sie den Pass nicht an der Rezeption abgeben müssen.

Kurz nachdem sie den Arkadengang verlassen hatte, sah sie den Mann, der ihr offenbar folgte, neuerlich. Sie eilte am Markusdom vorbei in eine der schmalen Nebengassen und entdeckte eine Bar, die sie noch von früher kannte. Es war ein dunkler Raum mit nur wenigen

Gästen. Im Hinterzimmer bemerkte sie, dass sie allein war, und war sich unsicher, ob das gut oder schlecht war.

Die gegenüberliegende Wand war fast vollständig mit alten, gerahmten Schwarzweißfotografien bedeckt, die bis zur Tischplatte hinunterreichten. Sie bestellte einen Spritz und lenkte sich mit den Fotografien ab: Acqua alta an der Rialtobrücke, das erschreckend hoch war, Acqua alta auf dem Markusplatz mit Gondeln und Menschen, und dann der riesige Haufen Ziegel und Bauschutt, der nach dem Einsturz des Campanile im Jahr 1902 mitten am Markusplatz lag ... Eine Prozession und eine große Menge Zuschauer vor den Stufen des Domes, ein Raddampfer vor der Piazzetta, Menschen an einem leergepumpten Kanal und zuletzt Fischer, die Körbe voller Meerestiere über die Piazzetta schleppten.

Sie trank den Spritz rasch aus, bezahlte und ging – ohne sich umzudrehen – zum Caffè Florian, wo sie vor dem Lokal und an der Sonne einen freien Tisch fand. Zu ihrer Freude hatte der Oberkellner Roberto Dienst. Er bemerkte sie, notierte rasch ihre Bestellung – ein weiteres Glas Spritz. Bevor er davoneilte, beugte er sich zu ihr hin und raunte: »Sehen Sie ... da vorne ... die Japanerin!« Dabei deutete er mit seiner Mimik in eine Richtung.

Sie nickte Roberto zu, stand auf und ging zielbewusst zwischen den Tischen auf die fremde Frau zu. Die Japanerin trug einen übergroßen, modischen Sonnenhut und Sonnenbrille, ihr Selfiestick lag auf dem Stuhl neben ihr.

Die Kapelle spielte Verdi.

»Ich bin die Witwe von Klemens Kuck«, sagte Lilli

auf Englisch, als sie vor ihr stand. Die Japanerin erhob sich überrascht und schüttelte ihr die Hand.

»Ich weiß, Klemens ist tot«, sagte sie leise. »Jemand soll ihn von der Steinbrücke am Bahnhof gestoßen haben.« Sie nahm ein Taschentuch und lud Lilli hastig ein, Platz zu nehmen.

Eine schöne Frau, fand sie.

»Ich habe mich gut mit ihm verstanden«, begann die Fremde stockend, als sie sich gesetzt hatten. »Er wollte alles über die Samurai erfahren. Ich weiß nicht, wie oft wir durch das Museo d'Arte Orientale gegangen sind, vier- oder fünfmal. Er hat fotografiert und sich Notizen gemacht. Jedes Mal ist ihm etwas Neues aufgefallen ... Kennen Sie das Ca' Pesaro? Ich meine, die beiden oberen Stockwerke?«

Lilli schüttelte den Kopf.

»Ich bin Professorin für japanische Kunst, mein Name ist Homare Miyazaki-Henrich. Mein Mann ist Juwelier in Heidelberg. Wir haben Klemens bei seinem vorletzten Aufenthalt in Venedig kennengelernt.«

Homare weinte plötzlich, sie benutzte das Taschentuch, und Lilli betrachtete sie jetzt ohne Argwohn. Gleich darauf entschuldigte sich die Japanerin: »Ich weine, und Sie haben Ihren Mann verloren.« Sie schob das Eis von sich weg, zeigte einem vorbeieilenden Kellner, dass sie bezahlen wolle, und erklärte Lilli kurz: »Ich habe eine Verabredung mit Riccardo. Es tut mir leid.«

»Riccardo?« Lilli wusste nicht, wer Riccardo war.

Plötzlich lächelte Homare: »Ich ... könnte ... Ihnen das ... Orientalische Museum im Ca' Pesaro zeigen ...« Sie legte ihre Visitenkarte auf den Tisch.

Lilli nickte.

»Morgen?«

»Ja, morgen. Ich rufe Sie an.«

»Gut«, antwortete die Japanerin.

Homare stand auf, nahm den Selfiestick und die Handtasche, und Lilli schaute ihr nach, wie sie eilig in der Menschenmenge verschwand.

Roberto stellte gerade das Glas Spritz vor sie hin.

»Alles gut?«, fragte er leise.

Lilli schwieg. Sie wollte zum ersten Mal flüchten. Noch immer wehte ein leichter Wind, auf dem die Möwen über dem Platz segelten. Sie nahm einen Imbiss, trank zwei weitere Spritz, um nachzudenken, worauf ihr wiederkehrendes Misstrauen gegenüber Homare beruhte, und entschloss sich gerade, entgegen ihrer Absprache mit Homare, das Museo d'Arte Orientale zu besuchen, als sie abermals Klemens sah.

Es war nicht Francesco Galli, ging es ihr sogleich durch den Kopf.

Er stand mitten auf dem Platz vor dem Fotografen. Diesmal war es ein anderer, der unter dem schwarzen Schirm saß und allein durch seine Körperhaltung Ablehnung signalisierte.

Lilli war so überrascht, dass sie nur wahrnahm, wie der Fotograf aufsprang und dem Mann mit Panamahut, den sie für Klemens hielt, einen Schlag ins Gesicht versetzen wollte. Der Mann lehnte sich schnell zurück, der Schlag streifte seinen Kopf, er taumelte kurz, fing sich, und obwohl der Fotograf die Hände vor sein Gesicht hielt, um sich zu schützen, schlug der Mann ihm mit der Faust aufs Auge und mit der anderen auf die Nase, worauf der Fotograf das Gleichgewicht verlor und nach hinten in den Schein und die Kameravorrichtung fiel, die zusammenbrach. Ein Dutzend Tauben flatterte gleichzeitig auf und gab Schreckenslaute von sich. Sogleich kam es zu einem Menschenauflauf, der Lilli die weitere Sicht verstellte.

Sie zeigte Roberto die Banknote, die sie unter das Glas legte, und lief in die Richtung, die der Mann genommen hatte. Von weitem erkannte sie, dass er so ähnlich lief, wie Klemens es getan hatte. Der Sonnenhut, den er noch auf dem Markusplatz getragen hatte, war ihm vom Kopf gefallen, sie sah ihn im Vorbeilaufen auf dem Boden liegen und ließ ihn, wo er war. Der Mann eilte auf die Giardinetti zu, wahrscheinlich, dachte sie, wollte er mit einem Vaporetto flüchten.

Sie drehte sich kurz um und stellte fest, dass ihr immer noch der Fremde, der ihr bis zur Bar gefolgt war, hinterherlief. Obwohl es sie beunruhigte, dass der Unbekannte sie offenbar nicht aus den Augen ließ, setzte sie Klemens – oder wer immer es sein mochte – weiter nach. Er hatte die Vaporetto-Station bereits erreicht, als ein Wasserbus, der zum Bahnhof fuhr, eintraf. Der Mann, dem sie hinterherlief, verschwand mit anderen Passagieren im Schiff. Im selben Moment spürte Lilli, dass ihr Verfolger sie überholen wollte. Reflexartig stellte sie ihm ein Bein, geriet selbst aus dem Gleichgewicht und strauchelte, aber es gelang ihr, gerade noch weiterzulaufen und den Wasserbus zu erreichen, bevor der Schaffner den Sperrstrick anbrachte und das Vaporetto losfuhr. Außer Atem, klammerte sie sich an die verchromte Eisenstange auf der Plattform und hielt Ausschau nach ihrem Verfolger. Er hatte sich vom Boden erhoben, aber den Wasserbus knapp verfehlt und spuckte in den Kanal.

Dann entdeckte sie den Unbekannten, den sie für Klemens hielt, im Passagierraum auf einem Sitz. Er blickte angespannt aus dem Fenster. Also wusste er nicht, wer sie war und wie sie aussah. Obwohl sie sich erschöpft fühlte, blieb sie auf der Plattform stehen, um zu beobachten, wo er ausstieg. Ihr Gehirn arbeitete äußerst angestrengt, anders konnte sie es sich nicht erklären, dass ihr das Comicbuch »Watchmen« von Alan Moore einfiel, vor allem Mr. Rorschach, auf dessen Gesichtsmaske ununterbrochen Zeichnungen des Rorschach-Tests erschienen und wieder verschwanden. Klemens hatte auch den gleichnamigen Zeichentrickfilm geliebt. Sie hatte aber nur den Spielfilm mit ihm gemeinsam gesehen, doch bald keine Zusammenhänge mehr erkannt, so dass er sich in Fragmente aufgelöst hatte und schließlich hinter dem Horizont ihres Gedächtnisses verschwunden war. Dann fragte sie sich erst, weshalb »Klemens« – sie nannte den Mann für sich jetzt endgültig so – den Fotografen am Markusplatz niedergeschlagen hatte. Währenddessen sah sie ihn mit ernstem Gesicht telefonieren. Lebte Klemens wirklich noch? Falls er einen Zwillingsbruder hatte, hätte sie es wissen müssen, er hatte ihr immer wieder aus seiner Kindheit erzählt, jedoch nie einen erwähnt. Und um ihn selbst konnte es sich auch nicht handeln, denn sie hatte Klemens im Krankenhaus besucht und vom Toten Abschied genommen. Sollte es doch ein Zwillingsbruder sein, müsste sie das an seiner Sprache erkennen … Sie verdrängte ihre Ängste und konzentrierte sich auf die Situation.

Zu ihrer Überraschung stieg der Mann, der Klemens so ähnlich sah, an der Stazione Ca'Rezzonico aus. Jedoch betrat er nicht das Museum der venezianischen Kunst des 18. Jahrhunderts, das direkt am Canal Grande lag, sondern bog in eine Gasse mit einem Kanal und zwei oder drei Auslagen von Antiquitätenhändlern ab, in denen Parabolspiegel, Kommoden und vergoldete Luster aus Holz zu sehen waren. Noch nie war Lilli in dieser Gasse gewesen. Der Mann vor ihr – Klemens? – kam an einem kleinen Hinterhof vorbei, in dem ein weiterer Antiquitätenhändler Waren abgestellt hatte. Eine Tischplatte mit Einlegearbeiten, einen Bücherstapel, einen Stuhl, einen goldgerahmten Spiegel, wie sie gleich darauf sah … Auf dem schmalen Kanal ein Boot mit Sonnensegel und Gemüsekisten, ein grauhaariger Mann bediente. Das Wasser stand still, so dass sich die Wände der umliegenden Gebäude und die Fenster grün darin spiegelten. Weitere Boote waren am Ufer festgebunden. Die Gasse öffnete sich auf einen Platz. Als sie näher kam, erkannte sie mehrere Marktstände, an denen der Mann jedoch vorbeiging. An dreien von ihnen wurden Fische verkauft. Dicke, große Möwen stolzierten auf dem Pflaster herum wie Hähne auf einem Hühnerhof. Die Händler warfen ihnen ein Stück Fischabfall zu, worauf sofort ein aufgeregtes Flügelflattern und Gekreische zu hören waren. Hinter den Ständen erkannte sie Blechtonnen mit Gräten, Fischflossen, -köpfen und -eingeweiden, die einen penetranten Geruch verströmten. Aus den toten Fischen eines Marktstandes stach ein großer Kopf mit besonders großen Augen hervor. Weshalb Lilli bei seinem Anblick »Zacchini« dachte, konnte sie sich nicht erklären, und sie wollte auch nicht darüber nachdenken.

Sie folgte dem Mann, der aussah wie Klemens, problemlos, da keine Menschen außer den Händlern zu sehen waren. Die Verkäufer riefen sich gegenseitig Scherze zu, während »Klemens« auf ein riesiges Plakat zuging, das Giovanni Tiepolos »Mondo Nuovo« zeigte. Fast alle Figuren waren darauf von hinten dargestellt. Sie stellten sich vor einem Zelt an, Reiche wie Arme, sogar ein Pulcinello war darunter. Sie warteten darauf, einen Blick auf die Bilder der magischen Laterne zu werfen, um endlich Szenen aus der »Neuen Welt« zu sehen, von der alle sprachen ... Der Mann, dem sie folgte, war stehengeblieben und betrachtete die Darstellung auf dem Plakat ... Es musste Klemens sein, dachte Lilli – nur er würde stehenbleiben, um ein Bild, das er schon hundertmal betrachtet hatte, noch einmal

anzuschauen, als würde es zum letzten Mal sein. Auf
dem Bild stand der Vorführer der »Neuen Welt« mit
Dreispitz auf einem Stuhl und gab mit dem Zeigestab
in der Hand Erklärungen ab.

»Er dirigiert die Gedanken der Anwesenden«, dachte
Lilli, »oder es ist eine Angel, mit der er die Gedanken
aus den Köpfen der Neugierigen fischt.« Angeblich waren die beiden einzigen Figuren, die im Profil zu sehen
waren, Tiepolos Vater – mit verschränkten Armen –
und sein Sohn – mit Brille. Der Vorführer, wusste sie,
war ein Scharlatan, der die Neugierigen wie Marionet-
ten »nach seiner Pfeife tanzen« ließ. Die Zuschauer wiederum waren gierig nach Tagträumen, bereit, sich von
den optischen Täuschungen manipulieren zu lassen,
süchtig nach dem Unbekannten. Und sie standen selbst

vor dem Meer, auf dem gerade Schiffe in die Neue Welt fuhren oder von dort zurückkamen.

Beinahe hätte sie nicht bemerkt, dass sie die Rückseite des Ca'Rezzonico erreicht hatten. Lilli tat so, als suchte sie etwas in ihrer Handtasche, während der Mann, der Klemens so ähnlich sah, gerade vor einer Eingangstür von der Japanerin Homare mit einem Wangenkuss begrüßt wurde. Es gab ihr einen Stich ins Herz, als sie das sah, aber im nächsten Augenblick verschwanden die beiden bereits im Gebäude, und sie eilte, ohne lange nachzudenken, hinterher. Vermutlich war er »Riccardo«, mit dem sich Homare verabredet hatte. Plötzlich stand Lilli in der Vorhalle mit der alten, schwarzen Gondel, die ihr bei jedem ihrer Besuche aufgefallen war. Die Gondel wies eine Kabine mit einem Fenster auf … Sie war eine schwimmende Sänfte, wie ihr nebenbei einfiel, oder eine Riesenkrähe, die in eine Gondel verwandelt worden war.

Homare und »Klemens« schienen auf jemanden zu warten. Er ist mit Sicherheit Klemens, war sie jetzt überzeugt. Aber was wollte er hier?

Lilli eilte, um nicht entdeckt zu werden, mit dem Gesicht zur Wand auf den Shop zu. Sie wollte nur wissen, wie es weiterging, doch in diesem Augenblick trat ihr Verfolger, dem sie vor dem Vaporetto ein Bein gestellt hatte, durch das große, verglaste Eingangstor, und jetzt erschrak Lilli wirklich. Er blickte sich neugierig um, gleichzeitig erschien auch ein älterer Herr mit Hornbrille und zerstrubbelten Haaren, der Homare und Klemens rasch zur Treppe in den ersten Stock führte. Lilli wusste, dass sie schnell handeln musste. Während ihr Verfolger telefonierend in dem Verkaufsraum verschwand, löste sie rasch die Eintrittskarte an der Kasse.

In der Garderobe verrichtete eine korpulente Frau zusammen mit einem nicht weniger fülligen Mann, dessen lange Haare bis zur Schulter reichten, eifrig ihre Arbeit. Gerade war eine Schulklasse hereingekommen, die Kinder hatten ihre Seesäcke auf das Pult gestellt, und die Frau arbeitete, bis sie zu schnaufen anfing. Ein Mädchen übergab inzwischen dem fülligen Mann eine wirklichkeitsgetreue, sehr große Spielzeug-Landschnecke in einem durchsichtigen Nylonsack, die dieser mit gespieltem Schrecken und spitzen Fingern in Verwahrung nahm.

Lilli zog sich in einen Winkel zurück, bis die Schulklasse aufbrach, um das Museum zu besuchen, und schloss sich der Gruppe an, als gehörte sie zu den Aufsichtspersonen. Es war 14 Uhr, wusste Lilli, als sie einen Blick auf ihr Handgelenk warf. Die Zeit, zu der sie der Unbekannte vor das Ca'Rezzonico eingeladen hatte. Anfangs begegnete ihnen niemand. Die Kindergruppe war die Treppe hinaufgestiegen, hatte zahlreiche Säle, wie den Chinesischen Salon aus grünem Lack, besucht, wobei die meisten unaufmerksam gewesen waren und von den beiden Lehrerinnen immer wieder ermahnt werden mussten. Vor Rosalba Carrieras Pastellen wurde die ältere der beiden lauter, worauf die Kinder sofort schwiegen und stehen blieben. Lilli ging inzwischen ein paar Schritte voraus, um herauszufinden, wo sich der Mann, der vielleicht Klemens war, aufhielt, gleichzeitig erinnerte sie sich an die weichen, fast okkulten Portraits der Künstlerin. Als handle es sich um eine spiritistische Sitzung, waren sie aus dem Muster der Tapeten aufgetaucht. Aus der Nähe betrachtet, glichen sie unscharfen Fotografien, aber aus einigen Schritten Entfernung enthüllte sich ein Zauberspiel aus Farbe, Licht und Schatten mit dreidimensionalen Scheineffekten.

Einige der Portraits trafen Lilli ins Herz. Rosalba Carrieras Schicksal hatte es nicht nur ihr, sondern auch Klemens angetan. Trotz mehrerer schmerzhafter Augenoperationen erblindete die Malerin im Laufe von fünf Jahren vollständig. Danach war sie im Alter von 76 Jahren »in völlige Verwirrung ihres Verstandes« gefallen – nach ihren eigenen Worten »in dunkelste, schwärzeste Nacht«. Im anschließenden menschenleeren Spinettraum war Lilli plötzlich so aufgeregt, dass sie den Eindruck hatte, das Musikinstrument in der Mitte des Saales durchdringe ein Meer aus Billionen von Wirklichkeitsatomen, die alle zusammen den Fußboden, die Tapeten und das Deckenfresko bildeten. Wie ein Einbaum steuerte das Spinett ohne sichtbare Bewegung auf die Ewigkeit zu.

Im nächsten Raum ein Schreibtisch, der aussah wie ein kunstvoll bemaltes Harmonium, und im übernächsten ein Sekretär, der in Wirklichkeit ein geheimnisvolles Triptychon mit Laden sein musste oder eine Kommode, die einem Altarbild glich.

Sie hatte sich verirrt, und in ihrer eigenen Verwirrung fand sie plötzlich eine Erklärung dafür, weshalb sie in die missliche Lage gekommen war. Ihr Verfolger musste ihr vor der Pensione Wildner aufgelauert haben und war ihr bis zur Bar am Markusplatz gefolgt. Anschließend hatte er sie vor dem Caffè Florian beobachtet. Obwohl sie nicht die Absicht gehabt hatte, ihn vor

dem Ca'Rezzonico zu treffen, war sie zur angekündigten Zeit dort erschienen, weil sie inzwischen den Mann
gesehen hatte, den sie für Klemens hielt und ihn nicht
aus den Augen verlieren wollte. Sie hatte ihrem Verfolger zwar ein Bein gestellt und verhindert, dass er mit
ihr und Riccardo dasselbe Vaporetto hatte nehmen können, jedoch war der Mann zum angegebenen Zeitpunkt
im Ca'Rezzonico erschienen, in der Hoffnung, sie dort
zu treffen …

Als sie den Saal mit den Bildern Longhis erreichte,
erblickte sie Riccardo vor der Darstellung des Rhinozeros ohne Horn. Homare hatte sich zurückgezogen, und
da Riccardo offenbar nicht mit Sicherheit wusste, wer
sie war, nickte Lilli ihm, als er sich suchend umschaute,
zu, worauf er sie begrüßte und verlegen fragte, ob sie
Italienisch spreche.

Er tat sich, wie Lilli bemerkte, mit der englischen
Sprache schwer. Nachdem er ihr gesagt hatte, dass er
der Zwillingsbruder von Klemens, und sie ihm, dass
sie dessen Witwe sei, umarmte er sie. Hierauf zeigte er
ihr seinen Ausweis, aus dem hervorging, dass er Polizist war. Sie nickte erleichtert. Dann winkte er in den
Nebenraum, und Homare kam auf sie zu. Homare sei
ihr ja schon im Caffè Florian begegnet und habe ihm
vorhin davon erzählt, bemerkte Riccardo. Er nahm sein
Smartphone heraus und wählte eine Nummer. Bevor er
noch sprechen konnte, betraten die Kinder der Schulklasse den Saal. Andächtig nahmen sie vor Longhis
Bildern Aufstellung, und die jüngere Lehrerin fing an,
einen Vortrag zu halten.

Klemens' Zwillingsbruder hatte gerade das kurze
Telefonat beendet. Er berührte ihren Arm und führte

sie in den nächsten Raum, doch bevor sie noch miteinander sprechen konnten, entdeckte Lilli wieder den
Mann, der ihr über den Markusplatz und dann bis zum
Vaporetto und das Ca'Rezzonico gefolgt war. Im nächsten Augenblick entstand eine Auseinandersetzung,
bei der Riccardo zuschlug und der Verfolger zu Boden
stürzte. Aus dem Nebensaal war noch der Vortrag der
Lehrerin über Longhi zu hören und dann das Lachen
der Kinder, das Lilli jetzt grotesk vorkam.

Im nächsten Augenblick verhaftete Klemens' Zwillingsbruder den Mann, der sich gerade vom Boden erhob, und legte ihm Handschellen an, während Homare nervös Lilli zuwinkte, mit ihr zu kommen.

Hastig verließ Lilli mit ihr den Saal und das Museum.

»Das war schlimm«, keuchte Lilli, und Homare nickte.

Sie blieben stehen und warteten, bis sie sich etwas beruhigt hatten. Im Vaporetto rätselten sie dann darüber, was vorgefallen war. Auch Homare war, wie sie selber sagte, »aus allen Wolken gefallen«.

Sie hatte den Selfiestick und den Hut im Museum vergessen.

Das Ca'Rezzonico habe sie schon vor längerer Zeit zu einem Vortrag über japanische Kunst eingeladen, erzählte Homare später, und sie habe dort Riccardo, Klemens' Zwillingsbruder, kennengelernt. Riccardo wiederum habe ihr Klemens vorgestellt, der ihr von seinen Buchplänen erzählt und sie gebeten habe, ihm die Gegenstände im Museo d'Arte Orientale zu erklären ... Sie habe nämlich in Tokio an einem Studienprojekt über das Museum gearbeitet und halte sich auch deswegen länger in Venedig auf.

Lilli misstraute ihr trotz ihrer Erklärung, aber sie führte das auf die Schönheit der Japanerin zurück.

Riccardo und Klemens unterschieden sich nur in Details voneinander. Riccardo hatte beispielsweise auf dem rechten Handrücken Pigmentfehler und eine verblasste kleine Narbe. Das war Homare als Erstes aufgefallen.

Währenddessen rief Riccardo Homare an, dass Lilli nicht mehr in die Pensione Wildner zurückkehren

dürfe. Ihr Gepäck würde an ihre neue Adresse zugestellt werden.

»Und wo soll das sein?«, fragte Lilli beunruhigt.

Homare legte den gestreckten Zeigefinger auf ihre
Lippen und blickte auffällig zuerst nach links und dann
nach rechts. Dann schwiegen sie.

Weiter schweigend stiegen sie aus dem Vaporetto
und machten sich auf den Weg, wie Lilli begriff, zum
Möbelgeschäft. Sie dachte jetzt kurz an Nicole und den
toten Guido Alberti.

»Ist Lisa Alberti darauf vorbereitet, dass ich komme?«

»Ja … ihre Tochter, sagte Riccardo, wartet schon auf
Ihren Besuch«, antwortete Homare.

Als sie das Möbelgeschäft erreichten, verabschiedete
sich Homare plötzlich. Riccardo habe sie nur gebeten,
seine Schwägerin hierher zu begleiten … Lilli war für
einen Augenblick irritiert.

Dann suchte sie eine Türglocke und läutete. Eine
alte Frau, die sich auf ihren Stock stützte, lächelte
freundlich, gab Lilli den Schlüssel zum Geschäft und
versuchte, ihr heftig gestikulierend etwas zu erklären.
Dabei deutete sie immer wieder auf das Möbelgeschäft.
Lilli glaubte so viel zu verstehen, dass Nicole krank geworden und von ihrer Mutter zu einem Arzt gebracht
worden sei.

Schon als sie die Neonröhren eingeschaltet hatte, sah
sie Staubplankton im Zimmer schweben. Sie versperrte
hinter sich die Tür, fand das versteckte Bett, in dem
Klemens geschlafen hatte – es war sogar frisch überzogen –, schaltete das Deckenlicht aus und die Stehlampe
ein und legte sich nieder.

Die beiden Hefte über Klemens' Kindheit und Jugend befanden sich noch im Gepäck, das in ihrem Zimmer in der Pensione Wildner abgestellt war, also konnte sie jetzt nicht lesen, was er aufgeschrieben hatte. Sie hatte nur den Satz in Erinnerung: »Das Erste, was ich über meinen Vater erfuhr, war der Umstand, dass ihm der Papst die Füße gewaschen hat.« Und weiter die Begründung: dass dieser Umstand eingetreten sei, weil einer der für das Ritual ausgewählten Strafgefangenen kurzfristig erkrankt war und sein Vater als junger Polizeibeamter an dessen Stelle hatte treten dürfen.

Natürlich dachte Lilli dabei an Francesco Galli und wie er es wohl empfunden haben musste, diesen Akt zu erleben … Dann fiel ihr wieder ein, dass sie – als sie das erste Mal im Möbelgeschäft war – Klemens' Koffer gesehen hatte. Das war, wenn sie sich richtig erinnerte, im kleinen Raum neben dem Schlafzimmer gewesen … Sie stand auf und öffnete die unversperrte Tür. Die Regale standen immer noch an ihrem Platz, waren aber jetzt leer, und auch Klemens' Koffer fehlte. Daraufhin öffnete sie die letzte, die Badtür, dort standen der Koffer und ein großer Nylonsack, in dem sich Hemden und Wäsche befanden, die Klemens gehört hatten. Sie waren lieblos hineingestopft worden. Lilli ließ den Nylonsack stehen und zog das ungeöffnete Gepäckstück hinter sich her. Sie war so bewegt, dass sie zuerst auf der Bettkante Platz nahm, bevor sie es öffnete. Obenauf lag ein weiteres, ihr unbekanntes Heft, sie schlug es auf, und sogleich sah sie die »gewohnte« Spiegelschrift, in der Klemens seine Comics verfasst hatte. Es waren Skizzen, die er im Museo d'Arte Orientale gemacht hatte. Das Buch begann mit der Überschrift »Erster Teil«. Und ein Bild zeigte einen Samurai, der Seppuku, wie der rituelle Selbstmord in Japan genannt wird, beging, das heißt, den Augenblick, in dem ihm ein Vertrauter, nach der rituellen Anweisung, den Kopf von hinten abschlug. Erst dann begann die Geschichte.

Die Zeichnungen versetzten sie in Aufregung, bald aber bemerkte sie, dass der Text in den Sprechblasen oder am unteren Bildrand oft nur in Schlagworten festgehalten war oder überhaupt fehlte. Ganze Passagen blieben ihr deshalb unverständlich. Auch hörte das Manuskript mitten im Geschehen auf. Die letzten Zeichnungen zeigten wieder die erste Szene mit demselben Samurai, der Seppuku begangen hatte, noch einmal. Darunter war »Zweiter Teil« zu lesen. Sie wiederholte die Lektüre und verstand so viel, dass der Samurai, der Seppuku begangen hatte, einen Zwillingsbruder gehabt haben musste, der offenbar im zweiten Teil die Geschehnisse des ersten Teils aufklären sollte. Die Zwillingsbrüder hatten einander erst im Laufe der Geschehnisse kennengelernt und beide vorher nichts voneinander gewusst. Ihre Verwirrung war auch ohne Worte aus ihren Gesichtern ablesbar. Offensichtlich ging es darum, dass beide demselben Shogun dienten, welcher seine Armee und sein Volk voller Güte behandelte, aber rätselhafterweise seinen Mitarbeitern auftrug, Morde zu begehen. Niemand durfte des Herrschers Gesicht sehen, niemals zeigte er sich, außer seinen engsten Mitarbeitern, die er mit Geschenken überhäufte. Diese besprachen mit ihm alles, und er war über jedes Detail informiert, aber gab nur selten Anweisungen. Wenn er nickte, war er mit den Vorschlägen seiner Vertrauten einverstanden, wenn er regungslos sitzen blieb, überließ er ihnen die Entscheidungen. Er war mitunter auch längere Zeit abwesend, wenn er gegen sich selbst Schach spielte. Seine Kleidung war mit Tiermustern bedeckt: mit Bienen, Paradiesvögeln, auch mit Füchsen und sogar mit Drachen und Schlangen. Soweit Lilli begriff, handelte er ganz anders, als es über psychologische Kenntnisse verstanden werden konnte. Seine Reaktionen blieben insgesamt rätselhaft. Am Ende der Geschichte verschwanden alle seine Mitarbeiter, sie begingen Seppuku oder lösten sich in nichts auf.

Lilli hatte vom ersten Augenblick an bemerkt, dass der Mann ohne Gesicht Ähnlichkeiten mit Egon Blanc aufwies – das heißt mit dessen Eigenschaften, die sie aus diversen Andeutungen über ihn kannte … Auch die Zwillingsgeschichte passte dazu …

Es war für Lilli der Beweis, dass Klemens alles, was ihm in Venedig widerfahren war, künstlerisch verarbeitet hatte.

Die sechs Polizistenmorde mussten also aus dem Umfeld von Egon Blanc stammen. Aber sie hatte auch vieles vom Gezeichneten und Geschriebenen nicht verstanden. Es war nur ein Entwurf, den sie in Händen hielt, aber sie begriff jetzt, weshalb Klemens so häufig das Museo d'Arte Orientale aufgesucht und sich mit Homare getroffen hatte. Lilli nahm sich vor, niemandem etwas von ihrem Fund zu erzählen. Sie empfand jetzt große Neugier, das Museo d'Arte Orientale zu besuchen. Zuerst jedoch musste sie sich beruhigen, denn ihr Herz hatte angefangen, heftig zu schlagen. Erschöpft schlief sie ein.

14
Japanische Zwischenspiele

Unmittelbar nachdem Lilli erwacht war, brach sie auf, um das Museo d'Arte Orientale zu besuchen. Einerseits empfand sie durch das Heft mit der Samuraigeschichte Neugier, andererseits hielt sie es »in der Auslage des Möbelgeschäfts«, wie sie ihre Unterkunft nannte, nicht aus.

Auf der Straße blickte sie sich mehrfach um, ohne etwas Verdächtiges zu entdecken. Erst als ein Mann unmittelbar vor dem Ablegen des Wasserbusses an Bord sprang und sich suchend umsah, um dann auf der Plattform stehen zu bleiben und durch die Glasscheibe den Passagierraum zu mustern, schöpfte sie Verdacht. Sie konnte sich natürlich getäuscht haben, dachte sie, jedenfalls war sein Verhalten ungewöhnlich. Ihr fiel Homare ein und dass es besser gewesen wäre, sie vorher anzurufen, aber gleichzeitig wollte sie allein und unbewacht sein. Sie entschloss sich, den Mann unverhohlen anzusehen. Mit strengem Gesicht starrte sie jetzt zur Glasscheibe hin, aber der Verdächtigte warf nur einen kurzen Blick auf sie, um sich darauf rasch abzuwenden. Er stieg unterwegs jedoch nicht aus. Sie fuhren an der leeren Fischhalle vorbei, um die Möwen kreisten. Lilli dachte an die Akte der Polizistenmorden und die Halle erschien ihr jetzt als Maul des Leviathans, der alles verschlingen wollte. Die Säulen waren sein riesiges Gebiss, die orangefarbenen Leinenstoffe zwischen den Säulen seine Wangen, der Boden seine Zunge. Nur einige Obst- und Gemüsestände waren geöffnet. Schon erreichten sie die Rialtobrücke, zahlreiche Passagiere verließen den Wasserbus, nicht weniger strömten herein. In San Stae stieg Lilli wie vorgesehen aus. Sie stellte fest, dass auch der Mann das Vaporetto verlassen hatte und bereits von einem zweiten, der vor einem großen, metallenen Papierkorb stand, erwartet wurde.

Lilli entfaltete umständlich den Stadtplan und vertiefte sich in ihn, bis die beiden mit verschlossenen Gesichtern vorbeigingen. Sobald sie in den Gassen verschwunden waren, überquerte Lilli einen glatten, grünen Kanal. Zwei an einer Wand festgemachte Motorboote waren vollständig mit dunkelroten Planen abgedeckt.

Als Nächstes gelangte sie an eine Mauer mit großen, schwarzen Flecken: Punkte und Wellengebilde in Weiß waren darin schwach erkennbar. Es war, wie sich herausstellte, eine Wand des Museo d'Arte Orientale, der die Feuchtigkeit zugesetzt hatte.

Nur wenige Besucher waren zu sehen. Ein uniformierter Beamter führte sie auf ihren Wunsch mit dem Lift in den vierten Stock. Schon auf den ersten Blick begriff sie den Wahn des Sammlers: Ein Ding zog magnetisch das nächste an, eine Ähnlichkeit verästelte sich in die andere, ein Neues verlangte begehrlich Einlass und verzweigte sich sofort wieder in noch nie gesehenen Variationen. Die Sammlung stammte vom französischen Ethnologen Henri de Bourbon-Parma, las Lilli, der die japanische Kunst der Edo-Zeit auf seiner Weltreise zusammengetragen hatte … Ein Gemälde zeigte ihn auch als Samurai.

Die Rüstungen im ersten Raum sahen aus wie Panzer von Riesenkäfern, reichlich geschmückt mit Zangen und Fühlern, lebensgroße, gefährliche Aliens aus dem All mit vergifteten Stacheln. Bei diesem Gedanken drehte sich Lilli um, da sie das Gefühl hatte, beobachtet zu werden. Niemand war jedoch zu sehen. Sie ging einige Schritte zurück, blickte in einen Saal mit Gemälden des 20. Jahrhunderts, den sie schon einmal besucht hatte, aber sie traf auch dort auf keinen Menschen. Sie war in den riesigen höheren Stockwerken des Palazzo allein wie in einem ihrer Träume, bestätigte sie sich selbst. Als sie weiter die Rüstungen anstarrte, erinnerten sie diese an Kampfmaschinen, deren einziger Zweck es war, zu zerstören und zerstört zu werden, zu töten und selbst vernichtet zu werden. Sie bildete sich ein, sie könne die Polizistenmorde jetzt als Traumgebilde begreifen, ohne sie wirklich zu verstehen. Das Aussehen der Samurai-Rüstungen, ihre Helme mit den Gesichtsmasken, drückten Unbarmherzigkeit, Hass, Gewalt und Unerbittlichkeit aus. Als sie sich von dem Anblick löste und eine Treppe hinaufstieg, öffnete sich das »Reich der goldenen Sänfte«, das sie verzauberte und anregte. Sie fand in den Vitrinen und an den Wänden die erstaunlichsten Kunstwerke, die das Leben und die gesamte Welt darstellten: Sättel, auf denen goldfarbene Libellen ruhten, bemalte Teller, fremde Musikinstrumente, Kämme, Spiegel, Wandteppiche mit rätselhaften Darstellungen und Mustern, Schalen, Büsten, Möbel … Auf einer großen, schwarzlackierten Stellwand waren Jäger auf weißen Pferden dargestellt,

Tiere, vor allem Hasen, flohen gerade vor ihnen, auch
ein Fuchs schloss sich ihnen an. Ein Reiter mit einem
Hund im Schoß setzte ihnen nach. Dann entdeckte Lilli
den toten Hirsch auf dem Boden, daneben stand ein Jäger mit Pfeil und Bogen.

Himmel und Hölle wechselten einander ab. In einer
Vitrine zwei böse dreinblickende Samurais oder Sho-
gune und zwei drollig-dicke Katzen: ihr Kopf weiß und
mit »menschlichen« Augen und Schmollmund. Die
mit einem Muster bemalten Tierkörper waren gold-
farben, ebenso wie die geringelten Schwänze. Andere
winzige Figürchen erregten ihre Aufmerksamkeit: Ein
Affe kroch gerade aus einer Walnuss, eine winzige
Elfenbeinfigur ritt auf einer noch winzigeren Kuh. Es
folgte schließlich der kleine Saal mit dem Theater für
bemalte Puppen. Dämonen aus Pappe waren auf der

»Kasperl-Bühne« ausgestellt. Sogar am Fußboden entdeckte Lilli diesmal zwei Buddha-Figuren in Gestalt edler Prinzen.

Lilli schlenderte, nachdem sie durch alle Ausstellungsräume gestreift war, einfach herum und überließ es dem Zufall und der Neugier, wo sie etwas betrachtete. Ihr war klar, dass es sich nicht nur um eine Sammlung von japanischen Waffen und Rüstungen handelte, sondern – und vor allem – um eine Sammlung von kunstvoll gestalteten Lebensmomenten.

Vor dem Ausgang bot ihr wieder der grauhaarige Beamte an, sie mit dem Lift hinunterzubegleiten, und sie fragte den freundlichen Alten, ob es im Gebäude ein Café gebe. Lilli vergewisserte sich, dass ihr niemand folgte, bedankte sich und nahm im Lokal vor der Glaswand Platz, durch die sie das Geschehen auf dem Canal Grande beobachten konnte. Sie bestellte eine kleine Flasche Mineralwasser und Tramezzini und spürte, während sie allein in dem Café saß, wie müde sie war. Auch wurde ihr schwindlig wie schon vor dem Guggenheim-Museum.

Draußen hatten sich schwere Regenwolken über den Palazzi gebildet. Fast im selben Augenblick erhellte ein Blitz den Canal Grande und die Gebäude, und Regen prasselte herunter. Zuerst wurde der Kanal von der Unzahl an Tropfen mit einem Muster aus Punkten übersät, dann entstanden winzige Kreise und Wellen, die die Oberfläche durcheinanderwirbelten und Lilli den Eindruck vermittelten, der Canal Grande koche. Der Donner verursachte in der großen Halle einen Lärm, als sei ein benachbartes Gebäude eingestürzt, und ihr fiel auf, dass sie das Geschehen beobachtete, als säße sie allein in einem Kinosaal. Alle Gondeln waren schon beim ersten Blitz verschwunden, und eines der Vaporetti mühte sich durch das unruhige Gewässer hinauf zur Stazione San Stae. Ein anderes fuhr jetzt fast gleichzeitig von der Stazione San Stae in die Gegenrichtung. Dann geschah länger nichts. Das Gewitter verzog sich so rasch, wie es gekommen war. Das Wasser und die Luft beruhigten sich, und die Vaporetti bewegten sich wieder mühelos im Canal Grande. Auch die Wolken hingen nicht mehr bedrohlich tief über den Palazzi, doch regnete es weiter, weshalb die Gondeln dort blieben, wo sie gerade waren. Lilli dachte daran, wie unangenehm es sein musste, bei Blitz und Regen in einer Gondel zu sitzen und warten zu müssen, bis man an einem Kai aussteigen durfte. Das Unwetter ging allmählich in einen Dauerregen über. Lilli hatte schon ein zweites Glas Wein getrunken und ein drittes bestellt, als plötzlich ein wundervolles Klavierspiel hinter der Glaswand des Cafés erklang. Sie bezahlte, ging mit dem gefüllten Weinglas hinaus in die Vorhalle, die jetzt den Eindruck eines Domes machte, und setzte sich auf die Seitenbank. Eine Dame mit rötlichem, lockigem Haar, eine hellbeige Jacke über die Schulter gehängt, ein Halstuch aus Seide um den Hals geschlungen, saß vor einem Bösendorfer-Flügel und improvisierte ein scheinbar endloses Stück. Ein halbes Dutzend Besucher verfolgte das Ereignis. Es klang in der großen Halle mit ihrem vielfältigen Echo wie ein komponierter Zauberspruch, und als Lilli viel später aufschaute, sah sie, dass nur noch der alte Mann vor dem Lift stand und zuhörte. Sie trank das Glas Wein aus und ließ ihre Gedanken weiter frei durch den Kopf strömen. Alle Erlebnisse in Venedig liefen vor ihrem inneren Auge ab, bis ihr plötzlich einfiel, dass sie die Insel Lazzaretto Vecchio, auf der Klemens nach seinen eigenen Aufzeichnungen dreimal gewesen sein musste, gänzlich vergessen hatte. Sie ließ sich trotzdem weiter von der Musik anregen, bis sie einschlief. In Wirklichkeit verlor sie das Bewusstsein.

15
Das Ende eines Märchens

Lilli starrte aus dem Fenster auf das schwarze Wasser, grübelte angestrengt und wäre dabei fast wieder eingeschlafen, aber die Station San Marco war ein Platz, an dem bei jedem Wetter Passagiere ein- und ausstiegen, und so wurde sie aus ihrem Dahindämmern gerissen und lief hinaus in die Dunkelheit und den Regen. Gerade als sie das Gassenwirrwarr vor dem Möbelgeschäft erreicht hatte, fiel ihr auf, dass jemand vor der hell erleuchteten Auslage neben dem Eingang wartete. Er hatte einen Koffer und eine Reisetasche vor sich stehen, die von weitem aussahen wie ihre eigenen. Während sie sich vorsichtig näherte, erkannte sie Aldrian, der jetzt auch sie erblickte und grüßend seine Hand hob.

Er schleppte das Gepäck in das kleine Zimmer und erklärte ihr, dass die Polizei sie suche. Zwei Beamte hätten den Auftrag gehabt, sie zu überwachen, aber sie hätten Lilli, nachdem sie an der Stazione San Stae ausgestiegen sei, aus den Augen verloren. Jetzt wusste Lilli, um welche Männer es sich handelte.

»Soeben habe ich von Riccardo die Nachricht erhalten«, fuhr Aldrian fort, »dass Egon Blanc mit einem Hubschrauber zu den Höhlenkirchen nach Kappadokien in der Türkei geflogen wurde. Da niemand voraussehen kann, was sich heute Nacht ereignet, hat er mich ersucht, Sie in Sicherheit zu bringen.«

Rasch verließen sie die Auslage des Möbelgeschäfts. Der Himmel, der noch immer von den Regenwolken verdunkelt war, flackerte jetzt abwechselnd schwefelgelb auf und hüllte sich dann wieder in Schwärze.

»Wohin?«, rief Lilli.

Aldrian deutete auf die Lagune und fing an zu laufen. Bald geriet sie in Atemnot, doch Aldrian hielt erst an, als sie die Stazione Vallaresso erreichten, wo ein Motorboot für sie bereitgestellt war.

Im Augenblick würde Hainer verhaftet, stieß Aldrian hervor, während sie einstiegen. Er sei ein jüngerer Halbbruder von Signor Blanc und wolle die Nachfolge an sich reißen.

»Hainer hatte vor, Riccardo, den Zwillingsbruder von Klemens, von der Brücke stoßen zu lassen, weil dieser gegen ihn ermittelte und ihm auf der Spur war. Sein Auftragsmörder hat Riccardo aber mit Klemens verwechselt. Wir wissen nicht, weshalb Klemens sich auf der Brücke aufhielt. Er muss wohl herausbekommen haben, dass sein Zwillingsbruder dort Hainer treffen wollte.«

Im selben Moment brach Aldrian mit ihr an Bord auf.

»Zuerst fahren wir in Richtung Lido und Malamocco«, sagte Aldrian. Davor liegt die Insel Lazzaretto Vecchio, eine alte Festung. Dort halten wir uns die Nacht über auf, bis ich die Mitteilung bekomme, dass der Polizeieinsatz beendet ist. Die Venezianer nennen die Insel ›Isola del dolore‹, ›Insel des Schmerzes‹, weil sie der Unterbringung von sterbenden Pestkranken diente. Die Todesschreie seien damals noch auf dem Lido zu hören gewesen, der nur fünfzig Meter entfernt ist. Jetzt sind in einem der Lazarettgebäude herrenlose Hunde untergebracht.«

Das hatte ihr bereits Klemens in einem Brief geschrieben, erinnerte sich Lilli.

Sie erreichten die Anlegestelle, Aldrian besaß einen Schlüssel für das Tor in der mächtigen Mauer und setzte sich eine Stirnlampe auf. Dann gingen sie auf einem Pfad an gelben Schildern mit der Aufschrift »Pericolo!«, »Gefahr!«, vorbei. Seit sie die Insel betreten hatten, hörten sie Hundegebell.

Aldrian führte sie durch die Dunkelheit, die nur von seiner Kopflampe erhellt wurde, in eine hohe und leere Halle. Das Bellen der gefangenen, herrenlosen Hunde klang von hier aus gedämpft, also mussten diese in einem anderen Teil der Anlage eingesperrt sein. In der riesigen Halle lag ein abgestelltes weißen Segelboot mit einem Stapel Wolldecken darin. Ein Klappsessel vor zwei weiteren Segelbooten ohne Masten war die gesamte Möblierung.

Aldrian schaltete die Stirnlampe ab.

»Versuchen Sie zu schlafen«, sagte er ruhig und wies auf das Boot.

In der Stille hörte Lilli weiter das leise Gebell der Hunde. Sie schloss die Augen und stellte sich vor, mit dem Segelboot in die Nacht aufzubrechen.

Als sie die Augen wieder aufschlug, hörte sie als Erstes das Gekläff der Hunde, sie wimmerten, sie waren außer sich. »Bellen sie immer noch?«, fragte sich Lilli, »oder schon wieder?«

Es war dunkel … »Ein Viehstall«, dachte sie.

Aufmerksam lauschte sie weiter dem Hundegebell. Sie empfand keine Angst in ihrem Boot. In welchem

Lazarettgebäude hielten sich die herrenlosen Hunde auf, fragte sie sich. Waren sie in Käfige gesperrt? Was hatte man mit ihnen vor, wenn niemand sie abholte? Wie konnte man überhaupt auf die Insel gelangen, um sie zu sehen? Und wie viele Hunde waren es?

Trotz der Anstrengungen, trotz der Nervenanspannung fühlte sie sich nicht mehr müde. Vielleicht floh sie auch nur in den Schlaf. Sie legte sich zurück auf die Decken und schloss wieder die Augen.

Als sie das nächste Mal erwachte, saß Aldrian auf dem Stuhl und übte Handgriffe für ein Zauberkunststück. Er ließ Spielkarten im dämmrigen Licht verschwinden und sogar schweben. Sie konnte es ganz genau sehen, die Spielkarten flogen wie segelnde Schwalben von einer Hand in die andere. Er öffnete beide Hände, und sie waren leer wie die Halle. Dann stand er auf, um am anderen Ende des Raumes eine Zigarette zu rauchen. Währenddessen bemerkte sie, dass es regnete. Die Regentropfen, hatte sie den Eindruck, waren Nadeln, die prasselnd auf ein Blechdach einstachen, als würden sie von alten Nähmaschinen in Auf- und Abbewegungen angetrieben. Aldrian fing plötzlich an, Frösche aus seinen Hosentaschen zu zaubern, und sie wusste, dass sie noch träumte. Jetzt erst öffnete sie ihre Augen.

Aldrian schlief auf dem Stuhl, die Hunde bellten weniger und leiser. Eine Zeitlang schlief auch sie wieder, ohne zu träumen, doch in ihrem Kopf bellten die Hunde weiter, und wenn sie verstummten, prasselten die Regentropfen wieder wie Nähnadeln auf das Blechdach oder gegen die Fenster, bis die Hunde neuerlich zu bellen begannen.

Es war halb sechs am Morgen, als Aldrian sie sanft wach rüttelte und aufforderte, mit ihm in die Stadt, nach Venedig, zurückzufahren.

Sie erhob sich mühsam im Segelboot, dabei stellte sie fest, dass die Hunde nicht mehr bellten. Hatte man sie in der Nacht abgeholt und irgendwohin gebracht? Oder eingeschläfert?

Aldrian hatte wieder die Stirnlampe aufgesetzt und ging ihr voraus zwischen den gelben »Pericolo!«-Tafeln auf das Mauertor zu, das er öffnete und hinter ihr wieder versperrte.

16
Lilli

Nachdem Lilli im Krankenhaus aus ihrer Ohnmacht erwacht und mit einer Infusion behandelt worden war, hatte sie am nächsten Morgen die Einladung von Caecilia Lanz angenommen. Sie lebte seit zwei Wochen in einem Gästezimmer, von dem aus sie auf der Insel La Giudecca den Rio del Ponte Lungo sehen konnte. In dieser Zeit hatte sie schon, wie immer, wenn sie in Venedig war, auch die Accademia, das Museum für venezianische Kunst, besucht und sich mit einem mehrfach klappbaren Flügelaltar von Paolo Veneziano beschäftigt, der sie vor allem durch die Ikonen- und Märchenhaftigkeit der Farbgebung ansprach.

Sie war im Museum von Bild zu Bild gegangen, als ob sie Stationen ihrer eigenen Kindheit betrachtete. Fast an jedes Gemälde in der großen Ausstellung hatte sie Erinnerungen. Manche von ihnen hatten sie mehr angeregt, manche weniger. Doch sie hatte jedes Mal neugierig darauf gewartet, ob sich ihre Beziehung zu ihnen geändert hätte.

Lilli hatte schon in einem Ambulanzraum des Krankenhauses über einen Fernsehapparat Bruchstücke vom Aufstand des Halbbruders Egon Blancs mitbekommen, die sich mit ihren Träumen vermischt hatten. Tagelang waren die Titelseiten der Zeitungen voll mit Fotografien und Beschreibungen gewesen.

Riccardo hatte Lilli im Haus des Ehepaars Lanz aufgesucht und ihr jede Einzelheit über die Auseinandersetzung der privaten Sicherheitsgarde von Jeremias Hainer mit der Polizei erzählt. Hainers Leute hätten versucht, sagte er, das Arsenal zu stürmen, das mit fünf Meter hohen Mauern umgeben sei. Doch dort waren sie von der Polizei und dem Militär in der Dunkelheit erwartet und noch während der Auseinandersetzung festgenommen worden. Riccardo hatte dabei einen Streifschuss am rechten Oberarm erlitten. Der Mörder, der Klemens auf der Steinbrücke vor dem Bahnhof zu Fall gebracht und die Tat gestanden hatte, saß zusammen mit einem zweiten in Mestre im Arrest – es war angeblich der Bursche, der Lilli ins Wasser gestoßen hatte, doch konnte sie ihn auf einer Fotografie nicht wiedererkennnen. Auch alle übrigen der Bande, die den Schusswechsel überstanden hatten, hatte man ins Gefängnis gebracht. Insgesamt hatte es fünf Tote und eine größere Anzahl von Verletzten gegeben.

Riccardo ähnelte Klemens nicht nur im Aussehen, sondern auch im Verhalten und in seinen Interessen auf manchmal geradezu komische Weise. Nur war er praktischer als Lillis verstorbener Mann. Zeichnen konnte er nicht besonders gut, doch beim Erzählen und im Nachvollziehen oder Voraussehen von Ereignissen glich er ihm bis ins Kleinste. Lilli erfuhr von ihm, dass er, bevor er Klemens zum ersten Mal gesehen hatte, nie etwas von ihm gehört habe. Sie seien im Caffè Florian gesessen, jeder an einem eigenen Tisch, beide allein. Riccardo war schließlich aufgestanden und hatte sich vorgestellt, und Klemens habe ihm erstaunt und freundlich die Hand geschüttelt. Sie waren bis nach Mitternacht zusammengesessen, und auf diese Weise hatte Klemens erfahren, dass sie Zwillingsbrüder waren. Nach einem ersten Schrecken hatten sie sofort Sympathie füreinander empfunden. Er, Riccardo, hatte ihm erzählt, dass er in den letzten zwanzig Jahren einen engen Kontakt mit ihrem gemeinsamen Vater gehabt habe. Dieser sei wegen des Übersetzers Lanz, der in Morde verwickelt, aber im menschlichen Sinn unschuldig gewesen sei, von Signor Blanc verfolgt worden.

17
Klemens' Kindheit

Als Lilli die Augen aufschlug, sah sie im Halbschlaf noch die erste Seite von Klemens' Heften vor sich. Die Eltern der Zwillinge, fiel ihr ein, hätten sich in Jesolo kennengelernt. Nach einigen Liebesnächten habe sich Francesco jedoch davongemacht. Er habe ihr eine falsche Adresse in Padua gegeben und die Beziehung durch hartnäckiges Schweigen beendet. Von den unehelichen Zwillingen habe Francesco gewusst, er und Maria hätten aber darüber geschwiegen, sie, weil es für ihre Familie eine Schande gewesen sei, er, da er nichts damit zu tun haben wollte. Nie habe Francesco auch nur »einen Groschen«, wie sie sagte, für Klemens bezahlt. Einen Tag vor dem Weihnachtsabend seien anfangs englischsprachige Walt-Disney-Hefte per Post aus Italien ohne Absender oder Begleitschreiben und, wie sich herausstellte, anonym von Maria weitergeleitet, als Pakete angekommen: Das hatte Lilli erst aus Klemens' Heften erfahren. Auch Tom-&-Jerry-Comics und ein Pinocchio-Buch auf Italienisch, mit den Illustrationen von Carlo Chiostri, seien dabei gewesen. Dann kam die erste Walt-Disney-VHS-Kassette auf Italienisch und mit englischen Untertiteln – »Alice im Wunderland« – und im Laufe der Zeit »Peter Pan«, »Schneewittchen und die sieben Zwerge«, »Das Dschungelbuch«, »Dumbo« sowie »Pinocchio«. Klemens habe sich die VHS-Kassetten, obwohl er die Sprachen nicht verstanden habe, immer wieder angesehen. In der Mittelschule dann habe er über denselben Weg »Batman«, »Tarzan« und »Superman« kennengelernt. Mit elf Jahren habe er bereits verschiedene Comicfiguren nachgezeichnet und schließlich eigene erfunden, die zumeist seinen Schulkollegen und Lehrern ähnlich sahen.

Sein Adoptivvater Hans Schneider war Tierpräparator im Joanneum gewesen, wo er mit seinen ausgestopften Säugetieren und Vögeln sowie den präparierten Schmetterlingen Klemens immer wieder zu neuen, harmlosen Tiergeschichten und Zeichnungen angeregt hatte. Bei seinem Adoptivvater lernte er auch, obwohl ihn davor ekelte, das Präparieren von Insekten.

Die Adoptivmutter war religiös gewesen, hatte Geige spielen gelernt und in ihrer Freizeit vor allem die Musik von Johann Sebastian Bach gehört. Mit 22 Jahren hatte sie erst mit dem Orgelspiel begonnen und fünf Jahre später als Organistin den Sonntagsgottesdienst begleitet.

Die Adoptiveltern waren mit Franz Hofstätter – einem Jäger und »Gendarmen«, wie man die Polizisten am Land bezeichnete – befreundet gewesen. Dieser hatte das Geweih des erlegten Wildes von Klemens' Adoptivvater präparieren lassen. Oft war Klemens als Kind mit dem Gendarmen zusammengetroffen, der gerne verächtlich über das »Gesindel« – Einbrecher, Mörder, Kinderschänder und Diebe – sprach. Eher belustigt habe Hofstätter ihm hingegen von einem Heiratsschwindler erzählt. Wenn er mit Klemens von einem Waldspaziergang oder einen Ausflug zurückgekommen sei und seine Frau ihn mit einem Fruchtsaft auf der Veranda bewirtete, habe er ausnahmslos von überführten Tätern gesprochen. Die Rückwand der Veranda war, erinnerte sich Klemens, mit Trophäen bedeckt gewesen: Auerhahn und Eule, Specht, Eichelhäher und Elster, vor allem aber mit Gans- und Rehkrickerln.

Von frühester Kindheit an musste Klemens am Sonntag seine Mutter in die Kirche begleiten und ab der dritten Klasse Volksschule als Ministrant dem vergesslichen Pfarrer bei der Messe dienen. Bald kannte Klemens die Rituale bei Hochzeiten, Begräbnissen, Taufen und Weihen so gut, dass er den Pfarrer, sofern er etwas verwechselte, leise oder halblaut korrigieren konnte. Das ging mit der Zunahme von dessen Vergesslichkeit nicht immer ohne verhaltenes Gelächter der Umstehenden ab.

Allmählich fiel Klemens auf, dass das schöne Orgelspiel seiner Mutter, die Lieder, die Gebete der Menschen in der Kirche im Gegensatz zu ihrem Verhalten im Alltag und ihrem gesamten Leben standen. Irgendwie waren ihm die Erwachsenen unheimlich. Selbst die Bibel seiner Adoptivmutter auf dem Nachtkästchen neben ihrem Bett war voller Gewalt- und Schreckensberichte. Gottes Sohn, der selbst Gott war, war von den Menschen umgebracht worden, wie sollte er ihnen noch trauen? In der ausnehmend großen Kirche hing sogar Jesus aus Holz an einem Kreuz. Dazu kamen die toten Tiere in der Werkstatt des Vaters und die Erzählungen des Gendarmen. Klemens litt unter »schlechten Träumen«. Woher kamen diese, hatte er sich damals gefragt. Selbst die Erwachsenen hatten immer wieder über Albträume geklagt. Wenn seine Adoptivmutter etwas Schlimmes gehört hatte, hatte sie sich aus Gewohnheit jedes Mal bekreuzigt. Doch hing er an ihr.

Eines Tages entdeckte er, dass er Menschen »aus dem Kopf zeichnen« konnte, vor allem, indem er das Auffälligste an ihnen hervorhob. Während er nur ein durchschnittlicher Schüler gewesen war, wurden seine »Karikaturen«, wie seine Mutter die Zeichnungen nannte, bewundert. Andererseits waren die Aufsätze, die er für die Schule schrieb, immer schon äußerst seltsam gewesen: phantasievoll, lakonisch und in allem, wie es der Lehrer nannte, »überspitzt«. Auf dem Gymnasium dann wurde er von seinen Deutschprofessoren abwechselnd gelobt oder verdammt, je nachdem, welche Vorstellungen diese mit »Kindheit« und »Einfällen« verbanden.

Am meisten bedrückten Lilli die Zeichnungen, die tiefe Verstörung ausdrückten. Seine sexuellen Phantasien und seine Rachegedanken ließen sie überdies erschauern, ebenso wie seine Selbstmordgedanken. Sie war erleichtert, als sie die beiden Hefte über die Kindheit von Klemens, die Alberti ihr geschickt hatte, zu Ende gelesen hatte.

18
Die Rückkehr von Signor Blanc
und die Heimfahrt Lillis

Anfangs fand sie keinen Schlaf nach der Lektüre von Klemens' Aufzeichnungen, doch beim Erwachen drängte es sie, weiterzulesen. Daher empfand sie es als Hilfe und Unterstützung, wenn Riccardo sie besuchte und ihr beim Erzählen zuhörte. Riccardo war geschieden und hatte keine Kinder. Er erzählte Lilli von seinem Leben als Undercover-Polizist und seinem Wunsch, den Beruf zu wechseln. Sie trafen sich schon bald regelmäßig am späten Nachmittag vor der Osteria Zemai hinter der Rialtobrücke, die Aldrian ihr empfohlen hatte. Manchmal stießen Aldrian und Beatrice zu ihnen, zumeist aber waren sie allein. Als Lilli Klemens' Aufzeichnungen zu Ende gelesen hatte, verspürte sie den Wunsch, sein Grab in Wien zu besuchen. Auf ihrem Smartphone hatte sie eine endlos lange Liste von ungelesenen SMS und Mailboxnummern gefunden. Aber sie rief niemanden an. Nur ihren Schwestern hatte sie zweimal eine SMS geschrieben, einmal, dass der Mörder von Klemens festgenommen worden sei, und das andere Mal, dass sie noch einen Monat in Venedig bleiben müsse. Davon verständigte sie auch das Kunsthistorische Museum in Wien.

Zur Überraschung aller kündigte Signor Blanc seine Rückkehr an. Er war entgegen Riccardos Auskunft nicht zu den Höhlenkirchen in die Türkei geflogen, sondern in das rumänische Burgkloster Sucevița, dessen Kirchenfassade mit phantastischen Fresken geschmückt ist. Durch den Drang, möglichst viele Geschichten darzustellen, sei es dort allerdings zu einer »Zerstückelung« in einzelne Bilder gekommen, so dass die »Entzifferung« aller Erzählungen und Details schwierig sei, erfuhr sie von Caecilia. Signor Blanc liebte das Burgkloster angeblich aber gerade deswegen.

Vor seiner Rückkehr hatte Blanc, wie auch die Zeitungen schrieben, allen Familien der Ermordeten jeweils einen großen Geldbetrag überwiesen – und Francesco Galli, der von der Polizei rehabilitiert und nachträglich in den Rang eines Offiziers erhoben worden war, denselben Betrag. Riccardo wurde zugleich befördert und bekam ebenfalls 100 000 Euro für die führende Rolle, die er bei der Operation gespielt hatte. Außerdem wurde ihm ein Orden verliehen. Ohne dass es Lilli erwartet hätte, wurde ihr derselbe Betrag in Form eines Schecks mit einer Entschuldigung übermittelt. Alle übrigen Geschädigten erhielten Geldzuwendungen und die Polizei die Kosten für ihren Einsatz rückerstattet. Auch wohltätige Institutionen hatten zu ihrer Überraschung beträchtliche Spenden erhalten.

Es dauerte nur einige Tage, bis Signor Blanc bei den Bewohnern der Stadt und der Insel wieder großes Ansehen genoss, obwohl er Mitwisser der Ereignisse gewesen war.

Für das nächste Wochenende war auf dem Markusplatz und in den umliegenden Caffès eine Wohltätigkeitsveranstaltung für die Hinterbliebenen der Opfer und abermals für Kinder mit Down-Syndrom angekündigt. Plakate wiesen ferner darauf hin, dass Aldrian mitten auf dem Platz seine Zaubertricks zeigen und alle Kinder von ihm Geschenke erhalten würden.

Nicole, die zusammen mit ihrer Mutter Lilli an einem Sonntag zum Mittagessen eingeladen hatte, freute sich schon darauf. Am Telefon hatte Lisa Alberti Lilli erklärt, weshalb ihr Mann umgebracht worden sei: Da er sich als ehemaliger Spurensicherer und Detektiv eingemischt habe … und weil der Mörder selbst auf der Suche nach Galli gewesen war, um ihn für Jeremias Hainer als Verbündeten zu gewinnen, seien sie sich auf Pellestrina in die Quere gekommen, war ihre Auskunft.

Als Lilli ihr erzählte, dass sie ebenfalls immer noch schwer Schlaf finde, sang Nicole:

Ninna, Nanna,

Coccolo della Mamma

Ninna, Nanna,

Coccolo del Papa.

Lilli erfuhr, dass es auf Deutsch: »Schlaf ein, Mamas Schatz, schlaf ein, Papas Schatz« hieß.

Beide, Nicole und Lilli, umarmten sich beim Abschied und weinten, zuletzt lud Lilli Nicole mit ihrer Mutter nach Wien ein.

Riccardo hatte sich mit Lilli darauf geeinigt, dass er mit ihrem Auto von Punta Sabbioni nach Wien fahren würde. Lilli nahm hingegen mit Galli ein Wassertaxi, das sie zum Flughafen brachte. Von dort aus hatten sie Flugtickets nach Wien gelöst, wo sie zuerst das Grab von Klemens besuchen wollten. Außerdem hatte Riccardo, wie ihr Schwiegervater ermittelte, bei der Polizei gekündigt, nachdem Signor Blanc ihm den Geldbetrag überwiesen hatte. Er habe auch begonnen, die Sprache Lillis zu lernen, erfuhr sie von Galli im Flugzeug. Doch eine Sprache zu lernen, fügte er hinzu, sei eine langwierige Reise. Lilli schwieg und blickte aus dem Fenster.

Draußen erhoben sich die schneebedeckten Alpen.

»Ich wollte der Wahrheit auf den Grund gehen«, sagte Galli. »Doch habe ich selbst immer wieder gelogen. Später erst habe ich begriffen, dass mich die Suche nach Wahrheit in die Irre geführt hat. Und dass ich alles erst zu verstehen anfing, als ich begann, an der Wahrheit zu zweifeln.«

Lilli blickte weiter aus dem Fenster. Irgendwo dort unten fuhr Riccardo mit ihrem Auto nach Wien. Und sie dachte, dass auch die Bilder im Museum auf sie warteten.

Bildnachweise

»Es gibt keinen böseren Engel als die Liebe«
ist ein Shakespeare-Zitat und stammt aus
»Verlorene Liebesmüh«
(»there is no evil angel but Love«).

Inhalt

Gerhard Roth
Die Irrfahrt des Michael Aldrian
Roman

Michael Aldrian, der lange bei der Oper als Souffleur gearbeitet hat, reist im Winter nach Venedig, um seinen dort le-
benden Bruder zu besuchen. Der aber scheint mitsamt seiner Frau spurlos verschwunden zu sein. Aldrian, der
eigentlich vorhatte, einen Reiseführer über Venedig zu
schreiben, macht sich in der vom Hochwasser heimgesuch-
ten Stadt auf die Suche. Aber irgendjemand will ihn offenbar davon abhalten. Nacheinander erhält er eine Morddro-
hung, ein Paket mit Falschgeld und eines, in dem sich eine
abgeschnittene Hand befindet. Unaufhaltsam und fast ohne
sein Zutun wird er in eine Geschichte hineingezogen, in der
er immer mehr vom Zuschauer zum Täter wird.

496 Seiten, gebunden

Weitere Informationen finden Sie auf
www.fischerverlage.de

AZ 10-066069/1

Gerhard Roth
Die Hölle ist leer -
die Teufel sind alle hier
Roman

Der Übersetzer Emil Lanz lebt allein in einem Haus auf dem
Lido von Venedig und beschließt, seinem eintönigen Leben
ein Ende zu setzen. Auf der Suche nach einem guten Platz
zum Sterben betrinkt er sich und schläft ein. Als er erwacht,
beobachtet er einen Mord. Aber ist wirklich passiert, was er
gesehen hat? Oder ist sein Selbstmordversuch doch gelungen, und er bewegt sich längst in einer anderen Dimension?
Als einziger Zeuge des Mordes gerät Lanz in höchste Gefahr.
Er, der eben noch sterben wollte, will nur noch überleben
und sieht die Welt wie nie zuvor.

368 Seiten, gebunden

Weitere Informationen finden Sie auf
www.fischerverlage.de

AZ 10-397213/1

Gerhard Roth
Orkus
Reise zu den Toten
Band 18303

32 Jahre lang hat Gerhard Roth an seinen beiden Roman-
zyklen ›Die Archive des Schweigens‹ und ›Orkus‹ gearbeitet –
ein einzigartiger Kosmos der Literatur und des Denkens, der
neben klassischen Romanen auch dokumentarische und
essayistische Bände umfasst.

Der Band ›Orkus‹ ist der Schlussstein dieser monumentalen
Arbeit: ein autobiographischer Roman, in dem das Leben des
Autors mit dem seiner Figuren auf faszinierende Weise ver-
schmilzt. ›Orkus‹ ist die Essenz eines Schriftstellerlebens: ein
Buch über das Wesen des Menschen, die Wahrnehmung der
Welt, die Suche nach einer anderen Wirklichkeit. Eine lange
Reise zu den Toten und der grandiose Versuch, das Leben zu
verstehen, ohne es zu zerstören.

»Die Hölle selbst, den Orkus, fand ich im
Unbewussten der Menschen. Auch die Sehnsucht nach
dem Paradies ortete ich dort, als Antwort auf die Angst, die
durch die Ungewissheit der eigenen Zukunft und die
Gewissheit des Todes präsent sind.«
Gerhard Roth

Fischer Taschenbuch Verlag

fi 18303 / 1

Gerhard Roth

Eine Reise in das Innere von Wien

Essays

Band 11407

Jahrelang durchforschte Gerhard Roth die licht abgewandten Be-
zirke Wiens. Auf seinen Streifzügen durch die Hauptstadt ließ er
sich nicht vom Glanze der ehemaligen K. u. k. Residenzstadt blen-
den. Er suchte und fand deren realen und ihren seelischen Unter-
grund. In den Magazinen von FAZ und ZEIT publizierte Roth eine
Serie mit seinen Erkundungen. Er berichtet darin vom ehemaligen
Hetztheater (in dem Tiere so lange aufeinander gehetzt wurden, bis
sie todwund verendeten), von den Katakomben in der Inneren
Stadt, von den geistesverwirrten Künstlern in der psychiatrischen
Anstalt Gugging, vom ehemaligen Judenviertel in der Leopold-
stadt; Roth beschreibt das stadtbekannte Männerwohnheim in der
Meldemannstraße, in dem Hitler knappe vier Jahre zugebracht hat,
stattet dem so genannten Narrenturm und dem Heeresgeschicht-
lichen Museum Besuche ab. Unversehens gerät der Band zu einem
Reiseführer durch die Abgründe der österreichischen Seele.

Fischer Taschenbuch Verlag

fi 2103 / 4